L'INDOVINA DI SVENTURE

LA SERIE DI SASHA URBAN: LIBRO 2

DIMA ZALES

♠ MOZAIKA PUBLICATIONS ♠

Copyright © 2020 Dima Zales e Anna Zaires
www.dimazales.com/book-series/italiano/

Pubblicato da Mozaika Publications, stampato da Mozaika LLC.
www.mozaikallc.com

Copertina di Orina Kafe
www.orinakafe-art.com

e-ISBN: 978-1-63142-492-2
ISBN: 978-1-63142-493-9

CAPITOLO UNO

APRO gli occhi con un gemito.

La camera da letto gira tutt'intorno e un'orda di batteristi sta facendo le prove di 'Death Metal's greatest hits' con il mio cervello.

Ma quanto ho bevuto alla Grande Festa?

Ricordo solo le persone con due bicchieri di alcol, uno per loro e uno per me... e io che cedevo alle pressioni dei partecipanti.

Mi alzo a sedere e faccio scivolare i piedi nelle ciabatte. Quando mi muovo, mi sembra di avere al posto del cranio una nana bianca che sta per esplodere in una supernova.

Con uno sforzo sovrumano, mi faccio strada fino al bagno.

Se camminare sbronzi fosse uno sport, vincerei la medaglia d'oro.

Un pallido fantasma di me stessa, che già sono terrea in viso, mi guarda dallo specchio del bagno con grandi occhi azzurri iniettati di sangue e una zazzera di capelli corvini.

Guardare la toilette genera dei flashback dove io sto abbracciando il marmo bianco, e ricordo vagamente Ariel e Felix che lottano per avere l'onore di tenermi indietro i capelli.

Dopo una doccia completa e cinque minuti passati a spazzolarmi i denti, la mente mi si schiarisce abbastanza, da stabilire che questa è la sbornia peggiore della mia vita.

Non berrò mai più niente.

Almeno avevo una buona ragione per essere così devastata... la Grande Festa è roba grossa. È stata il mio ingresso nella società dei Conoscenti, la razza segreta che include sensitivi (come me), discendenti di Ercole (come la mia coinquilina Ariel), e qualunque cosa sia Felix che riguarda la tecnologia. Per non parlare di vampiri, licantropi, negromanti e chissà cos'altro.

Tornata nella mia stanza con passi malfermi, mi chiedo seriamente se debba saltare il lavoro. Il problema in quest'idea è che il mio capo Nero adesso è il mio Mentore nel mondo dei Conoscenti... un ruolo dal significato ancora oscuro. Ieri sera, dopo avermi informato dell'aumento di stipendio, mi ha chiesto di svolgere delle ricerche su due nuove azioni biotecnologiche per il nostro portafoglio, entro le 11 del mattino... e dato che sono già le 07:45, non ho molto tempo.

Immaginando di dover dividere il problema in piccole parti, decido di ficcarmi nello stomaco un po' di liquidi ed elettroliti, per vedere se mi fanno tornare umana. Anche se forse l'espressione dovrebbe essere 'tornare Conoscente', visto che in teoria non siamo umani.

Indosso i vestiti da lavoro più comodi e, camminando a papera fino in cucina, trovo Felix vicino ai fornelli.

"Buongiorno, ragazza festaiola" dice con un irritante sorriso allegro. "Preferisci le uova o il porridge?"

La faccia di Felix è una fusione di elementi slavi, asiatici e mediorientali; lui è l'unica persona che conosco che sembra dolce quando agita il suo cespuglioso monosopracciglio.

"Quello che va meglio per le sbronze" gracchio, e per una volta il profumo del cibo non mi attira.

Felix annuisce e si dà da fare ai fornelli, mentre io osservo la cucina girare.

"Ti ho messo del sale e delle banane nel porridge" dice un attimo dopo, a voce troppo alta per il mio benessere, poi appoggia la terrina davanti a me con uno schianto da spaccarmi il cranio. "Lascia che ti versi anche un po' di succo e di tè."

Quando mi passa i liquidi, butto giù il succo in un sorso, come una medicina, e bevo rumorosamente il tè mentre aspetto che il porridge si raffreddi.

"Hai visto Ariel che ballava con quel vampiro?" dice Felix con aria cospiratoria, e mette il suo piatto di uova sul tavolo con un altro schiocco troppo forte. "Cosa le passava per la testa?"

"Gaius, intendi?" Prendo un po' di banana con il cucchiaio. "Lei dice che sono solo amici."

"Solo amici" mormora Felix. "*Noi* siamo solo amici e, se mi strusciassi contro di lei in quel modo, probabilmente mi spezzerebbe il collo."

Arrossisce nel rendersi conto di quello che ha detto, poi guarda verso la porta e diventa rosso come un pomodoro.

Ariel entra nella stanza, allegra e disinvolta. Anche se il trucco della Grande Festa è andato via, lei ha ancora l'aspetto di una che potrebbe posare per la copertina di *Maxim*. Guardando Felix mentre batte le ciglia perfette, chiede: "Chi ti spezzerebbe il collo e perché?"

"Nessuno. Nessun motivo." Felix si caccia del cibo in bocca.

"Bene" dice Ariel, e fa un'incursione in cucina come un sensuale diavolo tasmaniano uscito dai cartoni animati. Le ante degli armadietti sbattono, i piatti urtano il bancone e le stoviglie tremano nel lavandino. Sono quasi sicura di veder comparire una crepa nella tazza che tiene in mano, non appena la sbatte contro il rubinetto della cucina per riempirla di acqua ma, prima che possa pregarla di non fare tanto baccano, prende un piatto di uova e una tazza di caffè e viene a tavola.

"Vuoi sederti?" le dice Felix mentre un attimo dopo lei afferra il latte con un balzo e la stessa frenesia di prima. "Cos'è, sei alla decima tazza di caffè?"

In realtà, Ariel si sta comportando come se fosse sotto effetto di amfetamine, ma non lo dico ad alta voce, perché la turberei. La mia coinquilina prende una serie di droghe legali e, sospetto, anche non molto legali, per gestire meglio il disturbo da stress post-traumatico che nega di avere. Io e Felix generalmente non glielo facciamo pesare, perché prendere quelle pillole sembra migliorare la qualità della sua vita.

"Sono solo eccitata per essermi divertita così tanto ieri sera." Il sorriso super radioso di Ariel acceca i miei occhi da ubriaca.

"'Divertita' così tanto." Mimo delle virgolette in aria, così a nessuno può sfuggire il mio sarcasmo. "Avrei voglia di usare la ghigliottina in questo momento."

"Hai una sbronza così seria?" Il sorriso di Ariel si oscura leggermente. "Posso attaccarti a una flebo, se vuoi. Dicono che aiuti per i sintomi della disidratazione."

"Credo che rinuncerò" dico mentre sorseggio il tè. "Ma prenderò abbastanza Tylenol da curare o uccidere un elefante."

Ariel balza in piedi e va dritta all'armadietto dei medicinali, tornando quasi subito con una confezione di antidolorifici e un bicchiere d'acqua.

Mi metto in bocca con gratitudine una manciata di pillole e le mando giù con l'acqua. Spero che il fegato le regga.

"Ti conviene riprenderti alla svelta. La Grande Festa era solo la prima fase dei festeggiamenti" dice Ariel mentre continuo a mangiare.

Per poco non mi va di traverso il porridge. "Altri festeggiamenti?"

"Ma certo." Mi rivolge un altro sorriso radioso. "Ti porterò all'Earth Club."

Immaginando la musica alta del locale, il mio occhio sinistro ha una contrazione involontaria, mentre il mal di testa mi pulsa allegramente alla base del cranio.

Felix mi studia. "Sei sicura che sia una buona idea portarla lì così presto?"

"No. Non è una buona idea" dico, schiarendomi la gola stretta da un nodo. "Piuttosto andrei in un poligono di tiro e mi farei sparare in testa."

"Non dico che andiamo oggi" replica Ariel, senza perdere la sua iperattività. "E nemmeno dobbiamo andare domani. Ci andremo sabato... è quando ci saranno anche tutti gli altri, comunque."

"Cosa intendi con tutti gli altri?" Mi massaggio le tempie che pulsano.

"Tutti i Conoscenti" risponde Ariel, e trafigge un pezzo di uovo con la forchetta. "L'Earth Club è dove possiamo trovarci senza nascondere la nostra natura."

"Così è un pochino più interessante" dico con cautela e mangio mezzo cucchiaio di porridge. "Forse tra qualche anno, quando mi sarà passato questo mal di testa..."

"Si trova nelle Altre Terre." Il sorriso di Ariel rischia di spaccarle la faccia. "Hai l'occasione di andarci ufficialmente... so che lo vorresti."

"Ci penserò" dico con un altro sorso di tè. "Ma, se ci

vado, niente alcol nel locale. Niente alcol per me, mai più."

"Certo." Ariel si passa le dita tra i capelli con movimenti convulsi, sempre raggiante come una pazza. "Hanno tutte le droghe note agli umani... e alcune non note agli umani."

Le mie preoccupazioni sulla sobrietà di Ariel ritornano più forti che mai. Colgo l'intenso sguardo di Felix fisso su di me... i suoi pensieri sono probabilmente gli stessi.

"Vieni con noi?" chiedo a Felix. Lascio sottinteso: "Magari puoi aiutarmi a tenerla d'occhio?"

Felix esita, poi annuisce. "Sì. Va bene. Vengo anch'io."

Ariel salta quasi su e giù sulla sedia. "Sarà divertentissimo, ragazzi."

Nel temporaneo silenzio che cala, sento lo scalpiccio di soffici piedi. Con un senso di colpa mi rendo conto che, nella mia miseria dettata dalla sbronza, mi sono completamente dimenticata di dare da mangiare a Fluffster... il mio cincillà domestico.

Per fortuna, Fluffster non sembra particolarmente scontroso, perciò spero che si sia solo svegliato senza accorgersi che mi sono dimenticata di lui. Oggi in effetti ha gli occhi più brillanti e la coda più folta, il naso minuscolo che si arriccia in mezzo a baffi maestosamente lunghi e le grandi orecchie ritte come antenne paraboliche, pronte a ricevere trasmissioni aliene.

I miei coinquilini si scambiano una strana occhiata, poi mi fissano.

Io li guardo, poi mi giro verso Fluffster... e a quel punto la vedo.

Il cincillà ha una piccola aura.

Il bagliore è simile a quello che possiedono entrambi i miei coinquilini... e nel loro caso significa che, come me, sono sotto la direzione del Mandato.

In altre parole, Conoscenti.

"Felix. Ariel." Indico l'aura. "Vedete anche voi il bagliore che dovrebbe indicare le *persone* che sottostanno al Mandato? Sapete come mai il mio simpatico roditore ce l'ha?"

"È una lunga storia." Felix posa un coltellino da burro e guarda Ariel.

"Fluffster non è cosa o chi pensi tu" afferma Ariel, il sorriso più luminoso che mai.

Fluffster si avvicina sgambettando, mi salta sulle ginocchia e poi sale sul tavolo. Non aveva mai dimostrato tanta destrezza. Poi guarda Ariel con i suoi begli occhi neri, la postura che emana un'insolita intensità.

"No" dice Ariel, a Fluffster apparentemente. "È meglio se glielo dici tu." Fluffster guarda Felix con la stessa intensità... come se volesse ipnotizzarlo.

"Non guardarmi" dice Felix. "Penso che dovrebbe farlo direttamente l'interessato. O il cervello del cincillà. O quello che è."

"*Dirmelo?*" La stanza ricomincia a girare e adesso

non è più colpa della sbronza. "Ragazzi, per favore. È il giorno meno adatto per gli scherzi."

Fluffster sta in piedi sulle cosce sopra il tavolo e, sarà la mia immaginazione, ma non ha appena gesticolato con le sue zampette simili a mani?

"Io non saprei da dove cominciare." Ariel posa la forchetta, generando un acuto rumore metallico, il sorriso che scompare mentre guarda proprio di traverso il mio animale domestico. "Il rompicapo è tuo: sta a te risolverlo."

Fluffster comincia a camminare avanti e indietro sul tavolo. Ogni tanto guarda Felix o Ariel, e infine me.

"Okay" dice alla fine Felix al mio animale, poi si gira verso di me. "Hai mai sentito parlare del domovoi?"

"Sì" rispondo, mentre il mal di testa si trasforma in un'emicrania vera e propria. "È una specie di spirito della casa russo, o qualcosa del genere, no? Vlad e Pada hanno chiamato Fluffster con questo termine, quindi l'ho cercato."

"Corretto" dice Felix. "Il domovoi compare prevalentemente nel folclore slavo. E secondo mio padre, sono un gruppo di potenti Conoscenti all'interno del loro regno d'influenza, e lui" Felix indica Fluffster, "è uno di loro."

Guardo a bocca aperta il piccolo animale. "Ma è un cincillà. Un roditore originario delle Ande, in Sud America... molto ma molto lontano dalla Russia. L'ho comprato nel negozio di animali. Non ha senso."

Sia Felix sia Ariel guardano Fluffster, evitando il mio sguardo.

"Non è divertente" dico. "Mi state davvero per dire che Fluffster è un cincillà mannaro? O dovrebbe essere un cincillà che è stato morso da un tizio idrofobo in Siberia, ed è poi diventato un uomo mannaro... una simpatica creatura pelosa che con la luna piena si trasforma in un uomo russo peloso?"

"Essendo cresciuto negli Stati Uniti, non ne so molto di come funziona il domovoi" dice Felix. "So solo quello che mi ha detto mio padre. Il domovoi di solito resta incorporeo, ma a volte assume la forma di un animale domestico morto... di solito un cane o un gatto..."

Li fisso tutti uno dopo l'altro, mentre mi si rizzano i peli sulla nuca.

Fluffster si avvicina alla mia terrina con il porridge e, alzatosi di nuovo sulle cosce, mi guarda dritto in faccia.

Sgrano gli occhi, battendo ripetutamente le palpebre.

Gli occhi di Fluffster hanno sempre espresso intelligenza, ma mai così profonda. Mai così intensa.

"Mi dispiace tanto che tu abbia dovuto scoprirlo così" dice una voce dolce nella mia testa... e anche se è puramente mentale, ha un vago accento russo.

CAPITOLO DUE

POSO IL CUCCHIAIO. "Ho appena sentito una voce nella mia testa."

"Già" dice Felix.

"Benvenuta nel club." Ariel fa un altro sorriso radioso.

Ho una stretta allo stomaco. "È sintomo di psicosi" dico, rivolgendomi a nessuno in particolare.

"No, se i tuoi coinquilini hanno ancora parlato con la stessa voce nella loro testa." Felix mi fa l'occhiolino. "Perciò, a meno che non sia una psicosi di gruppo..."

"Niente scherzi" dico a Felix, poi guardo intensamente Fluffster. "Stavi dicendo?"

"Stavo cercando di sottolineare quanto mi dispiace per la tua perdita." La voce nella mia testa è calmante per il mio cervello quanto il pelo di Fluffster per la mia pelle. Perfino i postumi della sbornia si ridimensionano leggermente, anche se questo potrebbe essere l'effetto del Tylenol.

Fisso il mio animale domestico come se lo vedessi per la prima volta.

Lui mi fissa a sua volta in una posizione eretta immobile e innaturale.

"Ti conviene partire dall'inizio." Mi massaggio la fronte. "Perché sei dispiaciuto? E che cosa ho perso?"

Ora Fluffster lancia a Felix uno sguardo penetrante.

"D'accordo" dice Felix, dopo un momento, al cincillà. "Ti aiuterò." Rivolgendo l'attenzione verso di me, dice: "Allora, lui non se lo ricorda, ma quando ci siamo trasferiti la prima volta insieme, aveva una forma trasparente che a volte io ed Ariel vedevamo. All'inizio forse l'abbiamo creduto un fantasma..."

"Aspetta, esistono anche i fantasmi?" Guardo Fluffster, che sembra stringersi nelle sue piccole spalle pelose.

"Ci sono molti Conoscenti che riescono ad essere invisibili per le persone al di fuori del Mandato" dice Ariel. "Alcuni gruppi hanno le caratteristiche dei fantasmi delle leggende... ma non sono mai le anime degli umani defunti, quindi, nel senso stretto della parola, i fantasmi non esistono."

"Bene" commento, ritrovandomi ancora una volta senza parole. "Torniamo al domovoi. Voi due l'avete visto e io non potevo a causa del Mandato."

"Corretto." Felix sorride. "Arrivi a capire molto rapidamente."

"E che aspetto aveva?" Studio con scetticismo la creatura simile a uno scoiattolo-coniglietto davanti a me.

"Un po' spaventoso, in realtà" si lascia sfuggire Ariel, poi lancia a Fluffster un'occhiata di scuse. "Ma il papà di Felix ci ha spiegato che era un domovoi e che proteggono la dimora in cui abitano."

Felix annuisce e spinge via il suo piatto. "Averne uno viene visto come un'enorme benedizione per le famiglie russe."

"Capisco" dico, ma in realtà non è affatto così. "Cosa intendevi dire con il fatto che non si ricorda? Questi domovoi hanno problemi di memoria?"

"Esatto." Felix si muove sulla sua sedia. "È successo tutto la notte in cui hai preso il cincillà originale."

Lancia a Fluffster uno sguardo penetrante e lui sembra scuotere la testa.

"Da quanto siamo riusciti a capire io ed Ariel" continua Felix, "la creatura che hai preso al negozio di animali ha avuto un colpo la primissima notte in cui l'hai portato a casa, quindi il domovoi, incarnandosi in lui, l'ha più o meno salvato."

"Fluffster ha avuto un colpo?" Guardo sconcertata il mio animale.

"Mi dispiace tanto" dice la voce nella mia testa. "Il mio primo ricordo in assoluto è quello di cercare di salvare la vita della creaturina. Il danno al suo cervello era troppo grave perché potessi guarirlo con i miei poteri, perciò ho preso il suo corpo."

"Hai preso il suo corpo" dico, inebetita. "Allora è morto?"

"Penso che sia una domanda filosofica" dice Felix. "Se questo corpo fosse stato ucciso, il domovoi sarebbe di nuovo incorporeo, quindi per me significa che l'animale è ancora vivo... o perlomeno il suo corpo."

Mi massaggio le tempie.

"Il punto chiave da ricordare" dice Ariel, "è che l'essere che tu conosci come Fluffster è stato quasi sempre il domovoi. E anche se non poteva dirti la verità sulla sua natura, ha sempre cercato di essere quello che volevi tu... un compagno."

Mentre mi sforzo di capire, per la milionesima volta vorrei tanto non avere postumi della sbornia così pesanti. Con il mal di testa che mi spreme il cervello fuori dal cranio, faccio fatica a capire come dovrei sentirmi. Piango il cincillà che ho conosciuto solo per una sera, o sono grata al domovoi per tutta la gioia che mi ha portato?

"Non ha fatto un bel lavoro nel fingere di essere solo un animale" dico dopo una pausa. "Ho sempre pensato che fosse l'animale domestico più intelligente che sia mai esistito."

Fluffster solleva la testa con fierezza e cinguetta, eccitato. Nella mia mente, dice: "Grazie, Sasha."

"Prego" rispondo, e faccio una risata isterica mentre immagino qualcuno all'infuori dei miei coinquilini che assiste a questa conversazione. "Allora, da dove sei saltato fuori?"

"Non mi ricordo" dice Fluffster e fissa famelico la mia terrina con gli avanzi del porridge.

Affondo il cucchiaio nel porridge e lo offro a Fluffster. Con un trillo, il cincillà-domovoi ne afferra un pezzo e se lo mette in bocca.

"Qualcuno di voi sa da dove viene?" chiedo ad Ariel e a Felix, mentre Fluffster mangia.

"Quando non si era ancora incarnato, non ci parlava" dice Felix. "Mi ha solo spaventato qualche volta."

"All'inizio pensavamo che fosse il domovoi della famiglia di Felix" Ariel sorseggia il suo caffè. "Ma poi Felix ha chiesto a suo papà."

"Già" dice Felix nell'alzarsi... probabilmente per prepararsi una tazza di caffè. "Mio papà dice che il nostro domovoi vive nella casa di mio nonno a Jakutsk, in Russia. La mia ipotesi più plausibile è che una volta in questo appartamento abbia vissuto qualche russo, membro dei Conoscenti, con un domovoi, e alla sua morte abbia lasciato qui l'entità. Penso che seguano delle persone in certe famiglie ma, se non rimane nessuno, restano nella casa stessa."

Dall'espressione di Ariel, sembra che le si sia appena accesa la proverbiale lampadina. "Sai" dice. "Ai tempi, quando abbiamo riflettuto su tutto questo, non sapevamo che Sasha fosse una dei Conoscenti. Ma dato che è così, c'è un'ipotesi più intrigante sulle origini di Fluffster. Magari è il suo."

"Hai ragione." Felix posa la tazza di caffè sul tavolo, gli occhi che brillano di eccitazione. "Vorrebbe dire che abbiamo per la prima volta un indizio sul retaggio di Sasha." Mi guarda. "Potresti essere originaria della Russia?"

"I tuoi genitori hanno sempre detto che Sasha è un nome slavo" gli dice Ariel. "Quindi è probabile che..."

La mia bocca rimane letteralmente spalancata mentre le loro parole penetrano nella confusione mentale dettata dalla sbornia.

Un indizio sul mio retaggio.

Al solo pensiero s'innesca una valanga di emozioni difficili da identificare e di cui probabilmente dovrei parlare con Lucretia, la psicologa sul mio posto di lavoro, membro dei Conoscenti.

Sapendo fin dall'inizio di essere stata adottata, ovviamente mi sono chiesta chi fossero i miei genitori biologici e che fine avessero fatto. Ma la mamma (quella adottiva) non amava granché queste domande: secondo lei implicavano che non ero felice con lei e papà. Una logica comunque errata, visto che con la mia nuova famiglia *ero* felice. Volevo solo sapere chi fossero i miei veri genitori.

Quando ero piccola, invece di contare le pecore, prima di addormentarmi riflettevo e mi ponevo spesso delle domande sui miei genitori biologici. Mi avevano perso o mi avevano abbandonato? Se mi avevano abbandonato, era perché in qualche modo me lo meritavo? Chi sono? Dove sono? Cosa ci facevano all'aeroporto JFK quel fatidico giorno? L'elenco delle domande si allungava mentre io crescevo, finché non ho imparato a soffocare la mia curiosità, perché molte delle possibilità erano troppo dolorose da prendere in considerazione.

Ma adesso che so di essere una Conoscente, devo ritornare sull'argomento. Il Consiglio non sembrava avere proprio idea delle mie origini e, per citare Gaius, 'non per mancanza di tentativi'. La buona notizia è che essere una Conoscente ha ristretto in modo significativo la rosa dei potenziali candidati per i miei genitori, perché siamo solo una percentuale di una percentuale di tutta la popolazione mondiale.

Inoltre, uno o tutti e due i miei genitori erano veggenti e questo riduce ancora di più le possibilità. Ora potrebbe esserci qualcos'altro a cui appigliarmi: il domovoi, cioè un collegamento russo, presupponendo che Fluffster sia davvero...

"Sasha?" chiede preoccupato Felix. "Ci sei?"

"Scusa" dico, scuotendo la testa nella speranza di schiarirmi le idee.

"Dev'essere un argomento delicato per te" dice Ariel abbassando la voce, comprensiva. "Scusa se me lo sono lasciato sfuggire così..."

"No" dico. "È davvero un'idea interessante. Un domovoi deve 'appartenere' a una casa di Conoscenti? E se avesse vissuto nella casa di uno dei miei genitori adottivi?"

"Non ne ho idea" dice Felix.

"Devo scoprirlo" affermo. "Esiste un modo per far ricordare a Fluffster cos'è successo prima che avesse la pelliccia? Un modo per verificare se abbia davvero vissuto con i miei genitori biologici? Perché in tal caso, forse, ricorderebbe chi erano..."

"Vorrei tanto ricordarmelo, ma non è così" dice mentalmente Fluffster e nelle sue parole c'è un'ampia dose di tristezza... che presumo sia meno strana rispetto alla sua voce mentale con l'accento.

Ariel guarda Felix, che stringendosi nelle spalle dice: "Penso che magari dovresti parlare di tutto ciò con mio papà. Prima di questo appartamento, non ho mai conosciuto un domovoi, ma lui conosceva quello della casa di mio nonno."

"Okay" dico, e mi accorgo che tutto questo (o le pillole e i liquidi e il cibo) ha ridotto i postumi della sbornia. "Mi piacerebbe incontrare tuo papà a pranzo un giorno di questa settimana e scoprire cosa può sapere. Voglio essere sicura che Fluffster non sia qui a causa della *tua* famiglia. E poi, forse tuo papà conosce un modo per scuotere la memoria di Fluffster."

"Sarebbe entusiasta di pranzare con te" dice Felix, poi fa una smorfia. "Mia mamma però potrebbe non essere così emozionata. Sai quanto diventa gelosa."

A difesa della mamma di Felix, suo papà in effetti sembra apprezzare un po' troppo la compagnia femminile... compresa la mia, anche se perlomeno con me non si comporta in modo così strano come con Ariel. La prima volta che l'ha vista, credo che stesse sbavando.

"E un pranzo di famiglia?" dico. "Così tua mamma sarebbe lì a supervisionare."

"Certo" dice Felix. "Ma ti pentirai di aver incluso mamma. Nonostante quello che continuo a ripeterle, è ancora convinta che stiamo insieme."

Ariel ridacchia e mi limito a scuotere la testa. Sua mamma in realtà pensa che io ed Ariel stiamo entrambe con Felix. Non so bene se è perché la poligamia è accettata in Uzbekistan, o perché è convinta che le donne trovino suo figlio irresistibile... o entrambe le cose.

"Ottimo" dico. "Farò una ricerca sui proprietari di questo appartamento prima di noi e vedrò se erano russi. Scoprirò anche se i miei genitori adottivi avevano qualche discendenza russa, o animali domestici o, quanto a questo, se *loro* erano dei Conoscenti... dato che a quanto pare ci attiriamo a vicenda."

"Tua mamma non ha l'aura del Mandato" dice Felix. "Però non ho mai conosciuto tuo padre adottivo."

"È improbabile che un Conoscente sposi un umano" dice Ariel.

"Ma d'altra parte hanno divorziato" replica Felix, poi strilla di dolore. Ariel deve avergli dato un calcio sotto il tavolo.

Lascio andare un sospiro di sollievo. Se anche mamma fosse una Conoscente, non so cosa farei.

Mangio un'altra cucchiaiata della colazione e do a Fluffster quella successiva. "Devo andare presto al lavoro, perciò dovremo organizzare il pranzo via messaggio."

"Poco ma sicuro" dice Felix, prendendo il telefono. "Lasciami chiamare i membri della famiglia."

"Lo finisci il porridge?" chiede Fluffster nella mia testa.

"No." Spingo il piatto verso di lui. "Serviti pure."

"In realtà sono pieno" dice Fluffster, ma raggiunge il porridge e lo guarda in modo afflitto e penetrante.

"Penso che lo mangerò. È un peccato buttare via il buon cibo."

"Felix come al solito me ne ha dato troppo" commento. "Pensa che il mio stomaco sia grande come il suo."

Fluffster guarda con disapprovazione gli avanzi nel piatto di Felix. "Quel ragazzo porterà questa casa alla rovina finanziaria."

Felix finge di essere occupato con il telefono, tuttavia vedo che sta cercando di reprimere un sorriso mentre muove le labbra per dirmi: "Benvenuta nella dittatura."

"Ti ho sentito" dice Fluffster nella mia testa... e dalla reazione di Felix è evidente che anche lui ha sentito quel pensiero. Questo dimostra che il domovoi può inviare i pensieri a più persone contemporaneamente.

"Ciao, mamma" dice Felix nel telefono. Coprendo il microfono, ci dice: "Scusatemi, ragazzi, mi sposto in salotto."

"Nessun rispetto degli anziani" borbotta Fluffster nella mia testa, scoccando una burbera occhiata alla schiena di Felix.

"Meglio che vada" dico nell'alzarmi. "Ho delle azioni da esaminare."

"Aspetta" dice Fluffster nella mia testa. "Posso chiederti un grosso favore, prima che tu te ne vada?"

"Certo, amico" rispondo ad alta voce e, nonostante il persistente mal di testa, non riesco a trattenere un sorriso. Sto avendo davvero una conversazione pluridirezionale con il mio animale domestico. "Vuoi il tuo bagno di polvere?"

"Può aiutarmi Felix con il bagno" dice Fluffster. "Speravo che potessi mostrarmi uno dei tuoi trucchi di magia. Ariel me ne ha parlato tantissimo, ma non me ne hai mai fatto vedere uno."

"Scusa" dico, sorpresa. Dev'essere la prima volta che qualcuno mi accusa di *non* aver mostrato i miei numeri. "Non sapevo che avresti capito..."

"Non preoccuparti" dice Fluffster con una voce mentale molto confortante. "È solo che muoio dalla curiosità di vederli."

Anche se devo davvero correre al lavoro, non penso di poter dire di no a uno spettatore così carino e tenero. Inoltre, adesso che mi è vietato esibirmi in spettacoli di magia per le persone *al di fuori* del Mandato (praticamente quasi tutte), devo fare tesoro di queste occasioni.

"Mostragli quella cosa che fai con le carte" propone Ariel.

"Una cosa con le carte." Soffoco l'impulso di castigare Ariel per aver ridotto un'intera branca della magia a una sciocchezza del genere. Lasciando cadere le mani con naturalezza, finché non sono parallele alle mie tasche, dico: "Va bene. Peccato che non abbia con me le carte. Ma, ehi, puoi darmi un accendino?"

"Tieni." Ariel si avvicina al bancone della cucina e prende l'accendino che teniamo lì per accendere i fornelli se necessario.

Dal momento che devia così a meraviglia la sua

attenzione e quella di Fluffster, infilo le mani nelle tasche per assicurarmi di avere i supporti necessari.

In una tasca ho un mazzo di carte (chi non ce l'ha, giusto?) e in un'altra vari oggetti multiuso, compreso un piccolo accendino che ho appena finto di non avere. Emetto un sospiro di sollievo quando le mie dita sfiorano la carta lampo... un altro oggetto che tengo nella maggior parte delle mie tasche. In questo modo, riuscirò ad aggiungere una bella dose di brio al mio numero, quindi chiedo: "Fammi anche una pallina con la carta da cucina."

La carta lampo è nitrocellulosa: un esplosivo che in qualche modo è diventato il supporto degli illusionisti. Dandole fuoco, emette una fiamma molto luminosa, simile ai flash combinati di mille fotocamere e, se la si usa per formare una palla, assomiglia molto alla carta da cucina spiegazzata.

Ariel fa come le ho detto. Nel frattempo, preparo l'occorrente senza che Fluffster o Ariel se ne accorgano.

"Eccoti" dice lei, porgendomi la palla di carta.

Prendo la carta da cucina e faccio finta di formare una palla più compatta, ma in realtà la metto sopra la carta lampo raggrinzita. Poi fingo di stringere ulteriormente la carta, e nascondere nel palmo della mano la carta da cucina originale, lasciando visibile la palla di carta lampo, è un gioco da ragazzi.

Né Fluffster né Ariel si accorgono del cambiamento, il che mi fa sentire meglio per tutte le ore della mia vita che ho passato a fare pratica con questa mossa.

"Tenete gli occhi fissi sulla carta" dico loro, principalmente perché mi piace crogiolarmi nel mio inganno in questo modo, ma anche perché psicologicamente per loro è come se volessi assicurare che la carta non venga sostituita. Così, più tardi, giureranno che la carta non può essere stata sostituita perché 'hanno sempre tenuto gli occhi fissi su di essa', inoltre è d'aiuto per la parte successiva perché, mentre guardano la mia mano, si perdono il momento in cui nascondo nel palmo della mano il mazzo di carte nella mia tasca.

"In realtà, Fluffster, potresti spostarti un po' indietro?" chiedo, in parte come indicazione erronea, in parte perché temo sul serio che la fiammata possa dare fuoco al suo splendido pelo.

Mentre lui sgambetta all'indietro, sposto la carta nella mano che tiene segretamente le carte. Nessuno dei partecipanti può vedere le carte dalla sua posizione. Uso poi la mano sinistra, ora vuota, per prendere l'accendino dalla mano di Ariel.

Non mettono in dubbio lo spostamento della carta. Il movimento di Fluffster li ha distratti e ho anche sfruttato un principio di magia conosciuto come 'azione in transito'. La palla di carta è finita nella mano che mi serviva, come per fare spazio all'accendino. Voglio dire, prenderei mai un accendino con la mano sinistra, come un'ignorante?

Dentro di me sorrido.

La prima parte del numero, per quanto ne sappiano Fluffster ed Ariel, non è ancora cominciata, ma in termini di metodologia è già finita.

"Guardate molto attentamente." Accendo l'accendino. "Trasformerò questa carta da cucina in un mazzo di carte."

Tocco con l'accendino la palla di carta lampo e la sostanza esplosiva prende fuoco... accecando Ariel e Fluffster, proprio mentre afferro di nuovo il mazzo di carte nella mia mano protesa.

Anche il mio mal di testa si riaccende grazie all'intensità della luce, ma ignoro il dolore, considerandolo un congruo sacrificio per la mia arte.

"Wow" esclama Ariel.

"Come?" chiede Fluffster nella mia mente.

A loro è sembrato letteralmente come in un baleno, una palla di carta da cucina che si è trasformata in un mazzo di carte.

"Non ho finito" dico, e mi lancio nella mia personale versione della famosa procedura della Carta Ambiziosa: un numero in cui una carta compare in cima al mazzo dopo essere stata messa nel mezzo, in condizioni sempre più impossibili. La maggior parte delle fasi che mostro loro proviene dai libri di magia, tuttavia concludo con un finale inventato da me.

Ariel strilla di gioia mentre la carta balza in cima, nonostante il mazzo ritorni nel pacco di carte e venga tenuto in mano da lei.

"Sei molto meglio di quel tizio su YouTube" dice Fluffster arricciando il naso da roditore.

"Tu guardi YouTube?" Lo fisso, sbalordita, ma sono ancora abbastanza in me da tendere la mano verso Ariel... che ci rimette di nuovo il mazzo.

Dato che tutti pensano che il numero sia finito, sfrutto la loro mancanza di attenzione per scambiare il mazzo con la carta da cucina appallottolata che ho tenuto nascosta per tutto questo tempo. Poi dico: "Oh, un'ultima cosa. Dovrei restituirti la palla di carta."

Svelo che il mazzo di carte 'è ridiventato' la carta da cucina e Ariel la studia, incredula, prima di metterla in tasca come un tesoro.

"Fluffster adora guardare YouTube" dice Felix tornando nella stanza, poi mi guarda con quell'espressione davvero irritante che ha quando pensa di sapere come io abbia fatto qualcosa. Spesso lo sa davvero, perciò sono felice che si sia perso la maggior parte della mia performance. "Ho sistemato un computer per lui nella mia stanza" continua. "Se esistesse un dottorato in video sui gatti, a quest'ora sarebbe il Dottor Fluffster."

"Non ti spaventa guardare i gatti?" chiede Ariel. "Nel corpo di un roditore, eccetera."

"No" risponde Fluffster, presumibilmente in tutte le nostre teste. "Mi piacciono i gatti. Beh, la maggior parte dei gatti... non quello della vicina. Forse prima ero un gatto?"

Ora che non sto più mettendo in atto la magia, il mio senso del tempo ritorna e mi accorgo che sarò così in ritardo, da non avere tempo per la ricerca richiesta da Nero... e non voglio cominciare il nostro rapporto

Mentore-Pupilla con il piede sbagliato. "Devo scappare" dico, diretta verso la porta.

"Ho organizzato il pranzo con i miei genitori" dice Felix mentre gli passo davanti. "Ti mando i dettagli via messaggio."

"Buona idea" dico sulla soglia della porta. "Ciao a tutti, a dopo."

Nel corridoio, arrischio un'occhiata al mio telefono e vorrei non averlo fatto.

Non solo sono in ritardo, ma Nero mi ha mandato dei messaggi. Ha aggiunto altre azioni alla sua richiesta di prima mattina.

Se non vado subito in ufficio, sono fregata.

Sto correndo verso l'ascensore, quando una voce familiare risuona dalla lontana estremità del corridoio.

"Sasha" dice allegramente Rose. "Sono così felice d'incontrarti."

Mi giro a guardare mentre si avvicina.

Con una borsa per il riciclaggio in una mano e la gatta nell'altra, Rose sembra in una delle sue giornate vivaci e positive, il che succede raramente, come se Rose andasse a nuotare nella piscina aliena della giovinezza del film *Cocoon* che mamma adora così tanto.

Non mi sorprende affatto vedere l'aura del Mandato di Rose. Il fatto che sia una dei Conoscenti è l'unica cosa che potrebbe spiegare almeno in parte il suo rapporto con Vlad, che ha l'aspetto un fotomodello e che, grazie al vampirismo, sembra suo nipote.

Occhi felini fissano i miei e con sollievo noto che la gatta di Rose, Lucifera, non ha la nostra stessa aura.

Se questa creatura fosse soprannaturale, sarei davvero preoccupata.

La gatta si accorge che la sto guardando anch'io e (anche se potrebbe essere la mia immaginazione) fa un imperioso cenno del capo. I suoi occhi sembrano dire: "Ah, ecco la contadina che ha salvato la nostra regale vita, quando i nemici della corona hanno cospirato per farci ingoiare quella chiave disgustosa. Ti concederemo un dono, contadina. Ti permetteremo di tenerti la tua patetica vita. Puoi bearti di questo onore. Ora sparisci dalla nostra vista."

Perdo la gara di sguardi con la gatta e, per insabbiare la cosa, dico: "Lascia che ti aiuti." Raggiunta Rose, prendo la borsa per il riciclaggio e la porto fino al condotto per lo smaltimento dei rifiuti.

"Vlad mi ha già parlato della tua situazione, ma dovevo vedere con i miei occhi." Quando la guardo di nuovo, Rose fa un cenno di apprezzamento con la testa verso la mia aura del Mandato. "Come ho potuto non capire che eri una Conoscente?"

La studio con attenzione. Con il suo trucco pesante ma alla moda, sembra almeno vent'anni più giovane degli ottanta e oltre che le ho sempre dato... ma d'altra parte, essendo una Conoscente, potrebbe essere esponenzialmente più vecchia.

"Allora Vlad non è tuo nipote" dico, e la curiosità mi fa quasi dimenticare quanto sono in ritardo per il lavoro.

"No" risponde Rose e vedo una punta di rossore sotto il suo trucco. "Mi scuso per quella bugia. Non so nemmeno io perché l'abbia detta. Forse perché il nostro rapporto è così legato al mio potere, che io..."

"E che potere è?" domando, sempre più curiosa.

"Il potere di una strega, naturalmente" dice, alzando la testa. "Pensavo che questo fosse ovvio."

"Non per me. Sei la prima strega che conosco."

"Probabilmente è meglio così" dice Rose e accarezza Lucifera dietro le orecchie... con le fusa di piacere della creatura. "Alcune di noi possono essere... niente affatto piacevoli."

Non riesco a non guardare la fragile statura di Rose e mi chiedo che cosa voglia dire con quelle parole. Sta alludendo al fatto che le streghe siano in qualche modo cattive o pericolose? Dato che non voglio offenderla, sposto la conversazione sull'argomento che m'incuriosisce di più. "Allora come vi siete conosciuti tu e Vlad?"

Un sorriso compare sul volto di Rose. "Ero ancora in Francia" spiega, mentre lo sguardo diventa distante. "Poco prima di quella terribile Rivoluzione..."

"Aspetta" dico. "Che significa 'ancora in Francia'? Vieni dalla Francia?"

"Credevo che lo sapessi" dice, e lancia un'occhiata ai suoi vestiti alla moda, come se fosse una conferma.

"Non hai alcun accento" osservo, e mi rendo conto che, con il cognome Martin, Rose potrebbe venire davvero dalla Francia.

"Certo che no" dice con fierezza. "Vivo negli Stati

Uniti dai tempi della Guerra Civile. Ma se hai dei dubbi..." Prosegue dicendo qualcosa in una lingua che sembra francese fluente.

I postumi della sbornia si ripresentano, facendo girare il corridoio. "Allora, quando dici che vi siete conosciuti nel periodo della Rivoluzione Francese, ti riferisci a quella con Luigi XVI, Maria Antonietta, Robespierre e Napoleone?"

"Sì" dice Rose. "E la Guerra Civile era quella con Abraham Lincoln, che era un così simpatico..."

Una porta dall'altra parte del corridoio si apre ed esce uno dei nostri vicini. Non ha l'aura del Mandato e sembra avere più o meno l'età di Rose... anche se ora so che non è così. Potrebbe anche essere il pro-pro-pro-nipote di Rose.

Rose arriccia quasi impercettibilmente il naso, come fa sempre quando questo vicino cerca di flirtare con lei. Con quello che so adesso (che ha un fidanzato... o forse marito?... molto sexy), non posso biasimarla per il disinteresse nei confronti del signore anziano.

"Ciao, Rose" dice, poi sorride... uno scivolone tattico, dato che ha i denti macchiati.

"Salve, signor Duffertnizer" dice Rose con la voce addirittura più fredda del solito.

Lucifera emette verso l'uomo un sibilo feroce che ricorda i leoni territoriali dei programmi sulla natura. Il signor Duffertnizer (che deve aver visto gli stessi programmi sulla natura) indietreggia docilmente di un passo verso il suo appartamento.

"Dovremo continuare questa conversazione più

tardi, Rose" dico. "Se non vado presto al lavoro, Nero mi…"

"Non aggiungere altro" dice Rose con un'espressione che mi ricorda Monna Lisa. "Mi conviene dare da mangiare a Luci, prima che diventi irritabile."

Sia io sia il signor Duffertnizer guardiamo il piccolo batuffolo di nervi tra le mani di Rose e mi chiedo come sia questa gatta, quando è davvero irritabile. Lui comunque resta coraggiosamente al suo posto e, nell'entrare in ascensore, lo sento mentre cerca di coinvolgere di nuovo Rose in una conversazione.

Quando esco dall'edificio, prendo il primo taxi che viene nella mia direzione e comincio a leggere sulle azioni che Nero mi ha chiesto di approfondire.

———

ALLE 10:45 stacco gli occhi dal monitor del lavoro. Negli ultimi dieci minuti su quindici che mi restano prima della consegna, scrivo un'e-mail a Nero con la mia raccomandazione. Le mie dita però, si fermano prima di premere su 'Invia'.

Non è tra i migliori lavori che ho fatto. A causa del tempo limitato, ho dovuto fare il minimo indispensabile e l'analisi finale è più basata sull'istinto che supportata dai dati.

Ad essere sincera con me stessa, questa raccomandazione è poco più di un'ipotesi ragionevole.

"La maggior parte del settore della finanza si basa

sulle intuizioni" dico a me stessa e clicco risoluta sul pulsante invia.

Fisso poi la posta in arrivo, aspettando che Nero risponda immediatamente con qualche ammonimento sulla mia mancanza di rigore nella ricerca.

Quando non arriva nessuna risposta istantanea, mi distraggo controllando la segreteria telefonica.

Due dei messaggi vocali sono di mio papà, e il senso di colpa per aver fatto un'analisi schifosa si fonde in una vergogna più familiare: quella di essere una figlia riprovevole. Compresi questi due messaggi, a questo punto ho probabilmente ignorato più di una dozzina di messaggi vocali di papà.

Non che lui non se lo meriti. Come un orribile cliché, ha tradito mamma con la sua segretaria, causando la disgregazione della mia famiglia adottiva. Non so se la mia forte reazione al loro divorzio sia stata normale oppure peggiorata dall'abbandono dei miei genitori biologici, ma indipendentemente dal motivo, per anni non sono riuscita a vedere papà.

Dopo un po', l'ho perdonato abbastanza da rimettermi in contatto. Fino a quello sbaglio, era stato un bravo papà, e perfino dopo il divorzio aveva pagato tutte le nostre bollette finché non ero andata via da casa di mamma... anche se quello squalo del suo avvocato gli aveva assicurato che non era tenuto a farlo. Comunque, più di recente, ha lasciato che mamma se la cavasse completamente da sola e ce l'ho ancora con lui per questo. Sarà irrazionale, ma è come se avesse abbandonato di nuovo la nostra famiglia.

Individuo Braxton Urban tra i miei contatti e fisso il numero. Voglio davvero farlo? Poi le mie dita toccano lo schermo e il telefono comincia a squillare prima che io decida consapevolmente di richiamare.

Ho perdonato mio papà, o lo faccio perché ho delle domande per lui? Potrebbe avere degli antenati russi che spiegherebbero il mio domovoi.

In effetti, potrebbe essere anche lui uno dei Conoscenti.

Ovviamente è anche possibile che le mie recenti esperienze di premorte abbiano ridimensionato la mia rabbia nei suoi confronti. Se uno di quegli zombie mi avesse ucciso, papà ne sarebbe rimasto più che sopraffatto perché non ci vedevamo da tanto tempo.

Il telefono continua a squillare. Mi rendo conto che, in fondo, sto sperando di sentire la segreteria telefonica... il che non ha alcuna logica. Forse una parte di me pensa che, lasciandogli un messaggio, potrei fingere di averlo evitato in precedenza a causa di un gioco di segreterie telefoniche, almeno parzialmente, e non...

"Sasha!" La voce roca di papà trabocca di eccitazione. "Tesoro, sono così felice di sentirti."

"Ciao, papà" dico imbarazzata. Il suo entusiasmo amplifica il mio senso di colpa più di qualunque punizione. Se fosse mamma al posto di papà, comincerebbe con: "Allora ti ricordi ancora di avere una madre?"

"Ti ho vista in TV" dice papà. "Sei stata incredibile."

"Grazie, papà" rispondo, chiedendomi se si stia seriamente impegnando nel farmi sentire in colpa. Ora mi pento di aver sprecato l'invito per lo studio televisivo con mamma. Ad essere sincera con me stessa, sapevo che mamma non si sarebbe presentata, così come adesso sono convinta che papà avrebbe preso l'aereo da San Francisco, dove ora vive, per essere lì per me.

D'altro canto, se fosse venuto, avrebbe visto uno zombie cercare di uccidermi e poi sarebbe stato ammaliato dai vampiri per dimenticare tutto, quindi forse è meglio che non ci sia stato.

"Ti prego, non dirmi come ci sei riuscita" dice papà, ripetendomi quello che mi diceva sempre quando ero adolescente e lo fregavo con uno dei miei numeri... cosa rara ai primi tempi.

"Certo" dico con lo stesso sarcasmo che usavo allora. Credo che papà non abbia visto il video su YouTube che mi smascherava. "Stavo giusto per dirtelo, ma visto che adesso non lo vuoi sapere..."

Come da vecchio copione, papà emette la sua tipica risata gutturale.

Guardo istintivamente la posta in arrivo. C'è un'e-mail di Nero, composta da una sola riga.

Vieni nel mio ufficio, subito.

"Papà, ho una cosa di lavoro, ma dovremmo vederci e parlare un po'" dico al telefono. "Ti capiterà di venire a New York prossimamente?"

Papà rimane in silenzio per qualche secondo. Probabilmente non riesce a credere che l'abbia appena invitato a uscire. "Sono qua fino a martedì" dice infine. "Per questo ho chiamato."

"Fantastico. Sei libero per pranzo lunedì?"

"Sono sempre libero per te, tesoro. Che ne dici del Fuji Emporium? Ti piace ancora il sushi, vero?"

"Sembra un'ottima idea" dico. "Scusa, ma adesso devo proprio scappare."

"Nessun problema" risponde. "Ci vediamo lì alle 12:30. Lunedì."

"A presto." Riattacco proprio mentre sento papà che dice: "Ti voglio bene..."

Fisso il telefono per un attimo, poi riporto l'attenzione sulla posta in arrivo.

Per qualche ignoto motivo, il cuore mi batte forte, come se temessi quello che succederà quando vedrò Nero. Ma è assurdo. Le riunioni con il capo sono importanti, sì, e possono causare stress ma, con quello che ho passato negli ultimi giorni, queste preoccupazioni banali non dovrebbero neanche sfiorarmi. A meno che non sia l'eccitazione per il fatto d'incontrare il mio nuovo Mentore?

So quello che non è: nervosismo per vedere una persona che ho sognato di baciare.

E che per un attimo ho pensato di aver baciato davvero.

Non può essere perché per tutto il tempo si trattava di Kit, una mutaforma che fa parte dei Consiglieri.

Il vero Nero non sa proprio che ci siamo baciati, perché non è mai successo.

Mentre mi addentro nell'edificio verso l'ufficio di

Nero, i sintomi dell'ansia peggiorano e, per calmarmi, pratico dei respiri rilassanti in ascensore.

Ho paura che mi licenzi per lo schifoso lavoro di stamattina? E se lo farà, porrà termine anche alle sue responsabilità di Mentore (qualunque siano)? Mi capiterà ancora di rivederlo...

Aspetta.

Perché m'importa se lo rivedrò ancora?

Quasi meccanicamente, dico a Venessa (uno degli esemplari più irritanti dell'orda di assistenti di Nero) che sono attesa. Lei fa per un attimo un'espressione incredula, poi con riluttanza mi dice di proseguire.

Le mie ingannevoli mani tremano mentre mi protendo verso la maniglia della porta dell'ufficio di Nero.

Con le ginocchia tremanti, entro incespicando nella spaziosa stanza molto illuminata e dall'aspetto moderno, come se fosse l'oscuro e freddo covo sotterraneo di un cattivo.

CAPITOLO TRE

LA SCHIENA dalle ampie spalle di Nero è rivolta verso di me. Lui è in piedi vicino a una di quelle estrose postazioni di lavoro sit-stand, che attualmente è in posizione eretta. La camicia gli avvolge il corpo e i muscoli asciutti danzano sotto il cotone, mentre le dita scattano sulla tastiera.

Deglutisco rumorosamente.

Lui s'irrigidisce appena e, senza voltarsi, dice: "Siediti."

"Non sono un cane" mi verrebbe da replicare, ma mi trattengo. Senza staccare gli occhi dall'imponente corpo del mio capo/Mentore, mi lascio cadere sull'ultra ergonomica poltrona per i visitatori.

Continua a digitare e i miei occhi non abbandonano la sua schiena.

Che cosa mi prende, oggi?

Nero preme qualche pulsante sulla scrivania ed essa ruota lentamente di 180 gradi. Lui si muove insieme alla rotazione della scrivania e, subito dopo, mi ritrovo a fissare il suo volto scolpito.

"Non sapevo che la tua scrivania potesse ruotare così" dico con la bocca secca. Non risponde, perciò mi schiarisco la voce e aggiungo: "È molto figo."

"Sono subito da te" dice con quella voce profonda quasi comica, simile a un ringhio animalesco, che colpisce così tanto il personale femminile.

Tutte tranne me.

Almeno, non pensavo che la sua voce avesse qualche effetto su di me. Oggi, sono un po' meno sicura.

E se fosse perché la voce proviene da quelle labbra austere, che ricordo bene di aver baciato?

No.

Sono solo gli stupidi postumi della sbornia che mi confondono la mente. Oltre all'adrenalina generata dalla preoccupazione per la mia ricerca inadeguata.

Nero preme un altro pulsante sulla scrivania, che scivola in posizione seduta.

Sprofonda quindi nella sua poltrona a rete, come se fosse un trono, con gli occhi che non si staccano mai dallo schermo.

Il mio nervosismo si tramuta lentamente in irritazione.

Per quanto ancora vuole tenermi in attesa?

Respiro per calmarmi, ricordando a me stessa che può farmi aspettare quanto gli pare e piace. È lui che mi paga lo stipendio e, se vuole pagarmi per rimanere seduta, così sia.

Sforzandomi di non dimenarmi nervosamente,

osservo il lussuoso ufficio. Dopotutto, questa potrebbe essere la mia ultima occasione di vederlo.

L'ufficio di Nero è grande come il mio appartamento, ha una palestra, una piccola biblioteca e, in base alle voci che girano al lavoro, una sauna.

Sia la palestra sia la sauna mi suscitano immagini mentali non richieste, la maggior parte delle quali ritrae il sudore luccicante sul corpo nudo di Nero. Scruto disperatamente la stanza, alla ricerca di qualcos'altro a cui pensare. Qualcosa di non sexy... come un proctologo in agguato con l'orticaria, e che lavora anche per l'IRS.

Mi cade l'occhio sul bellissimo dipinto di un paesaggio surreale. Nella parte inferiore si allunga la cresta argentata di un monte, simile al Grand Canyon, mentre nella parte superiore ci sono sconosciute formazioni di stelle con sette lune dalle sfumature diverse. E come se ciò non fosse già abbastanza mistico, completa il quadro una magnifica aurora boreale.

Si tratta di uno dei leggendari quadri di Nero?

Secondo i pettegolezzi in ufficio, Nero dipinge per rilassarsi... una storia che ho sempre trovato dubbia. Faccio persino fatica a immaginare Nero (che è l'incarnazione della personalità di tipo A) rilassarsi.

"Questa è un'ottima ricerca" dice Nero, con lo sguardo sempre sullo schermo.

"Mi parli, finalmente?" replico, in parte perché non riesco a credere che stia parlando delle mie mediocri stime approssimative, e in parte perché mi sento ancora offesa dal suo comportamento... capo o non capo.

"Dovresti imparare ad accettare con cortesia un complimento, quando te lo fanno." Nero si degna finalmente di guardarmi. I suoi occhi grigio-azzurri sembrano trattenere un pizzico di allegria: se fosse vero, sarebbe la prima volta che vedo una cosa del genere. "La tua analisi è in sincronia con la mia... intuizione su queste aziende."

Spalanco gli occhi per le implicazioni. Sono quasi sicura che il suo cosiddetto intuito sia un eufemismo per informazioni materiali non di dominio pubblico... o *insider trading*, come lo chiamerebbe la SEC, l'agenzia governativa che persegue queste cose a termini di legge.

"Grazie" dico, ed è importante ricordarmi di non chiarire cosa intendesse Nero, così non dovrò giurare il falso se la SEC mi farà delle domande.

"Voglio che tu faccia lo stesso ottimo lavoro per questo portafoglio" dice Nero, e gira lo schermo verso di me.

"Certo." Osservo l'elenco di azioni e, dopo un rapido calcolo mentale, affermo: "Dovrei finire entro la fine della prossima settimana."

"Mi serve entro le cinque di oggi." Nero gira di nuovo lo schermo nella posizione di prima e per un attimo continua a scrivere. Il mio telefono squilla immediatamente.

Do un colpetto sulle tasche per localizzare il dispositivo e, dopo averlo trovato, faccio scorrere rapidamente la sua e-mail per confermare che quello che mi chiede è impossibile. Cercando di non parlare con voce incrinata, dico: "Ci sono circa venti azioni in questo elenco."

"Ventisei." Nero distoglie lo sguardo dallo schermo e mi guarda dritto negli occhi.

Lo fisso a mia volta, senza battere le palpebre. Ma lui dev'essere un campione di gare di sguardi, perché sono la prima a spostare gli occhi da un'altra parte. Tenendo lo sguardo puntato sul suo orecchio sinistro (e notando che, stranamente, ha un lobo molto simmetrico), dico: "Non è molto tempo."

"Sono sicuro che saprai cavartela." Nero torna a guardare lo schermo, come se la conversazione fosse finita.

Per qualche secondo resto seduta ad aspettare, in modo tale da non balzare in piedi per picchiarlo con violenza. Quando è palese che Nero si è dimenticato della mia presenza nella stanza, mi schiarisco la voce intenzionalmente e chiedo: "E la questione del Mentore?"

"Ti faccio da mentore da quando hai cominciato a lavorare qui" risponde, guardandomi di nuovo. "Sei tra i migliori analisti..."

"Mi riferisco al fatto di essere una veggente." La stanza intorno a me sembra esageratamente calda e, prima di rendermi conto di cosa stiano facendo le mie mani, mi slaccio il primo bottone della camicia.

"Ah. Quello." Lo sguardo di Nero scivola sulla mia scollatura evidente, assumendo un'espressione così predatoria, che mi riallaccio immediatamente la camicia. Quanto vorrei poterla coprire anche con uno scialle. Riportando lo sguardo sul mio viso, dice: "Penso che tu stia facendo enormi progressi."

Mi appoggio saldamente le mani in grembo, e vorrei che afferrare il capo per il colletto inamidato della camicia e dargli un bello scossone fosse una condotta lavorativa appropriata. Comunque, dato che a Wall Street non vedono di buon occhio la violenza, regolarizzo il respiro affannoso e, con la gentilezza più finta che mi riesce, chiedo: "Cosa te l'ha fatto pensare?"

"Il modo in cui ti sei comportata davanti al Consiglio di New York." Le sue mani abbandonano la tastiera.

"Cosa vuol dire il Consiglio di New York?" domando, accigliata. "Non intendi dire il Consiglio?"

Nero inarca un sopracciglio. "Non avrai pensato che a un ente solo, che governa tutti i Conoscenti del mondo, importasse di un caso come il tuo?"

"Quindi ci sono altri Consigli?" Aggrotto la fronte. "Allora perché tutti parlano *del* Consiglio e non di *un* Consiglio?"

"Immagino per lo stesso motivo per cui le persone chiamano Manhattan 'la City'" risponde Nero.

"Okay..." Decido di scavare a fondo nell'argomento più tardi e dico: "Quindi pensi davvero che abbia fatto 'enormi progressi' come veggente?"

"Non è così?" Gli occhi azzurro-grigi di Nero assumono un bagliore del colore dell'acciaio, mettendo in risalto i cerchi scuri attorno alle iridi.

"No." Lotto contro l'impulso di distogliere di nuovo lo sguardo. "Sono stata fortunata ad aver avuto un sogno medianico sull'incontro con il Consiglio, e se non fosse successo, io..."

"Hai avuto un sogno?" Gli occhi di Nero si socchiudono intentamente. "Non semplicemente una visione? Raccontami tutto." Incrocia le braccia.

"Non è stato solo uno" dico. "Sono stati molti."

Racconto a Nero di quella volta in cui sono svenuta durante la comparsa in TV, e di come quel sogno, durante l'incoscienza, mi abbia avvertito di un imminente attacco di zombie. Descrivo quindi il sogno che mi ha permesso di origliare la conversazione tra Chester e Beatrice, quello dove ho visto i cadaveri che in seguito hanno cercato di uccidermi. Passo poi al sogno dove Beatrice ha rianimato una donna moribonda in ospedale, e a quando ho visto una versione dell'incontro con il Consiglio durante un pisolino in taxi, subito dopo essere sopravvissuta a quell'attacco.

Non gli racconto del sogno in cui l'ho baciato... o come si è poi rivelato, in cui ho baciato Kit.

L'espressione di Nero è indecifrabile mentre parlo, ma quando arrivo al sogno che ho avuto dopo essere svenuta in uno scontro con Beatrice, quello in cui sono stata effettivamente pugnalata a morte, i suoi muscoli del collo si tendono e noto un leggero scatto della sua mascella. Non gli piace, presumo, l'idea di aver quasi perso la sua mucca da mungere a forma di Sasha.

Concludo con: "Stanotte, non ho fatto alcun sogno."

"Quindi neanche una visione ad occhi aperti?" Nero disincrocia le braccia, mentre assume un'espressione meditabonda.

"Posso avere visioni ad occhi aperti?" Fatico a reprimere l'eccitazione. "È proprio quello che sembra? Una visione del futuro, dove..."

"E tutti i sogni avevano a che fare con un avvenimento stressante" dice Nero, come fra sé. Sembra indifferente alle mie domande.

"Beh..."

La porta alle mie spalle si apre e Venessa si precipita nella stanza. "Signore" guarda Nero quasi con devozione, "l'appuntamento delle 11:30 è qui. È il Signor..."

"Ah, giusto." Nero scuote la testa, come per schiarirsela dai miei problemi di bassa lega. "Fallo entrare."

Venessa mi lancia un'occhiata minacciosa e chiude la porta.

Indicando lo schermo, Nero dice: "Mi serve quella ricerca per le 04:45."

"Hai detto le cinque pochi minuti fa" ribatto. "Adesso ho un quarto d'ora in meno?"

Nero si alza, preme un pulsante e la sua scrivania scivola in posizione eretta. "Esatto" risponde con freddezza. "Se hai qualche problema, puoi pure raggiungere i vampiri alla Goldman Sachs. Là sono molto più rilassati."

Vorrei chiedergli se intende vampiri in senso letterale (non si sa mai, con la mia nuova vita), ma mi limito a un "Sì, signore" mescolato a un saluto in stile militare. Purtroppo, non sta più guardando me, i suoi occhi sono di nuovo sul monitor.

Dovrei andarmene, ma non riesco a resistere. "Se t'importa così poco d'insegnarmi qualcosa sul mondo dei Conoscenti, perché sei diventato mio Mentore? Per assicurarti che non possa lasciare questo lavoro?"

Invece di rispondere, Nero dà una scorsa alle carte sulla scrivania e, una volta individuato un logoro biglietto da visita, me lo porge dicendo: "Chiama quel numero per l'Orientamento."

"Orientamento?"

"Sono in ritardo per la riunione." Scocca un'occhiata incisiva verso la porta.

Mi piego nell'alzarmi ed esco a passi pesanti dall'ufficio.

Quando vedo chi ha dovuto aspettare che io e Nero finissimo di parlare, la mia rabbia si ridimensiona notevolmente. Il visitatore di Nero, una volta sindaco di New York, è attualmente una delle persone più ricche del mondo.

Perché è venuto qui invece di far venire Nero da lui?

Mi chiedo, e non per la prima volta, quanto ricco e influente sia realmente Nero... nel normale mondo degli umani, intendo. Perché questa riunione grida 'parecchio'.

Mi chiedo anche se il visitatore miliardario sia il motivo della rapidità con cui devo svolgere la ricerca. Se Nero gli sta facendo un portafoglio personalizzato, questa pressione è molto più sensata.

Ancora turbata, mi dirigo in mensa.

Il cibo qui ha un prezzo decisamente agevolato e la qualità è quella di un ristorante a cinque stelle. Oggi è il giorno della cucina francese, quindi riempio il vassoio con un paio di gougères (piccoli bignè al formaggio) e una baguette per accompagnare la ratatouille. Dopo una breve riflessione, prendo anche una crêpe alla banana come dessert e cinque tazzine di noisette (l'equivalente francese del caffè macchiato).

Dato che mi sento molto stanca, se avessero una flebo con dentro del caffè, metterei probabilmente anche quella sul vassoio.

Mentre mi ritrovo nella lunga fila dell'ora di punta davanti alla cassa, penso a come svolgere una ricerca su ventisei azioni nell'arco di poche ore. Poi una voce familiare alle mie spalle mi chiama per nome.

Sobbalzo leggermente, e il vassoio per poco non si rovescia a terra prima, che riesca a prenderlo.

Mi giro e vedo Lucretia, la psicologa che Nero tiene al fondo per assicurarsi che tutti gli ingranaggi al suo servizio siano in condizioni lavorative ottimali. Come me, è una Conoscente, ma a differenza di me è una pre-vampira... L'ho scoperto quando l'ho vista ieri sera alla mia Grande Festa.

"Spero di non averti spaventato" dice Lucretia con la sua voce rassicurante. Si china vicino al mio orecchio. "Ho appena percepito così tanta insoddisfazione in te, che ho dovuto dire qualcosa."

Mi ritraggo dalle sue labbra rosee. "Tu cosa?"

Il mio vassoio tremola, perciò tengo ferme le mani. L'adrenalina del saluto di Lucretia deve confondermi ancora le idee: avrei giurato che la sua voce di poco fa sembrasse quella di un Jedi, percependo...

"Oh, non lo sapevi." Si china di nuovo verso di me e sussurra: "Sono un'empatica." Mi guarda, piena di aspettativa, ma deve scorgere un'espressione completamente vuota, poiché aggiunge: "So percepire le emozioni, soprattutto quando sono forti."

La mia mente corre alla ricerca della migliore tra mille domande, ma non riesco che a chiedere: "Però non puoi leggermi nel pensiero, giusto?"

"Purtroppo, no." Dopo essersi guardata intorno, per accertarsi che nessuno possa sentirci, spiega a bassa voce: "Solo le emozioni. Comunque, è una manna per il mio lavoro."

Certo.

Un'empatica strizzacervelli.

Non mi stupisce che le sue abilità siano così leggendarie. In un mondo di normali psicologi umani, essere un empatico è come essere l'unico critico d'arte dotato della vista, o l'unico ginecologo con le braccia, o...

"Allora, cosa ti turba così tanto?" chiede, stavolta senza avvicinarsi.

La fila si sposta in avanti e la seguo, chiedendomi se lei sia vincolata al segreto professionale di cui avevamo già parlato.

"Resterà tra noi" dice Lucretia quando ci fermiamo.

Spero vivamente, nonostante le sue precedenti rassicurazioni, che non mi abbia appena letto nel pensiero.

"Nero mi ha affibbiato un sacco di lavoro." Sposto il peso da un piede all'altro. "Tutto qui."

"Riesco a percepire che c'è dell'altro" replica, gli occhi azzurri pieni di preoccupazione. "Dovresti proprio venire da me per una seduta."

"Ci penserò" dico, e non è del tutto una bugia. Ci penso subito dopo aver detto queste parole, e decido di no. Lei è lì, che mi guarda pazientemente, quindi aggiungo: "Al momento non ho tempo."

"Posso parlare con Nero se tu…"

"No" dico, forse con troppa veemenza. "Lascia che affronti da sola i miei problemi."

"Naturalmente" dice, guardandomi con tanta compassione, che avrei voglia di confidarmi con lei seduta stante. Però resisto alla tentazione. Dovrei essere molto più disperata, per vuotare il sacco mentre sono in fila in una mensa.

Nel silenzio imbarazzato che cala, noto due tizi che ci fissano dalla fila vicina e sento uno che dice all'altro: "No, non penso che siano imparentate."

No, di nuovo.

Il fatto che siamo entrambe pallide, con gli occhi azzurri, magre e con i capelli neri non significa che siamo identiche.

Poi mi viene in mente un pensiero bizzarro.

"Lucretia" dico, mentre il battito cardiaco accelera. "Hai dei figli?"

Lei s'irrigidisce per un attimo, quindi scuote la testa. "No, mi dispiace. Non ne ho."

Addio alla mia idea strampalata. Per un attimo, mi ero chiesta se potesse essere in qualche modo mia madre biologica. Nonostante il suo aspetto giovanile, è vecchia di secoli e avrebbe potuto avere facilmente un figlio della mia età... o dell'età della mia bisnonna. Ma d'altra parte, non è una veggente, quindi non avrei neanche dovuto chiederglielo.

Mentre continuiamo a restare in fila, mi accorgo che qualcosa nella mia domanda l'ha sconcertata. Ho appena toccato un tasto dolente?

"Mi dispiace. Non era mia intenzione curiosare" dico a bassa voce, chinandomi verso di lei. "Spero di non aver..."

"Va tutto bene." Mi rivolge un sorriso tirato. "Probabilmente non lo sai ancora, ma per noi non è facile avere dei figli con gli umani." Abbassa ancora di più la voce mentre lo dice, e leggo tra le righe.

Un tempo, deve aver amato un umano, ma non potevano avere dei bambini.

Voglio scusarmi ancora per la mia mancanza di sensibilità, ma siamo già alla cassa e il cassiere chiede ad alta voce: "Contanti o carta di credito?"

Posiziono il vassoio vicino alla cassa e tiro fuori la carta di credito. "Pago io per entrambe" dico, indicando il vassoio di Lucretia.

"Oh, no, non devi" fa per dire, ma scaccio le sue proteste con un gesto della mano.

"No, ti prego, insisto."

Scuote la testa con un sorriso. "Adesso devi proprio venire da me per un'altra seduta."

"Forse" rispondo, immaginando che pronunciare questa parola non sia una bugia, anche se le probabilità che ci vada sono inferiori all'un per cento. "Al momento, non posso fisicamente. Troppo lavoro."

"E sei sicura di non volere che parli con Nero di questo?"

"Sono sicura" dichiaro, allontanandomi dalla sua traiettoria. "Ti prego di scusarmi. Devo andare a ridurre la quantità di lavoro."

"Buon appetito" dice Lucretia. "Spero di vederti presto."

"Grazie" dico, e vado via dalla mensa.

Quando arrivo alla scrivania, apro diversi articoli sui miei schermi e li leggo, mentre divoro il delizioso cibo con noncuranza e senza un vero piacere.

Con il tempo che ho, posso solo imparare gli elementi di base di ogni azienda, quindi divido metodicamente il tempo a disposizione in ventisei parti uguali, senza riservare a ogni azione più di quella piccola quantità.

Alle 04:30, mi sembra di avere gli occhi pieni di rapporti prezzo/utili e conti economici, tanto da sanguinare.

Comincio a scrivere i miei suggerimenti per Nero. Ho fatto del mio meglio, ma date le circostanze, definirei le mie raccomandazioni come ipotesi... e nemmeno ragionevoli.

Una scimmia bendata che scaglia frecce sui miei

monitor sarebbe altrettanto precisa. D'altro canto, in base ad alcune ricerche, le scimmie che lanciano frecce *possono* essere tanto precise quanto gli esperti di finanza. Ovviamente, questa è una riprova delle capacità di selezione delle azioni da parte degli esperti di finanza... uno dei tanti motivi per cui mi sono sempre sentita piuttosto inutile con il mio lavoro.

Alle 04:44 mando tutto per e-mail a Nero e tiro un sospiro di sollievo. È un sollievo ingiustificato, considerando che potrei perdere il lavoro (o, per lo meno, il bonus di fine anno) nel giro di pochi minuti.

Mentre vado al distributore dell'acqua e torno indietro, un messaggio di Nero è arrivato nella mia casella di posta.

Ci siamo. Povertà, eccomi che arrivo.

CAPITOLO QUATTRO

FISSO L'E-MAIL DI NERO, temendo che lo stress mi abbia causato un'allucinazione.

Ottimo lavoro, dice l'e-mail di Nero. *Continua così.*

Come posso aver fatto un buon lavoro, se a malapena ho avuto il tempo di svolgere un'analisi decente? E cosa ancora più importante, come può sapere così in fretta se le mie raccomandazioni sono valide? Mi ha dato più azioni sulle quali nutriva delle 'intuizioni' illegali?

Sfregandomi gli occhi, controllo il telefono e vedo due messaggi di Felix.

Il pranzo è venerdì all'una, al Nargis Café. Ecco il link alla pagina Yelp.

Seguo il link. Il menù e le recensioni sono molto promettenti, ma il locale è a Brooklyn, e ciò significa un pranzo più lungo (bene) e, ovviamente, un tragitto fino a Brooklyn (non molto bene).

Ci sarò, rispondo.

Poi leggo l'altro messaggio.

Ho controllato le informazioni sui precedenti inquilini del nostro appartamento. Non sembrano neanche lontanamente russi, inoltre nessuno è mai morto qui dentro. Però, ho scoperto una cosa a cui stenterai a credere. Chiamami.

Incuriosita (com'era nelle intenzioni di Felix), chiedo al telefono di effettuare una videochiamata con Neophile, il nomignolo personale che ho dato a Felix, dovuto alla sua ossessione per Neo di *Matrix*.

In pochi attimi, compare sullo schermo la faccia sorridente di Felix. Alle sue spalle, ci sono una parete di almeno una dozzina di monitor e un aggeggio che dev'essere l'ultima novità in fatto di tastiere ergonomiche. Ha una somiglianza molto sospetta con le tastiere di *Matrix*.

"Sapevo che avresti chiamato." Felix rotea nella sua poltrona nera, simile a quella dei dentisti, mostrandomi una gigantesca stanza che assomiglia ad un centro elaborazione dati pieno di supercomputer. "E fidati di me, ne vale la pena."

"Sto avendo una giornataccia" dico. "Puoi sputare il rospo?"

"Indovina chi è il proprietario del nostro palazzo?" chiede Felix in tono monotono.

"Il Presidente degli Stati Uniti?" dico, cercando di sembrare allegra, nonostante il profondo senso di presentimento che m'invade all'improvviso.

Felix scuote la testa. "Ti do un indizio: possiede

anche il palazzo dove sei seduta in questo preciso istante."

"No" dico, mentre il presentimento diventa una certezza. "Non è possibile."

"Nero Gorin" dichiara Felix, trionfante. Poi si acciglia. "Stai bene?"

La mia faccia, evidentemente, esprime tutto il disagio che provo. Finora, ho sempre pensato di poter diventare una senzatetto in un solo modo: se Nero mi licenzia. Adesso può anche non rinnovarmi l'affitto, se lo faccio incavolare troppo. Io adoro casa nostra e...

"Davvero, cosa c'è?" chiede Felix in un sussurro sottovoce.

La preoccupazione sul suo volto è commovente. Se fosse qui, probabilmente lo abbraccerei, anche se si comporta in modo molto imbarazzante quando lo faccio.

"È solo il tanto lavoro." Punto il telefono verso i miei schermi, che mostrano ancora una serie di articoli. "Nero, in questo momento, non è esattamente la persona che apprezzo di più."

Come in risposta alle mie parole, l'e-mail del lavoro tintinna e, quando guardo lo schermo, trovo un'altra e-mail di Nero nella posta in arrivo.

Giro di nuovo la telecamera del telefono verso di me. "Devo tornare al lavoro. Grazie di esserti occupato di questa storia del domovoi per me. Ti devo un favore."

"Nessun problema." Ha un sorriso contagioso, perciò lo ricambio e poi riattacco.

Il nuovo elenco di azioni di Nero è leggermente più corto del precedente (si tratta comunque di un lavoro di un paio di giorni), e la mia data di consegna è 'prima dell'apertura del mercato di domani'.

Ordino una consegna dal ristorante messicano e mi metto all'opera. Quando arriva il cibo, sono così stanca, che a malapena riesco a pensare, e dopo aver mangiato il burrito, la sonnolenza post-prandiale si mescola alla spossatezza, riducendo sensibilmente la qualità della mia ricerca già discutibile.

Alle 08:37 di sera, digito un'e-mail con il report per Nero, ma in realtà non la invio. Vista la data di consegna, programmo l'invio dell'e-mail alle 06:00 di domani mattina. Così, Nero dovrebbe avere il tempo d'intervenire, e sembrerà che io abbia lavorato molto duramente... magari tutta la sera.

Faccio del mio meglio per fingere di andare semplicemente a sgranchirmi le gambe, invece esco furtivamente dall'edificio e comincio a camminare senza pensare.

Nell'attraversare la strada, comincio ad avere una spiacevole sensazione, una specie di prurito in mezzo alle scapole.

Mi guardo intorno, ma non vedo nessuno che mi osserva. Eppure, la sensazione rimane.

Se non sapessi che non è così, penserei che qualcuno dell'ufficio abbia deciso di seguirmi... ma i miei colleghi del fondo speculativo non sono assolutamente ficcanaso *fino a questo punto*.

Mi ci vuole qualche minuto per capire dove sono diretta.

Un negozio di magia.

Di solito, acquisto i libri e gli attrezzi di magia online, ma niente è più confortante dell'entrare in un tradizionale negozio di magia. Prima della pubertà, per me, un negozio di magia era come Toys'R'Us e un negozio di caramelle messi insieme. Tuttavia, quando mi sono cresciute le tette, ho cominciato a frequentare meno spesso i negozi di magia, a causa dell'eccessiva attenzione bavosa da parte della predominante clientela maschile.

Un campanello a vento tintinna quando entro.

La paranoia di prima non sparisce del tutto, e mi sento come se l'immaginario collega ficcanaso fosse fuori a fissarmi.

Oh, diamine, che guardi pure. Ho una vita al di fuori del lavoro, e non me ne vergogno.

È evidente che il negozio di magia non stia andando bene: non sono l'unica ad aver spostato online gli acquisti di magia, presumo. Mezzo scaffale, adesso, è occupato da giochi concreti come cuscini per scoregge e finti mucchi di pupù.

Il negozio è deserto nel momento che impiego a guardarmi intorno, ma poi un hippy con i baffi, che ha circa la mia età, viene fuori. I suoi occhi si spalancano nel vedermi, e i suoi baffi sembrano allungarsi in entrambe le direzioni.

"Tu sei quella Sasha" esclama. "Ti ho visto in TV. Sei stata fantastica."

"Grazie" dico, felice che abbia omesso il fiasco su YouTube che mi ha smascherato. "Ha dei libri sull'illusionismo con il numero del proiettile?"

Dopo gli avvenimenti dell'altro giorno, mi sono chiesta se sia il caso di procurarmi una pistola. Anche se non sono una patita delle pistole come Ariel, ho sempre desiderato esaminare i numeri legati alle armi, prima o poi. Forse tutti quegli attacchi di zombie erano dovuti all'universo, che mi sta dicendo: 'prima o poi' è adesso.

"Abbiamo solo questo." L'hippy si allunga verso una grande libreria e mi porge un libricino.

Gli lancio un'occhiata. La pubblicità sul retro descrive un numero dove un artista riscalda un proiettile con un fiammifero, facendolo esplodere, ed esso poi finisce nella bocca dell'intrattenitore.

In breve, a questo numero manca la parte più teatrale dell'illusione: la pistola.

"Voglio qualcosa di maggior calibro" dico. "È un doppio senso."

"Non abbiamo altro." Si arriccia i baffi.

La cosa non mi stupisce. Il numero del proiettile è un'illusione assurdamente pericolosa. Almeno sei illusionisti molto famosi sono morti nel metterlo in pratica. Eppure, tutti gli importanti illusionisti televisivi che mi vengono in mente hanno realizzato una versione, e ho sempre pensato di unirmi al club... cioè, finché il fatto di essere una Conoscente non ha posto fine alle speranze di andare in TV.

"Ho questo numero sulla roulette russa." Il tizio

afferra dallo scaffale un altro libretto, leggermente più spesso, e me lo mette di fronte. "Consiste nel mettere un proiettile in una rivoltella, poi la fai ruotare, e 'ti spari' in..."

"So in cosa consiste la roulette russa" replico, cercando di non mostrare l'irritazione.

L'uomo arrossisce. "Non volevo sostenere il contrario. Timothy ci fa spiegare i numeri a tutti i clienti. Indipendentemente dal genere."

Indipendentemente dal genere.

È come iniziare una frase con 'non vorrei sembrare sessista, ma...'.

"Ho inventato una versione personale della roulette russa" gli dico. Non aggiungo che, senza una pistola, non ho mai testato la mia idea davanti a un pubblico, perciò l'idea potrebbe essere pessima.

"È fantastico" dice, sovreccitato, nel palese tentativo d'insabbiare il suo sbaglio. "Lo renderai pubblico?"

Un'ottima domanda.

Dovrei pubblicare le mie idee adesso, che non posso mettere in scena nessun numero di magia, oppure dopo la morte, come ho pianificato più o meno per scherzo, così altri illusionisti potranno usarle?

No.

Gli effetti che ho inventato sono le mie creature, e passarli ad altri illusionisti sarebbe come abbandonarli in un aeroporto per farli trovare da un'altra famiglia.

"No" rispondo fermamente. "Mi porterò tutto nella tomba."

Il tizio sembra sinceramente deluso...

Probabilmente, significa che non sa come io abbia fatto qualcosa nello spettacolo in TV, e sperava di scoprire il segreto nel mio libro. È probabile che voglia sapere come ho fatto nominare la Regina di Cuori alla conduttrice, prima di mostrarla tatuata sul braccio.

"Senti" dice in modo cospiratorio, con un'occhiata alla telecamera di sicurezza. "Di solito, sono io a fare le dimostrazioni dei numeri, ma mi chiedevo... potresti mostrarmi qualcosa?"

Se intendeva redimersi, ci è appena riuscito in pieno. Per un illusionista, non esiste complimento più grande della richiesta di esibirsi con qualcosa. Di solito, aspetta semplicemente il suo turno per dimostrare le proprie abilità.

Esito per un attimo, ricordando il divieto del Consiglio sulle mie performance, poi decido che non violerò nulla, con questo. L'uomo non penserà che io sia vera neanche in un milione di anni; sa come si svolge la maggior parte dei numeri.

Attenta a non rivelare qualche mia invenzione, affinché non me la rubino, ripeto ciò che ho mostrato a Fluffster a colazione. Poche cose in quella procedura inganneranno un tizio che lavora in un negozio di magia, ma spero che possa apprezzare l'esecuzione di tutte le mosse.

"È stato magnifico" dice quando ho finito, e si liscia i baffi con aria pensierosa, facendomi credere di aver sottovalutato le mie capacità con gli inganni, dopotutto.

"Non male" commenta una nuova voce aspra. "Le

tue abilità con l'impalmaggio sono molto buone. Per una ragazza."

Mi volto e vedo che il nuovo arrivato è un uomo sulla sessantina, tozzo e dai capelli bianchi. Devo congratularmi con lui: è riuscito ad apparire come dal nulla.

"Timothy." L'addetto alle vendite sembra un coniglio con le spalle al muro. Come me, non aveva visto che il suo capo si era avvicinato di soppiatto per sbirciare la mia performance.

Incrocio gli occhi lacrimosi di Timothy e corrugo la fronte. "'Per una ragazza' cosa vuol dire, esattamente?"

Avevo già sentito parlare di Timothy Bandicoot, il proprietario di questo negozio. Nella comunità degli illusionisti di New York, è quasi famoso, soprattutto perché è un po' una contraddizione. Anche se è proprietario di un negozio di magia, ha anche un canale YouTube, dove presenta le sue teorie su come famosi illusionisti realizzino i loro numeri. Avendo visto il suo spettacolo una volta, ero rimasta delusa da alcune delle elaborate e impossibili teorie che aveva proposto come metodi alla base della magia.

Ora sembra che non abbia nemmeno le qualità per un servizio clienti. Forse non dovrei stupirmi affatto per tutte quelle finte fesserie sugli scaffali.

"Intendevo farti un complimento" dice Timothy, sfregandosi la lucente zona calva in cima al cranio, come portafortuna. "L'impalmaggio è difficile per una persona con le mani così piccole e delicate come le tue."

"Ceeerto." Roteo gli occhi. "Allora, sta dicendo che mi ha visto nascondere le carte nella mano, giusto?"

"Ma ovviamente" risponde Timothy. "Le carte singole e il mazzo intero."

"Che strano" dico. "Perché la mia procedura non includeva l'impalmaggio di una singola carta."

"Impossibile" replica Timothy. "Quando la carta ti è finita in tasca..."

"Vogliamo passare dalle parole ai fatti? C'è la registrazione." Indico la telecamera di sicurezza. "Controlliamo il nastro e, se mi inquadra mentre nascondo una carta in mano, le do mille dollari. In caso contrario, lei me ne dà cinquecento."

Timothy guarda con aria supplichevole il suo servo con i baffi. Con la visione periferica, vedo che il commesso scuote la testa.

"Stiamo per chiudere" dice Timothy. "Non c'è tempo per i giochi."

"Allora è meglio che vada." Mi dirigo, trionfante, verso l'uscita.

"Tieni" dice il commesso, mentre mi raggiunge, e mi porge un libricino con la procedura della roulette russa. "Un regalo per ringraziarti di avermi mostrato i tuoi trucchi." I suoi occhi sembrano aggiungere: "E ti chiedo scusa se il mio capo è uno stronzo."

"Grazie" dico, cercando la maniglia della porta. Da sopra la spalla, aggiungo: "Potrebbe piacerti lavorare per un negozio di magia online."

Sbatto la porta con un forte schianto e vado verso la metropolitana.

La sensazione di essere osservata si ripresenta. E se Nero mi avesse fatto impazzire con tutte quelle ricerche? Vorrei avere Lucretia, o qualche altro professionista di malattie mentali, tra le chiamate rapide per verificare questa teoria.

Accantono il pensiero, salgo in metropolitana e comincio a leggere il mio regalo. Il tempo passa così velocemente, che per poco non perdo la mia fermata.

Mentre esco dalla stazione, mi accorgo che la mia mente è ancora troppo annebbiata per tornare a casa, ma per fortuna ho il rimedio perfetto: un giro a Battery Park.

Chiamato così per le postazioni di artiglieria presenti in quest'area nel passato più violento, questo parco è di gran lunga il mio luogo preferito in città. Camminare vicino all'acqua del Porto di New York ha qualcosa di incredibilmente confortante. Perfino la mia precedente impressione di essere seguita scompare.

Quasi, intendo.

Cammino senza fretta sulla passeggiata fino al porto turistico.

Come al solito, il New Jersey è illuminato sull'altra sponda, proprio come la Statua della Libertà nel porto. La passeggiata è abbastanza affollata, ma quando arrivo al porto (cioè, quando sgattaiolo dentro / mi introduco abusivamente), non c'è nessuno.

Fermandomi vicino a uno yacht da diversi milioni di dollari, sistemo il sedere sul molo e dondolo le gambe sopra l'acqua. Prendo il libro di magia e vado avanti a leggere, alla luce di un lampione dall'aria antica.

Il libro elenca molte tecniche interessanti per la roulette russa. Alcune includono una pistola truccata, altre usano proiettili truccati, altre ancora si affidano al gioco di destrezza, quando si tratta d'inserire un proiettile vero in una pistola vera... che è quello che pensavo di fare, quando fantasticavo sull'esecuzione di questo numero.

Un profondo senso di presentimento, all'improvviso, mi travolge.

Mi sono appena immaginata inconsciamente mentre commettevo un errore, e mi facevo saltare le cervella durante una performance?

Il mio subconscio deve aver dimenticato che le mie ambizioni su una carriera in TV sono finite. E se anche Ariel mi permettesse di farlo, non rischierei la vita per un numero, al solo scopo d'intrattenere i miei coinquilini.

Beh, almeno non penso che lo farei. Forse al compleanno di Felix...

La luce del lampione alle mie spalle diventa più fioca.

Sto per voltarmi per guardarlo, quando succede una cosa inspiegabile.

Un attimo prima, sono seduta sul molo, e un attimo dopo, cado a piombo nell'acqua.

La mia testa sbatte contro qualcosa di metallico, e il mondo diventa sfocato.

CAPITOLO CINQUE

I PIEDI per prima cosa entrano in contatto con l'acqua, poi il resto di me cade nel gelo profondo.

Lo shock dell'acqua fredda mi scuote dallo stato confusionale, abbastanza da ricordarmi di trattenere il respiro.

Sono molti anni che pratico la tecnica di trattenere il respiro, in previsione di una futura fuga subacquea. Tutta questa pratica, probabilmente, mi salva la vita, poiché nuoto verso la superficie sempre trattenendo il respiro.

Proprio come durante le esercitazioni, comincio a contare mentalmente fino a dieci (il mio record finora è settantotto).

Qualcuno mi ha spinto, o sono scivolata? E se mi hanno spinto, chi è stato?

Se mi stanno seguendo, tornare in superficie potrebbe essere pericoloso.

D'altro canto, dopo quello che ho letto

sull'esperienza dell'annegamento, potrei preferire l'ambiguo pericolo rappresentato dalla persona che mi ha spinto, rispetto a quell'orribile agonia.

Quindici secondi.

Le persone, istintivamente, non respirano sott'acqua ed è un istinto così forte, che può soverchiare la paura della carenza di ossigeno. Almeno fino al limite di sopportazione, quando troppa anidride carbonica e troppo poco ossigeno spingono il cervello a trarre con ottimismo quel respiro fatale. E la terribile verità sull'annegamento è che, probabilmente, sei cosciente quando quel respiro involontario si verifica.

Aprendo gli occhi, nuoto sott'acqua, cercando di non essere vista dal molo e di non pensare a tutta la sporcizia, ai preservativi usati, ai rifiuti degli animali e degli umani, ai potenziali batteri/amebe carnivori, e a ogni genere di sostanze chimiche tossiche portate dalla pioggia.

La testa mi pulsa nel punto in cui l'ho battuta nella caduta, e il dolore mina la mia concentrazione, già compromessa.

Venticinque.

Non so quanto mi possa fidare dei miei sensi in questa situazione, ma potrei giurare che un'imponente sagoma stia oscurando la luce del lampione. La figura è enorme... dev'essere l'acqua che la deforma.

Sforzo gli occhi per un paio di secondi.

Il desiderio di respirare diventa il mio unico pensiero. In un certo senso, è cento volte più doloroso che durante le mie esercitazioni per la fuga subacquea...

probabilmente grazie all'adrenalina. Paradossalmente, mi sembra che i polmoni stiano per scoppiare per la mancanza d'aria, e non è mai successo durante le mie esercitazioni.

È il panico a decidere per me.

Fingerò che sul molo non ci sia nessuno.

Cerco disperatamente le scale sul lato del molo.

Ora sono arrivata a quaranta, ma il panico può aver confuso il mio conteggio.

Quando tocco con la mano il metallo della scala, capisco di aver commesso un grave errore.

Non ho considerato gli effetti dell'adrenalina, e il mio corpo ha appena raggiunto quel limite di sopportazione.

Contro la mia volontà, inspiro.

L'acqua mi invade la bocca e il naso, poi m'inonda i polmoni.

Mi sembra di aver appena inalato ferro fuso.

La mia vista assume una tinta nero-giallastra.

Ogni parte di me vuole dimenarsi, tuttavia riesco ad afferrare spasmodicamente la scala di metallo e comincio a tirarmi su.

Un vulcano sta esplodendo nelle mie vie respiratorie.

Perdo la cognizione del tempo mentre mi isso, prima un passo, poi un altro.

L'agonia mi fa venire in mente il Rito. Chiunque pensi che quella dell'annegamento simulato non sia una tortura, dovrebbe inspirare dell'acqua in questo modo. Direi qualsiasi cosa a chiunque, pur di farlo smettere.

Con un colossale sforzo di volontà, mi isso di un altro gradino, e l'aria fredda della sera mi colpisce in viso.

A questo punto, mi sembra di avere nei polmoni metà dell'acqua del porto. Con una nuova ondata di dolore lancinante, tossisco e mi sollevo, e l'acqua mi fuoriesce dal naso e dalla bocca.

Sebbene le convulsioni mi facciano quasi mollare la presa sulla scala, mi ci aggrappo come se la mia vita dipendesse da lei... e probabilmente è così.

Se sopravvivrò, non farò mai e poi mai una fuga subacquea in tutta la mia carriera (sempre se riavrò indietro la carriera, intendo). Probabilmente, non andrò neanche più a nuotare. Anzi, come Lucifera, potrei rinunciare del tutto a fare il bagno.

In qualche modo, mi arrampico su un altro gradino della scala.

Credo di avere il cervello sovraccarico di dolore, perché non ricordo di salire i due gradini successivi.

Al rallentatore, come se fossi ancora sott'acqua, striscio sul molo e subito perdo i sensi.

———

MI RISVEGLIO con un rantolo e scatto in posizione seduta.

Non c'è nessuna figura sul molo.

Sono qui da sola.

Mi sento come se mi fosse salito sul petto un elefante... e ciò non ha senso, a meno che, oltre ad essere quasi affogata, non stia anche avendo un infarto.

Con qualche respiro doloroso ma benefico, mi alzo in piedi lentamente.

Anche se mi pulsa la testa e sento la cassa toracica infiammata, il cuore batte regolarmente, ma ho così freddo che, se i miei denti avessero i denti, batterebbero anche quelli.

Con gambe che sembrano fiammiferi bruciati, barcollo fuori dal porto turistico, ignorando gli sguardi delle persone che camminano sulla passeggiata.

Senza averlo deciso coscientemente, comincio a correre.

Scommetto che la corsa non sarebbe raccomandata da un medico dopo il mio calvario, ma essa mi riscalda e dirada un po' della confusione nella mia mente.

Perché nessun sogno premonitore mi ha aiutato, avvisandomi di questo quasi-annegamento? Il Rito mi ha portato via i poteri? Pensavo che, grazie al Mandato, i Conoscenti tenessero la bocca chiusa sulla nostra esistenza, ma se qualcosa fosse andato storto, nel mio caso?

Cosa ancora più importante, è stato qualcuno a spingermi nell'acqua, o sono caduta di mia spontanea volontà? La seconda opzione sembra improbabile, ma se da qualche parte c'è qualcuno che vuole arrivare a me, dov'è e perché non mi ha finita quand'ero priva di sensi?

Non che rimanere in vita mi dispiaccia. Se il mio

potenziale assassino ci ripensasse, mi andrebbe benone.

A questa velocità, raggiungo il mio palazzo in pochi minuti. Mentre entro in ascensore, ringrazio la mia buona stella, perché non ci sono dei vicini a guardarmi.

Nella superficie riflettente della cabina dell'ascensore, sembro un incrocio tra un gattino fradicio, uno straccio usato e la vincitrice di una gara di maglietta bagnata.

Ariel mi saluta in corridoio quando apro la porta.

"Wow." Guarda me, poi la finestra. "Non mi ero accorta che stesse piovendo."

"Non stava piovendo" replico, e devo sembrare tanto infelice quanto mi sento, perché posso quasi vedere il cervello di Ariel mettersi in moto mentre si lancia in quella che io e Felix chiamiamo affettuosamente 'modalità mamma chioccia'.

"Adesso togliamo questi vestiti bagnati e mi dici cos'è successo" dice Ariel, con voce severa e attenta, che denota la piena attivazione di quella modalità.

Mentre vado in bagno e mi spoglio, comincio a spiegarle.

Vestendo i panni del futuro medico, Ariel mi esamina attentamente il cranio e le costole, scuotendo la testa per tutto il tempo. Nello specchio, vedo dei lividi sul mio petto. Il livido sulla testa non è visibile, ma toccandolo sento il bernoccolo, e anche Ariel.

"Non va bene" mormora, aprendo l'acqua della doccia mentre mi spazzolo i denti, per sbarazzarmi del disgustoso sapore dell'acqua. Sputando il dentifricio, continuo a raccontare ad Ariel della sensazione di paranoia che ha preceduto il quasi-annegamento.

"Entra." Ariel apre la porta appannata della doccia e m'introduce sotto il getto.

L'acqua sembra bollente all'inizio, ma mi ci abituo in fretta e mi torna la sensibilità alle dita dei piedi. Mi strofino dappertutto, fino a farmi male, e quando esco sono tutta rosa e rossa. Mentre mi asciugo con un asciugamano, Ariel mi prende i parametri vitali e, dopo avermi infilato nella sua vestaglia di pile, mi trascina in cucina.

"È molto strano." Mi mette una borsa del ghiaccio nella mano sinistra e mi mostra dove tenerla sulla testa. "Il modo in cui ti sei fatta i lividi sulle costole... l'ho già visto prima. La prima volta che ho praticato la rianimazione cardio-polmonare nell'esercito, ho lasciato dei segni proprio come quelli, perché non sapevo cosa stessi facendo e ho premuto troppo forte sul petto della vittima."

"Rianimazione cardio-polmonare?" Scaccio le immagini di qualche ripugnante estraneo che appoggia la bocca sulla mia. "Stavo respirando quando sono uscita, ne sono piuttosto sicura."

"Chiunque l'abbia praticata su di te, chiaramente non se ne intende di primo soccorso." Ariel mi ficca nella mano destra una tazza di tè quasi bollente.

"Ma perché lui o lei non era lì quando ho ripreso conoscenza?" Soffio sul tè per raffreddarlo. "E perché non chiamare il 911?"

"Forse è stata la persona che ti ha spinto. Hai detto

di aver visto qualcuno attraverso l'acqua, e quando ti sei svegliata non c'era nessuno."

Corrugo la fronte, sorseggiando con prudenza il tè. "Non ha senso. Perché cercare di uccidermi, e poi di salvarmi?"

"Forse lo scopo era spaventarti?"

"Ma perché?" Bevo un altro sorso di tè, e mi accorgo vagamente che è camomilla con il miele. "Di solito, quando si spaventa qualcuno, si dice il perché. Per esempio 'non parlare con la polizia o altro'."

"Sono d'accordo." Ariel si lascia cadere sulla sedia accanto alla mia. "Non è molto sensato."

"A proposito di polizia." Sistemo la borsa del ghiaccio. "Dovrei segnalare tutto questo?"

Ariel tamburella le dita sul tavolo, il bellissimo viso attraversato da rughe di preoccupazione. "Dubito che possano fare qualcosa per te, sempre se ti credono. Inoltre, se tutto ciò c'entra con il fatto che sei una Conoscente, potresti anche avere dei guai con il Consiglio."

Ottimo. Proprio quello che mi serve. "C'è una polizia dei Conoscenti con cui posso parlare?"

"Vlad e i suoi uomini sono una specie di polizia" dice Ariel. "Presumo che tu possa andare da lui, ma magari parla prima con il tuo Mentore. Probabilmente, Vlad ti direbbe di farlo."

"Nero?" Poso la tazza e mi massaggio il setto nasale. "Devo proprio? Decisamente, non è la persona che apprezzo di più in questo momento."

"Perché? Cos'ha fatto?"

"Niente, in realtà." Afferro di nuovo il tè e lo sorseggio con rabbia, scottandomi il palato. "Mi ha solo fatto fare il mio lavoro molto più intensamente del solito. Penso che non sia esattamente un crimine contro l'umanità."

Ariel inarca le sopracciglia. "Davvero? Tutto qui?"

Chissà perché. Ariel in qualche modo ha intuito che c'è un segreto a proposito di Nero. Non le ho detto della storia del bacio, e adesso non è il momento adatto per spiegarglielo. In effetti, non so se esisterà mai un momento adatto per...

"Secondo te, potrebbe esserci Chester dietro questa situazione?" chiede Ariel. "Ha perso il posto nel Consiglio a causa tua, e se fosse la sua vendetta?"

A questo ci ho già pensato brevemente, ma sono lieta che sia Ariel a sollevare l'argomento. "Credi che farebbe una cosa del genere? Gaius ha detto che dovrei essere al sicuro da lui, adesso che sono subordinata al Mandato."

"Non conosco Chester di persona, quindi non posso sbilanciarmi, ma chi altri ti porta rancore?"

Ci rifletto. "Sai, se è stato Chester, si potrebbe spiegare la strana rianimazione cardio-polmonare." Sposto la borsa del ghiaccio dalla testa alla mia dolente cassa toracica. "Se Chester mi avesse ucciso, sarebbe stato nei guai con il Consiglio, ma per com'è adesso, ho solo fatto un'orribile scivolata e lui è salvo da ogni conseguenza... a meno che non riesca a dimostrare che è stato lui a spingermi in acqua."

"In tal caso, devi parlare con Nero e dirgli che

sospetti di Chester, indipendentemente dai momentanei sentimenti per il tuo Mentore."

"Ci penserò" dico, prima di un rumoroso sbadiglio.

"In ogni caso, nel prossimo futuro, non andrai da nessuna parte senza di me." Ariel si massaggia il polso destro con la mano sinistra.

"È un'idea folle. Io devo lavorare e tu hai la tua scuola di medicina."

"Allora smetti di fermarti fino a tardi al fondo e..."

"Fatti licenziare" mi intrometto. "No. Questa non è una soluzione, però ho un'idea che ti piacerà."

Ariel incrocia le braccia. "Che cosa?"

"E se avessi un'arma?"

"*Tu* con una pistola?" Disincrocia le braccia e sembra così eccitata, da far credere che mi sia appena offerta volontaria per massaggiarle i piedi per un anno, invece di volermi procurare un dispositivo che potrebbe farmi saltare le dita dei piedi.

"Sempre meglio che doverti trascinare in giro" affermo. "Senza offesa."

"Chiamerò il mio uomo" dice Ariel con lo stesso inappropriato entusiasmo. "Sai già che pezzo vuoi?"

"Pensavo a un revolver" rispondo, ricordando il libro di magia, ora affondato. "A meno che tu non abbia un altro suggerimento."

"Personalmente, preferisco una semiautomatica, ma in effetti un revolver farebbe più al caso tuo. Innanzitutto, se lasci cadere a terra l'arma, è meno probabile che con un revolver parta un colpo accidentale."

"Spero che la mia pistola immaginaria non mi cada affatto. Ma buono a sapersi."

"Il revolver, inoltre, non ha la sicura." Ariel si sfrega il mento con pollice e indice.

"E questo è positivo o negativo?" Finisco il tè con un unico, lungo sorso.

"Se ti ritrovi in mezzo a una sparatoria, con tutta quell'adrenalina, potresti dimenticarti di togliere la sicura. Succede più spesso di quanto tu creda. In più, è meno probabile che un revolver s'inceppi."

"Ottimo." Le restituisco la borsa del ghiaccio. "Perché la gente prende di tutto fuorché i revolver?"

"Ci sono tanti motivi per cui le forze armate e la polizia non li usano." Ariel va a rimettere la borsa del ghiaccio in freezer. "Per esempio, un revolver ha molti meno colpi."

"Questo potrebbe non essere un gran problema per me. Se qualcosa dovesse andare male davvero, non mi aspetto di dover sparare più di un paio di proiettili comunque" dico. "O almeno, lo spero."

"Se dobbiamo affidarci alla speranza, allora ti procuriamo questa pistola, nella speranza che non ti serva" dice Ariel nel suo tono di saggia veterana. "Meglio che averne bisogno ed essere senza."

"Accordato" dico con un altro sbadiglio.

"Questo fine settimana ti porterò anche al poligono di tiro." Ariel indurisce la voce. "Niente più scuse."

"D'accordo." Sbadiglio un'altra volta. "Andremo per locali *e* a sparare. Stai cercando di trasformarmi in te?"

"Questo è come un terzo sbadiglio" replica,

sbadigliando anche lei. Devo essere contagiosa. "Va' a letto" dice nello stesso tono severo. "Subito."

"Okay, mamma" replico, poi esco dalla cucina.

Quando entro nella mia stanza, Fluffster mi saluta vicino alla porta, e gli do da mangiare seguendo la mia solita routine.

Mentre mangia, tiro fuori il telefono dai vestiti bagnati. Con mio stupore, funziona ancora: il fatto di essere impermeabile funziona davvero. Collego il telefono al caricabatterie, ma imposto la modalità silenzioso, per assicurarmi di dormire senza interruzioni stanotte.

"Mi piace proprio questo fieno" dice Fluffster nella mia mente, e mi accorgo che, con il crollo dell'adrenalina, mi sono dimenticata che può comunicare con me.

"È biologico" lo informo. "Niente pesticidi per te."

"Il biologico è molto più caro di quello normale?" La voce mentale di Fluffster sembra eccessivamente preoccupata. "Dubito che mi accorgerei della differenza e..."

"Continuerò a darti il fieno biologico" dico, resistendo all'impulso di roteare gli occhi. "Se io mangio biologico, perché non dovresti mangiarlo anche tu?"

"Anche tu probabilmente non senti la differenza" brontola Fluffster. Poi, mentre mi metto la camicia da notte, deve notare i lividi, poiché chiede: "Sei ferita?"

Dopo qualche sollecitazione, spiego al cincillà cos'è successo. Se qualcuno volesse raccogliere prove sulla mia instabilità mentale, una registrazione di questa conversazione sarebbe probabilmente un valido motivo per rinchiudermi in una stanza imbottita.

"Dovresti rimanere a casa, d'ora in poi" dice alla fine. "Queste cose succedono quando esci."

"La tua è una soluzione tanto pratica, quanto quella di Ariel" gli dico. Gonfia con fierezza la coda, perciò devo precisare: "Con questo intendo dire che entrambe *non* sono pratiche."

Dopo aver discusso per qualche minuto, alla fine ci rinuncia... probabilmente perché sa che, se mi fa arrabbiare, potrei privarlo delle mandorle e del bagno di polvere.

"Posso accoccolarmi vicino a te?" chiede, quando finalmente mi metto a letto.

"Ma certo." Ho letto su internet che ai cincillà non piace essere asfissiati in questo modo, ma deduco che nel suo caso sia diverso... e per me è un sogno che diventa realtà. "Sempre."

Tenendo il mio caldo e meravigliosamente morbido domovoi contro il petto, come un orsacchiotto, scivolo nel sonno.

CAPITOLO SEI

MI SVEGLIO.

Non ho più avuto visioni in sogno: le ho forse perse per sempre?

La testa e le costole vanno molto meglio e, quando arrivo in cucina e ingurgito un paio di pancake alla banana e ai mirtilli di Felix, mi sento quasi bene come ogni normale venerdì mattina.

Indosso perfino un completo per il lavoro, per rabbonire i tradizionalisti genitori di Felix, che vedrò oggi a pranzo.

"Secondo me, non è stato Chester a spingerti in acqua" dice Felix, dopo che gli ho raccontato le mie avventure. "Non sembrerebbe nel suo stile."

"Allora cosa credi che stia succedendo?" Oggi, Ariel sta mangiando un pancake con le mani, come una donna delle caverne.

"Non ne ho idea." Si gratta sulla testa. "Posso

provare a vedere se qualche telecamera di sicurezza ha registrato l'incidente, ma non ci conterei troppo."

Azzardiamo le teorie che ci vengono in mente per il resto del pasto, ma nessuna riesce a spiegare il mistero del molo.

Dopo essermi congedata, do da mangiare a Fluffster, infilo un paio di ballerine da abbinare al completo, ed esco di casa.

"Ricorda che oggi usciamo a pranzo" mi avvisa Felix, mentre chiudo la porta alle mie spalle.

"Ci vediamo lì" dico, e corro al lavoro.

———

UNA VOLTA ARRIVATA ALLA SCRIVANIA, mi attendono due e-mail di Nero.

Nella prima, è estasiato per le mie valide decisioni di ieri sera, perciò sembra che abbia fatto un po' meglio di una scimmia bendata... evidentemente, ho ancora fortuna.

Nella seconda e-mail, Nero mi chiede di fare delle ricerche su un altro carico di azioni prima di pranzo... circa cinquanta per cento in più di ieri mattina.

Svolgo le ricerche sulla maggior parte delle azioni il meglio possibile, ma per quelle che rientrano nella seconda metà dell'alfabeto (circa un quarto), decido d'imbrogliare e di formulare le mie raccomandazioni basandomi solo sull'istinto, senza altri dati eccetto il nome dell'azienda.

Spero che, se anche Nero dovesse perdere dei soldi per questo piccolo sottoinsieme di azioni, decida di ridurre il mio folle carico di lavoro, invece di licenziarmi.

Terminando la recensione dieci minuti prima della consegna, cerco qualcosa da fare prima di uscire a pranzo.

Mi cade l'occhio su un biglietto da visita che Nero mi ha dato ieri.

Con tutto quello che mi è successo, mi sono completamente dimenticata dell'"Orientamento', qualunque cosa sia. Ho anche dimenticato di chiedere informazioni ai miei coinquilini.

Prendo il telefono e digito il numero sul biglietto.

"Dottor Hekima" risponde una profonda voce melodica, di quelle che potrebbero descrivere i documentari sulla natura. "Come posso aiutarla?"

"Ciao. Mi chiamo Sasha." Blocco il mio computer. "Sasha Urban."

"Ah" dice eccitato il Dottor Hekima. "Sei la nuova studentessa di cui mi hanno parlato."

"Una studentessa?" Ruoto sulla sedia. "Quindi, l'Orientamento è una specie di scuola per i C..."

"Questa non è una conversazione da fare al telefono" replica il Dottor Hekima e, per la prima volta, noto un lieve accento nella sua voce... forse sudafricano? "Potresti venire da me durante l'orario d'ufficio, questo sabato?"

"Certo" rispondo. "Dove e a che ora?"

"Ti andrebbe bene alle due del pomeriggio?" chiede,

e mi dà l'indirizzo... che, sfortunatamente, è nel Queens.

"Va bene" dico dopo un attimo di esitazione.

"Siamo proprio sopra la primissima stazione del Queens" spiega. "Se prendi la M..."

"Sono sicura di trovarvi. Non vedo l'ora di parlare con lei, Dottor Hekima."

"Lo stesso vale per me" dice, poi riattacca.

Osservo l'orologio sul telefono e balzo in piedi.

Se non scappo subito, arriverò tardi al pranzo con la famiglia di Felix.

———

PRIMA DI OGGI, sono stata a Brighton Beach tre volte. Una volta per nuotare e per camminare sulla passerella, una volta quando Felix ha convinto me ed Ariel a provare 'il caviale e la vodka più buoni del mondo', e una volta mentre ci stavo passando per arrivare al parco di divertimenti di Coney Island. Conosciuto come La Piccola Odessa, in questo quartiere vive la più vasta comunità di immigrati russi dell'emisfero occidentale.

Osservo le facciate dei negozi, tutte con scritte in cirillico. Se Fluffster era appartenuto davvero ai miei genitori biologici, allora probabilmente parlavano russo, e significa che, se non fossi stata abbandonata in aeroporto, sarei capace di leggere tutti questi segni.

Mi fermo vicino a un edificio coperto dalle impalcature per il restauro, che sono così comuni a

New York, e prendo il telefono. Sono in anticipo di un paio di minuti, e il GPS dice che il ristorante è a due isolati di distanza.

All'improvviso, una profonda sensazione di allarme mi travolge.

Senza sapere il perché, faccio un salto di lato.

Un mattone si schianta al suolo nel punto in cui c'ero io appena un secondo fa.

CAPITOLO SETTE

LA SENSAZIONE di pericolo non sparisce.

D'istinto, faccio un salto all'indietro, quasi incespicando nei resti del mattone.

Un secchio pieno di tinta atterra dove mi trovavo io, mandando schizzi per tutta la pavimentazione e creando un quadro d'arte moderna.

Che cavolo?

Obbligo il cervello intontito a lavorare e muovo il corpo verso l'edificio.

Non appena avanzo di un passo, una chiave inglese sbatte sulla chiazza di tinta, seguita da altri attrezzi in una mortale grandine di metallo.

Mentre inizio a correre, alzo lo sguardo. Sul lato dei ponteggi, c'è uno di quegli ascensori a fune usati da lavavetri ed operai edili, solo che questo è inclinato verso il suolo. Gli oggetti pericolosi, chiaramente, sono scivolati da lì.

Scommetto che abbiano infranto un centinaio di

leggi, usando quell'affare senza delimitare la zona dei lavori. Brighton Beach non risponde alle leggi di New York?

Furiosa, mi lancio nell'edificio e corro fino al piano parallelo alla fonte dell'incidente. Sono decisa a fare un bel discorsetto a qualcuno.

Un uomo enorme procede con passo pesante verso di me, e rallento, chiedendomi se, alla fine, correre dentro sia stata una buona idea.

Secondo la scienza moderna, la maggior parte degli europei e degli asiatici ha circa il 2 per cento di DNA dell'uomo di Neanderthal. Questo tizio sembra averne almeno cinquanta volte tanto. Ha la fronte bassa e inclinata, gli occhi incavati, e un teschio così grande, che l'elmetto giallo da operaio sembra una yarmulke ebraica in cima alla sua testa.

"Ti posso aiutare?" ringhia con una voce bassa, che quasi compete con quella di Nero, ma senza nessun sottofondo sexy.

Non che io mi accorga del sottofondo sexy di Nero.

Chiamo a raccolta ogni pizzico della mia rabbia, per prendere coraggio. "Per poco, quello non mi ha ucciso." Indico l'ascensore con la corda allentata.

Lui guarda in quella direzione, e poi ancora me.

"Non può essere successo" dice, come se non avesse appena visto l'attrezzatura inclinata. "Stiamo molto attenti alla sicurezza."

"Cosa vuol dire che non può essere successo? È successo" replico, indignata, e noto un'altra cosa a proposito del tizio. Sembra avere addosso uno spesso strato di fondotinta. Forse non ha un'identità di genere fissa? Oppure sta nascondendo delle orribili cicatrici.

"Impossibile" dichiara e, quando apre la bocca, vedo la fila inferiore di denti. Sono così sporgenti, da sembrare zanne limate.

Mettendo da parte questa osservazione, mi concentro sull'argomento attuale. "È proprio lì, senza le cianfrusaglie di prima" dico, additando ripetutamente l'ascensore con frustrazione. "Non ho cercato di uccidermi."

"Dovremo indagare su questo" dice, mostrando per un istante la fila superiore di denti... una confusione seghettata che diventerebbe l'incubo di qualunque dentista. "Grazie per avercelo fatto notare."

I suoi occhi brillano di una luce cattiva mentre pronuncia quell'ultima frase, e di colpo mi ricordo del pranzo.

"Prego" rispondo, arretrando prudentemente. "Vogliamo evitare che qualcun altro si faccia male."

Muove su e giù la testa, e l'elmetto giallo per poco non mi vola in faccia.

Arretro fino alle scale, poi mi precipito giù alla massima velocità permessa dalle mie gambe. Quell'uomo aveva qualcosa di sbagliato, specialmente alla fine della conversazione.

Con mio sollievo, durante il resto del tragitto fino al ristorante non succede niente.

Entro furtivamente e mi guardo intorno. Tutto ha un aspetto decisamente mediorientale, e credo che ciò si abbini al cibo uzbeko. Il profumo di cipolla fritta e pane fresco mi fa brontolare lo stomaco.

Felix agita un braccio da un grande tavolo alla mia destra, dov'è seduto da solo.

"Siediti" dice quando mi avvicino. "I miei genitori mi hanno appena detto di essere usciti dal treno. Scusami per questo. Mamma è sempre in ritardo."

"Non c'è problema." Chiedendomi quale posto possa significare 'non fidanzata' per i suoi genitori, mi accomodo a due sedie di distanza alla destra di Felix. "Un attimo fa, sono quasi stata uccisa."

"Che cosa?" Per poco non fa cadere il menù, scioccato. "Quando? Come?"

"Un mattone in testa" dico, poi gli racconto l'accaduto.

Si fa sempre più accigliato durante la mia spiegazione, con le dita che giocherellano nervosamente con il menù. "Forse mi sono sbagliato stamattina" dice alla fine. "Forse *c'è* Chester dietro tutto questo. Se interpreto correttamente il suo potere, se ti vuole ferire, può aumentare le probabilità che si verifichino degli incidenti, quand'è vicino a te."

Stupendo. "Mi toccherà parlare con Nero, giusto?"

"Decisamente sì" risponde Felix, con lo sguardo che si sposta da me alla porta.

Sospiro e decido di concentrarmi su qualcosa di più allegro. "Hai mai fatto l'Orientamento?" chiedo, quando Felix mi guarda di nuovo.

"Certo" risponde. "Tutti l'abbiamo fatto."

"Che cosa comporta?" Lo stomaco mi brontola

ancora, quando sento l'odore di qualcosa di pastoso e fritto.

Felix sogghigna. "Nero ti sta mandando all'Orientamento?" Di fronte alla mia occhiataccia, si mette a ridere e spiega: "È come il catechismo dei Conoscenti. Impari alcune cose basilari sulla nostra specie..."

"Cosa c'è di così divertente?" chiedo, socchiudendo gli occhi, anche se comincio a farmi un'idea.

"Niente. È solo che lo facciamo durante l'adolescenza, tutto qui. Probabilmente, sarai la studentessa più vecchia." Ride di nuovo, scuotendo la testa.

Ricordo Gaius mentre parlava del suo lavoro di Araldo, e il modo in cui spiega ai giovani Conoscenti chi e cosa sono. L'Orientamento dovrebbe seguire la stessa linea.

"Ti prego, non dirmi che tornerò alle superiori." Guardo Felix con un orrore solo parzialmente simulato. "A malapena sono sopravvissuta la prima volta."

"È solo un giorno a settimana" dice per rassicurarmi, poi osserva l'entrata. "Eccoli qua."

Studio i nuovi arrivati.

Presi separatamente, non salta subito all'occhio che siano i parenti biologici di Felix, figuriamoci i suoi genitori. Suo padre è prevalentemente di origine russa: sembra un uomo abbronzato dalla carnagione bianca, con lineamenti slavi. La sua prominente pancia da bevitore, in particolare, è in netto contrasto con la magrezza di Felix, ma la differenza maggiore sta nel modo in cui suo papà guarda me e le altre clienti... come se fossimo oggetti sessuali, non persone.

La mamma di Felix, invece, non sembra affatto europea. I suoi lineamenti sono un forte miscuglio di caratteristiche mediorientali e asiatiche, e il suo viso è molto più rotondo di quello di Felix.

"*Kotek*" dice, e da esperienze precedenti so che in russo significa 'gattino'... Poi prenderò in giro Felix per questo.

La famiglia di Felix rientra in quel cinque per cento della popolazione uzbeka che parla russo anziché (o nel caso di sua madre, oltre a) uzbeko. Ecco perché abitano vicino a Brighton, con predominanza di russi, e perché lo stesso Felix parla molto bene il russo ma quasi per niente l'uzbeko.

Provo una fitta di gelosia, nel guardare i suoi genitori abbracciare e baciare il figlio su ogni guancia alla maniera dei russi. Mamma e papà sono molto più riservati quando si tratta di manifestazioni d'affetto.

"Sashen'ka" dice la mamma di Felix, usando uno dei tanti diminutivi russi del mio nome... che di per sé è il diminutivo di *Alexandra*. "Che bello rivederti."

"Salve, Signora Fokin" dico, alzandomi per stringere la mano alla donna.

"Per favore." Mi afferra il braccio in una specie di mossa di aikido, ma invece di volare per terra, finisco in un grande abbraccio, con la faccia quasi sepolta nel suo seno abbondante. Poi mi bacia sulle guance, lasciando sicuramente delle spesse impronte di rossetto come quelle sulla faccia di Felix. "Te l'ho già chiesto. Chiamami Zamira."

Mi divincolo con un timido sorriso. "Giusto. Scusi, Zamira."

"E puoi chiamarmi Ruslan" dice il papà di Felix, e si avvicina di un passo, come per abbracciarmi anche lui. Con mio sollievo, Zamira socchiude gli occhi con aria truce, e lui ridimensiona l'abbraccio a una specie di stretta di mano d'affari.

Ha la mano umida e callosa, perciò la lascio andare più rapidamente di quanto non detterebbe l'etichetta.

Tutti si accomodano e aprono i menù.

Studio le parole sconosciute, ma prima di riuscire a decifrarle, sono sommersa dai suggerimenti di prelibatezze uzbeke 'da non perdere'.

Per il primo ('devi' almeno ordinare tre piatti in questo posto) scelgo una zuppa chiamata *lagmon*... una volta che Felix e suo papà mi hanno entrambi garantito che non contiene carne di cavallo. (Perché la carne di cavallo fa parte della cucina tradizionale uzbeka. Ehi, almeno non è fegato di gattino.) Per l'antipasto/il secondo, opto per dei ravioli al vapore chiamati *manti*, e per il piatto principale scelgo un tipo di pilaf chiamato *plov*. Il tutto accompagnato da una *lepyoshka*, un delizioso pane simile a quello fatto nei tandoor.

Il nostro cameriere è un uomo alto e di bell'aspetto, che sembra più un russo piuttosto che un vero uzbeko.

Si accorge che lo sto fissando e mi fa l'occhiolino.

Zamira gli rivolge la stessa occhiata torva che ha riservato al marito, e rabbrividisco. Perché dovrebbe importarle, se attiro l'attenzione maschile? A meno che Felix non abbia ragione, e lei pensi ancora che stiamo insieme, nonostante lui l'abbia negato.

Il papà di Felix gli riporta le nostre ordinazioni in una raffica di parole russe, e il cameriere sgattaiola via, per sfuggire allo sguardo penetrante di Zamira.

"Io e Sasha siamo in pausa pranzo dal lavoro" dice Felix, dopo essersi accertato che il cameriere sia fuori portata d'orecchio. "Quindi non è meglio affrontare subito l'argomento pressante?"

Senza dare ai genitori la possibilità di confermare (perché probabilmente non sarebbero d'accordo), Felix si lancia in spiegazioni a proposito di Fluffster.

"Interessante" dice Ruslan, quando il figlio ha finito. "Posso dirti subito che il domovoi non è di Felix. Mio nonno ne aveva uno, ma quel domovoi vive con mio padre in Russia."

Il cameriere ci porta da bere, e la conversazione subisce una pausa. Io, Felix e Zamira riceviamo il tè in una ciotola e non in una tazza. Ruslan ha optato per qualcosa di più forte... una bevanda alcolica chiamata *bozo*. Quando inizio a sghignazzare, Felix mi assicura che il frizzante miscuglio è fatto di miglio bollito e fermentato, e che nessun pagliaccio, specialmente di nome Bozo, è stato danneggiato nella realizzazione di questa bevanda.

"Allora." Felix sorseggia il tè dalla ciotola e la posa sul tavolo. "Sappiamo che il domovoi non è il mio, e che non è appartenuto a uno dei vicini. Dev'essere quello di Sasha."

"Vero." Ruslan posa il suo bozo. "Ma ciò non significa che abbia vissuto con i suoi genitori biologici." Guardando me, chiede: "Di che nazionalità sono i tuoi genitori adottivi? Sono dei Conoscenti?"

"No, solo americani" rispondo, vergognandomi di non aver mai indagato granché sull'argomento. "Felix ed Ariel hanno conosciuto mia mamma, e lei non aveva l'aura del Mandato. Non ho più visto papà dopo il Rito, ma sono piuttosto sicura che neanche lui sia un Conoscente. In ogni caso, presto ci vedremo e verificherò per sicurezza."

"Gli americani non sono tutti degli immigrati, originari di un altro luogo?" chiede Zamira con aria solenne. "Almeno, se guardi indietro di qualche generazione."

"Già, e alla seconda generazione si dimenticano spesso del loro retaggio." Ruslan lancia a Felix un'occhiata penetrante, che sembra significare: 'Assicurati che la *tua* prole non lo faccia... sempre se qualcuno vorrà avere dei figli con te, se non sei riuscito a tenere due mogli perfette'.

Il cameriere porta le zuppe e il pane lepyoshka, quindi trattengo la risposta finché non se n'è andato.

"Posso chiedere ai miei genitori se hanno origini russe." Spezzo il pane per me e studio la zuppa, che contiene spessi noodles e grassi bocconi di manzo e agnello, ed è guarnita con porri e aneto.

"Nel caso in cui abbiano davvero sangue russo, chiedi loro se hanno avuto animali domestici" dice Ruslan, soffiando sulla sua zuppa *tushpera*.

"A proposito" Zamira tiene il cucchiaio vicino alla bocca, "*tu* hai mai avuto animali domestici, nella tua vita?"

"No." Raccolgo cautamente una cucchiaiata di lagmon.

"Magari quand'eri piccola?" chiede Felix.

"Forse" dico. "Ma ne dubito. Mamma è allergica al prendersi cura di qualcosa."

Felix ridacchia... perché ha conosciuto mia mamma. I suoi genitori, però, sembrano molto cupi, e ricordo in ritardo l'enfasi sul rispetto per i genitori presente nella loro cultura.

Per coprire il passo falso, metto il cucchiaio in bocca, e il gusto speziato e saporito rende difficile concentrarsi su altro per qualche istante. Inseguo la zuppa con un bel boccone di lepyoshka e resisto alla tentazione di gemere di piacere. Quando, finalmente, riprendo fiato, chiedo: "Conoscete un modo per far sì che Fluffster... il domovoi stesso... ricordi da dove viene?"

Ruslan pesca un raviolo dalla zuppa. "Ogni volta che un domovoi si presenta sotto forma di animale, si generano dei ricordi, ma quando l'animale muore, i ricordi non si trasferiscono nella forma successiva assunta dal domovoi. Penso che la parola corretta per definirlo sia amnesia. So che è successo al domovoi di mio nonno, almeno cinque volte."

"Dunque" dico lentamente, dandomi la possibilità di applicare la logica a questa strana idea. "Se non avessi animali domestici, l'ultima serie di ricordi che Fluffster

aveva prima di diventare un cincillà dipenderebbe da
che animale sia stato per i suoi ultimi proprietari, che
potrebbero essere i miei genitori biologici."

"Esatto." Ruslan ingoia il raviolo.

"Esiste un modo per fargli passare questa amnesia?"
Conficco il cucchiaio nella zuppa. Temo che la risposta
sia un no.

"No" dice Zamira.

"Forse" risponde contemporaneamente Ruslan.

"Ti riferisci a quella panzana?" Zamira guarda il
marito, accigliata. "Tuo nonno potrebbe essersela
inventata, inoltre non sappiamo se *lei* è la stessa Baba
Yaga di..."

"Posso parlare, donna?" esclama severamente
Ruslan, mettendo giù il cucchiaio.

Credo che il modo in cui ha sbattuto il cucchiaio si
avvicini ad uno scoppio d'ira, ma Zamira smette di
parlare e, ancora peggio, ha l'espressione di chi è stato
messo in castigo.

Il cameriere porta il secondo, e tutti restiamo seduti
in questo silenzio imbarazzato per alcuni lunghi
istanti, prima che Ruslan riprenda la parola. "Il
domovoi del mio bisnonno era un cane" dice. "Poi, un
giorno, mio nonno trovò il padre e il cane morti. Così,
quando prese un gatto (di cui il domovoi subito
s'impossessò), mio nonno volle chiedere al domovoi
cosa fosse successo. Tuttavia, si ritrovò ad affrontare lo
stesso tuo problema." Il ricordo sembra farlo soffrire, e
mi chiedo se abbia assistito a tutto questo dramma di
famiglia.

Zamira mette una mano rassicurante sulla spalla del marito, che dice: "Mio nonno ha consultato Baba Yaga, e lei l'ha aiutato a recuperare i ricordi..."

"Pagando un prezzo" sottolinea Zamira.

"È vero" ammette Ruslan, cupo. "Non ha più potuto controllare la sua amata sabbia per un decennio, dopo aver visto la strega."

Ci rifletto e mi stringo nelle spalle. "Visto che i miei sogni premonitori sono inaffidabili, privarmene per dieci anni non sarebbe un gran peso."

"Non osare dirlo ad alta voce." Zamira si guarda intorno, come se la strega del racconto potesse saltare fuori da dietro l'angolo.

Felix ingoia il cibo e dice: "Non stai insinuando che la Baba Yaga di questa storia è la stessa persona che ha quel ristorante a un paio di isolati da qui? *Izbushka Na Kurih Nojkah?*" Mi guarda. "Significa 'una capanna su zampe di gallina'."

"Non ne ho idea" dice Ruslan, e si caccia il samosa in bocca. "Sembra improbabile, no?"

"La Baba Yaga è una strega delle fiabe russe" mi spiega di nuovo Felix. "E, guarda caso, a New York c'è una strega tra i Conoscenti che ha lo stesso nome. Ha una cattiva reputazione."

"Ci credo, con un nome come Baba Yaga." Zamira taglia delicatamente una fetta del suo kebab. "Anche se non è *la* Baba Yaga, pensa che genere di persona potrebbe prendere questo nome. Cosa penseresti di qualcuno con lo pseudonimo 'Cattiva Strega dell'Ovest'?"

"Si chiama la Perfida Strega dell'Ovest" dice Felix, che viene ricompensato dallo sguardo truce di entrambi i genitori.

"Se fossi in te, cercherei di scoprire in un altro modo chi siano i tuoi genitori" mi dice Ruslan.

"Allora perché le hai raccontato quella storia?" chiede Zamira.

Mi aspetto un altro scoppio d'ira di Ruslan, che si limita a sospirare. "Tutti meritano la possibilità di conoscere le proprie origini."

Cala un lungo silenzio. Infilzo il mio manti/raviolo, chiedendomi se sarei disposta a vedere qualcuno dal nome Perfida Strega dell'Ovest, se ciò significasse saperne di più sui miei genitori biologici.

"Allora" dice Zamira, guardando severamente Felix, "se non stai con Sashen'ka o Arielechka, come sostieni, come potrò mai avere dei nipotini?"

Per poco non mi strozzo con il raviolo, e Felix diventa di un rosso molto intenso; temo che qualcuno potrebbe usarlo per preparare un borscht.

"Mi è capitato, in effetti, di conoscere una persona" dice Felix, quando il colorito si attenua, assumendo la sfumatura della vecchia bandiera sovietica. "Solo che non voglio parlarne e portare iella."

Sono tentata di chiedergli i dettagli, ma mi trattengo, nel caso in cui stesse solo cercando di rabbonire i genitori... ed è probabile.

Mangio un altro raviolo, notando che Zamira mi fissa. Sta cercando segni di gelosia di fronte alla rivelazione di Felix?

Il cameriere arriva appena in tempo, per risparmiare a Felix ulteriori particolari sulla misteriosa (e forse immaginaria) ragazza.

"Se non stai con Felix, c'è un uomo nella tua vita?" Ruslan fa la domanda nello stesso tono in cui io chiederei: 'Sei sicura di aver appena visto davvero quel chupacabra sotto il treno?'.

Mi sento arrossire. "No. Sono molto single."

Felix diventa rosso di nuovo. Probabilmente, si è ricordato della rivelazione di Ariel dell'altro giorno, e cioè che non scopo da due anni.

Il cameriere porta appena in tempo il piatto principale e, quando se ne va, sposto la conversazione sulla città di Samarcanda... un argomento al quale Zamira e Rulsan non sanno sicuramente resistere.

Mentre mangio il mio *plov*, scopro ogni genere di cosa sulla loro città natale, che è 'una delle più antiche città dell'Asia centrale ininterrottamente abitate'.

Riusciamo a rimanere su questi argomenti più sicuri per il resto del pasto. Quando il cameriere porta il conto, indico gli avanzi del plov, dicendo: "È il miglior piatto di riso che abbia mai mangiato. Il cibo in generale era squisito."

Le mie parole fanno più piacere ai Fokin che al cameriere, e loro insistono per invitarmi prossimamente a casa loro, per provare versioni casalinghe dei piatti che ho appena assaggiato.

"Mi sembra un'ottima idea" rispondo, il più evasiva possibile, e metto la mia carta di credito sul conto.

"Che cos'è, questa?" Ruslan guarda la mia carta, come se potessero spuntarle le zanne.

"Pago io il pranzo" affermo. "Mi siete stati davvero d'aiuto, e..."

"No." Afferra la carta e la getta davanti a me. "Neanche per sogno."

Con un'alzata di spalle, riprendo la carta e decido di mandare loro un bel regalo per il prossimo anniversario.

Ruslan paga il conto, poi ci salutiamo.

Devo tornare al lavoro, ma, visto che dista solo pochi isolati, preferisco controllare il ristorante dove si annida questa leggendaria strega russa.

Grazie al telefono, lo trovo facilmente su Yelp. La strega cattiva gestisce il ristorante (o capanna) con grande polso: questo posto ha quasi esclusivamente recensioni a cinque stelle.

Mentre percorro i due isolati e mezzo, lo individuo. In realtà, non mi serviva l'indirizzo: con quello che mi hanno detto i Fokin, l'avrei trovato subito dall'aspetto.

Fatto per sembrare una gigantesca capanna di legno a più piani, il ristorante ha zampe di gallina dove la maggior parte degli altri edifici metterebbe delle colonne.

Mi avvicino e tocco le zampe. Sembrano fatte di vera pelle di pollo. Raccapricciante. Dev'essere un latex speciale o qualcosa del genere.

Correndo sugli scricchiolanti gradini di legno fino all'entrata della 'capanna', tiro il pomello della porta.

È chiusa a chiave.

Poi scorgo il cartello con gli orari di apertura. Il ristorante è chiuso in questo momento e riaprirà solo alle cinque del pomeriggio. Salvo nel telefono il numero riportato sul cartello, chiedendo al dispositivo di ricordarmi di chiamare questo posto alle sei, così dovrebbero avere un'ora per l'apertura.

Chiamo una Uber e, stando appoggiata contro un lampione, sfrutto questo minuto per controllare le e-mail di lavoro.

Ci sono un paio di messaggi di Nero, ma, prima che possa leggerli, una sensazione impossibile da descrivere, ma familiare, s'impadronisce a poco a poco di me.

È lo stesso senso di pericolo di prima, quando sono stata quasi colpita da un mattone, ma più forte.

Una scarica di adrenalina manda il mio battito cardiaco alle stelle, e alzo gli occhi dal telefono.

Una monovolume nera sta sfrecciando verso di me, alla velocità di un'auto da corsa.

CAPITOLO OTTO

FACCIO UN BALZO DI LATO.

La monovolume si schianta contro il lampione dov'ero appoggiata poco prima.

Lo stridio del metallo che schiaccia la plastica mi assale le orecchie, mentre l'odore di gomma bruciata mi urta le narici.

Senza battere le palpebre, guardo la parte anteriore della monovolume trasformarsi in una fisarmonica a causa della pressione, e inclinare il lampione verso di me.

Con uno scricchiolio metallico, la base del lampione si stacca dalla pavimentazione, cadendo come un albero abbattuto.

Mi allontano con un balzo un secondo prima che il cartello del senso unico, attaccato al lampione, mi possa spezzare il collo.

Ansimando, fisso incredula lo sfacelo davanti a me.

È successo davvero?

E cosa diavolo gli è preso, a quel conducente?

Rendendomi conto di come potrebbe essere messo male quell'idiota, prendo il telefono con dita tremanti e chiamo il 911 per segnalare l'incidente.

Quando mi chiedono delle condizioni del conducente, rispondo che non ne ho idea. L'auto è troppo rovinata per vedere attraverso il parabrezza, e ho paura ad avvicinarmi per controllare.

Con la fortuna che ho oggi, l'auto potrebbe esplodere, o anche peggio.

Quando riattacco, mi rendo conto che la sfortuna (o almeno, la sfortuna in sé) potrebbe non essere la causa di tutte queste disgrazie. Sconvolta, mi guardo intorno, per vedere se Chester è presente tra la folla di spettatori che si sta radunando.

Questo è il secondo incidente di oggi.

Se l'ex Consigliere non è coinvolto, allora questa è una coincidenza molto strana.

Finalmente, le mani hanno smesso di tremare, e quando sento le sirene, prendo il telefono per controllare l'auto che doveva venire a prendermi.

Avrei dovuto capirlo.

L'auto è già qui.

È quella che mi ha quasi ucciso.

Faccio un profondo respiro, e chiamo una nuova corsa. Nel frattempo, un camion dei pompieri e un'ambulanza arrivano sul posto con un assordante fischio di sirene.

Osservo con una curiosità morbosa, mentre i pompieri aprono l'auto danneggiata con un palanchino e, quando la portiera si apre, la persona all'interno grida qualcosa con la voce femminile più profonda, che abbia mai sentito. La signora deve aver fumato sigarette senza filtro per cinquant'anni, oppure è uno strano effetto collaterale dell'incidente.

"Mettetemi giù" urla, mentre i soccorritori la legano su una barella. "Non vedete che sto bene?"

La mia auto arriva, e nel salire, scorgo la donna urlante che salta giù dalla barella e guizza via come una demente.

Come può essere tanto vivace dopo quell'orribile schianto?

Mentre ci allontaniamo, la vedo di sfuggita e mi rendo conto che, magari, dopotutto, non era una donna. Nonostante abbia il seno, ha la corporatura di Hulk. E se fosse una campionessa di bodybuilding? Il suo fisico, almeno, potrebbe parzialmente spiegare perché riesca ancora a muoversi.

Non riesco a vederla bene in faccia, tuttavia noto uno strato di trucco spesso come cartongesso, e lineamenti che devono essere stati ingigantiti dall'uso di steroidi anabolizzanti... oppure, come il tizio di prima, la donna ha molto DNA dei Neanderthal.

C'è qualcosa nell'idea del DNA che genera una vaga teoria, ma è estremamente difficile riflettere con tutta l'adrenalina che ancora mi scorre in corpo.

Per calmarmi, comincio gli esercizi di respirazione che Lucretia mi ha insegnato l'altro giorno e, dopo un paio di minuti, mi obbligo ad affrontare le e-mail di Nero.

La prima e-mail, come sta diventando ormai una routine, è piena di buone notizie. A quanto pare, Nero ha detto a un trader d'investire seguendo i miei suggerimenti, e il prezzo di un paio di azioni è già raddoppiato durante il pranzo... un successo quasi senza precedenti. Cosa ancora più strana, queste azioni straordinariamente performanti rientrano nel gruppo di quelle su cui non ho svolto alcuna ricerca, usandone solo il nome per solleticare il mio intuito.

I poteri mi hanno aiutato con queste azioni, o sono solo una scimmia fortunata? E a proposito di questo, sono stati i miei poteri a salvarmi per un pelo dai recenti incidenti?

Se sì, è per questo che ultimamente non ho avuto visioni nei sogni? Sicuramente mi sarebbe stato utile, se un sogno mi avesse avvertito di oggetti che mi cadevano in testa e di auto che cercavano d'investirmi, ma forse i sogni 'sapevano', in qualche modo, che me la sarei cavata da sola?

E se avessi sfruttato davvero un'intuizione sovrannaturale, è questo che Nero definiva visione ad occhi aperti? In tal caso, è un termine terribile: mi aspetterei che una cosa con questo nome fosse, beh, più *visiva*.

Non ho bisogno di poteri psichici per indovinare il contenuto della prossima e-mail, e Nero non mi delude. Vuole che faccia delle ricerche su altre azioni, e questo elenco è addirittura più lungo. È chiaro che al mio capo non interessa *come* gli stia facendo guadagnare così tanti soldi; vuole solo mungere avidamente la mucca, finché non cade a terra stecchita.

Rendendomi conto di essermi paragonata ad una mucca due volte oggi, d'ora in poi decido di usare la metafora della gallina dalle uova d'oro.

Dato che me la sono cavata così bene nella scelta delle azioni senza ricerche, applicherò questa 'strategia' a tre quarti delle azioni di questo nuovo elenco... ciò dovrebbe permettermi di impiegare circa cinque minuti per ogni azione dell'ultima parte, nella speranza di arrivare a casa ad un orario ragionevole.

Comincio ad occuparmi dell'incarico sul telefono, ma un messaggio di Ariel interrompe il mio tirare a indovinare le azioni.

Felix mi ha raccontato dell'incidente in cantiere. Ne hai già parlato con Nero?

Scrivo a Felix per dirgli che è il più gran pettegolo che abbia mai conosciuto, e considero l'idea di seguire il consiglio dei miei amici.

Visto tutto il lavoro che sto facendo per il mio capo, perché non costringerlo ad essere utile, tanto per cambiare?

Apro l'e-mail di lavoro e scrivo un breve e dolce messaggio a Nero:

Posso parlarti di persona?

La sua risposta è quasi immediata:

Ho un buco libero martedì alle 11.

Mi vuole far aspettare quattro giorni? La mia mascella si serra e comincio a scrivere una risposta furiosa, poi mi fermo. Perché sono rimasta così turbata? Vista la riluttanza iniziale a parlare con lui, questa reazione è irrazionale. Voglio che prenda sul serio il ruolo di Mentore, presumo, ma d'altra parte non sa che tutto questo ha a che fare con la storia del Mentore, quindi dovrei dargli la possibilità di esserne informato.

Modifico il messaggio offensivo con:

È urgente. Ho bisogno di te come Mentore.

Stavolta, la sua risposta è ancora più rapida:

Puoi parlare al telefono adesso? Se dobbiamo vederci di persona, torno solo domani da San Francisco.

Non sapevo che fosse via. Allora la sua offerta del martedì è un po' più ragionevole, sono lieta di aver riflettuto sul messaggio offensivo.

Il telefono squilla, prima che abbia la possibilità di scrivere una risposta affermativa.

È una videochiamata da Nero.

Inspirando per calmarmi, accetto la chiamata.

Nero dev'essere in palestra, poiché sullo sfondo vedo quell'attrezzo delle torture crea-muscoli. Non mi stupisce che la lussuosa palestra in cui si trova sia dotata di attrezzature per videoconferenze all'avanguardia, e significa che il mio capo, al contrario di noi, non deve tenere in mano il telefono. Il fatto più inquietante è che questa apparecchiatura video mi dà la possibilità di vedere molto chiaramente il sudore che imperla la fronte di Nero, e le vene che spuntano dai muscoli sporgenti sotto la sua maglietta attillata senza maniche.

Con quella maglietta, sembra che sia stato immerso nel caramello.

Rendendomi conto che lo sto fissando, sbavando (all'idea del caramello, ovviamente), sposto lo sguardo sul suo volto. È preoccupazione quella che leggo nei suoi lineamenti predatori, o fastidio perché il suo allenamento è stato interrotto da un'umile serva?

"Sei rimasta ferita?" Il mento forte e gli zigomi prominenti, evidenziati dal sudore che rendono lucido il suo viso, gli conferiscono un'espressione particolarmente feroce.

Se improvvisamente ringhiasse e mordesse la videocamera, non rimarrei sorpresa più di tanto.

"Sto bene" dico. "Ma sono quasi morta."

"Raccontami tutto." Incrocia le braccia sul petto. Non so se il suo scopo era mettere in mostra i bicipiti e i pettorali, comunque il gesto gli riesce pienamente.

Concentrandomi sul guardarlo negli occhi, per evitare di ammirare in modo lascivo il corpo del mio capo, dall'imbarazzante sensualità, gli racconto della mia recente caduta nel porto, degli oggetti che mi sono quasi venuti addosso, e dell'incidente automobilistico. Cito anche la mia teoria su Chester.

"Hai fatto bene a dirlo a me, invece di coinvolgere le autorità" dice Nero quando ho finito. "Ricorderò a Chester come si fa a rimanere in vita."

Il modo in cui pronuncia l'ultima frase mi procura un brivido lungo la schiena. Non vorrei proprio essere nei panni di Chester, se mi accadesse qualcosa.

Vedo un movimento alle spalle di Nero. Una faccia

che ho visto di recente sulla copertina della rivista Forbes appare nell'inquadratura della videocamera, e dice: "Va tutto bene? Posso usare un partner."

Lo fisso, sbalordita. Il compagno di allenamento di Nero è l'amministratore delegato di una nota piattaforma social, e una delle persone più ricche del mondo. Probabilmente, ha guadagnato più del mio stipendio annuale nei minuti in cui ha dovuto aspettare Nero a causa mia.

"Andrà tutto bene" Nero si rivolge al suo compagno miliardario di palestra. "Dammi solo un secondo."

"Non ho altro da aggiungere" dico rapidamente, non appena riesco a tirare fuori le parole. "È meglio che tu vada."

"Parliamo comunque faccia a faccia martedì" dice Nero, poi allunga una mano per toccare qualcosa sulla videocamera di fronte a sé... un movimento che mi offre l'immagine ravvicinata del suo muscoloso avambraccio.

"Certo" rispondo senza fiato, e il collegamento s'interrompe.

Scuotendo la testa, torno all'elenco di azioni, e fisso il telefono con gli occhi socchiusi per il resto del tragitto.

Arrivata alla scrivania, grazie agli schermi multipli e alla tastiera adeguata, riesco a proseguire la ricerca ad un ritmo molto più rapido. Quando sono quasi a metà, mi ritrovo così affamata, che la vista mi fa scherzi.

Scendo in mensa a prendere curry verde tailandese

con riso glutinoso al mango e, mentre mi metto in fila alla cassa, il telefono mi ricorda di chiamare Baba Yaga.

Compongo il numero.

"*Izbushka Na Kurih Nojkah*" dice una piacevole voce femminile in russo fluente.

"Ciao" dico. "È possibile parlare con la titolare dell'attività?"

"Passo la chiamata al direttore" risponde la ragazza con un forte accento. "Resti in linea."

"*Dobriy vecher*" dice un attimo dopo una voce maschile. Ha lo stesso suono di ossa secche, polverizzate da un mortaio e un pestello giganti.

"Ciao" dico cautamente. "Volevo parlare con la titolare. È lì?"

"E tu sei?" chiede l'uomo, in un inglese migliore di quello dell'assistente.

"Mi chiamo Sasha. Probabilmente, non mi conosce, ma..."

"Sei venuta a curiosare oggi?" domanda. "Hai toccato una delle zampe di gallina?"

"Ehm, sì..."

"Sei Sasha Urban, giusto? Un nuovo membro della nostra illustre comunità?"

Questo ristorante è una copertura per il KGB, o qualcosa del genere? Come diavolo fa a sapere che ero venuta, prima? O il mio nome intero, per di più? "Sono io" rispondo, prudente. "C'è una newsletter comune di cui non sono a conoscenza?"

"Per noi dell'*Izbushka*, essere ben informati è il nostro lavoro" dichiara con fierezza.

"Va bene." Cerco di non far trapelare il mio disagio. "Posso parlare con la Signora Yaga?"

Un rumore agghiacciante esce dal telefono, e mi ci vuole qualche secondo per capire che l'uomo sta ridendo. "Lei non parla mai al telefono con nessuno, ma parlerà con te faccia a faccia."

"Sarebbe anche meglio così" replico, e vorrei tanto esserne convinta io stessa. "Può organizzare un incontro per me, per favore?"

"Vieni lunedì alle undici di sera" dice imperiosamente. "Non in anticipo. Non in ritardo. Chiedi di me, e ti porterò da lei."

"E lei è?" Poso il vassoio vicino alla cassa e porgo la carta di credito al cassiere.

"Dove sono finite le mie buone maniere?" dice, beffarda, la voce al telefono. "Io sono Koschei. Considerami il gestore di questo locale."

"Okay, Signor Koschei," dico. "Ci vediamo lunedì."

Il manager ridacchia di nuovo, malignamente... Qualcosa negli appellativi di cortesia inglesi sembra divertirlo. Alla fine, riesce a controllare la risata e dice: "Ci vediamo presto, *Signorina* Sasha."

Riattacco, asciugandomi i palmi sudati sul vestito, prima di afferrare il vassoio e tornare in ufficio.

Passo il resto della giornata soprappensiero. Quando termino il folle carico di lavoro, mi sento completamente sfinita. Ho il collo indolenzito, mi fanno male gli occhi, e scommetto che potrei dormire per venti ore di fila.

Spento il monitor per il fine settimana, mi tolgo le

scarpe da lavoro con il tacco alto, infilo un paio di ballerine ed esco.

Di solito, il venerdì, monto in sella alla mia Vespa, ma dato che ha avuto una morte onorevole, posso scegliere tra la metropolitana o il taxi.

Tutti i taxi gialli che passano sono occupati e, quando tiro fuori il telefono, vedo che le app per chiamare le corse sono sovraccariche, e ciò significa che dovrei aspettare di più e pagare un occhio della testa. Visto che la metropolitana dista appena un isolato, mi trascino fin lì.

Sonnecchio per la maggior parte del viaggio, ma mi sveglio in tempo per uscire alla mia stazione.

Mentre cammino sotto i lampioni, faccio una deprimente valutazione della mia vita. Parte del motivo per cui volevo lasciare il fondo di Nero e diventare un'illusionista riguardava la speranza di poter vedere la luce del giorno... in senso letterale. Ora che la mia carriera nel campo della magia è sparita in un soffio, il carico di lavoro extra che continua a darmi mi fa...

Questi tetri pensieri vengono interrotti da un vicino passante con il cane.

Il cane, color mogano, è un mostruoso esemplare di mastino napoletano. Una creatura massiccia, che sembra pesare almeno settanta chili, per un'altezza di quasi un metro.

Essendo stata aggredita da un carlino a otto anni, il mio disagio è comprensibile. La vista di un cane del genere risveglia in me le stesse emozioni che i nostri antenati della preistoria devono aver provato davanti ad un leone... anche se (garantito) gli uomini primitivi sarebbero stati un po' più tranquilli, vedendo un leone al guinzaglio, portato a passeggio da un'altra persona.

Ma non importa quanto sia spaventoso il cane, è il padrone a catturare la mia attenzione. È così imponente e muscoloso da dietro, che il cane a confronto sembra un chihuahua. Perché ci sono così tante persone gigantesche? Qualcuno ha aggiunto degli steroidi al sistema di approvvigionamento idrico?

Poi ricordo quella mezza teoria che mi è passata per la mente, nel vedere la donna che mi ha quasi investito con la macchina.

Accelerando il passo, infilo la mano in borsa e nascondo il telefono nel palmo, in modo tale che l'omone non possa vederlo quando gli passo davanti.

Aumento la velocità e, quando il cane si ferma per vuotare la vescica, sorpasso la coppia.

Senza voltarmi, scatto una foto di nascosto con il telefono e rallento l'andatura.

Con la visione periferica, vedo il tizio grande e grosso e il cane passarmi accanto, perciò mi accovaccio, fingendo di allacciarmi le inesistenti stringhe delle scarpe.

Quando si trovano pochi metri davanti a me, libero il respiro che stavo trattenendo e controllo la foto segreta che ho appena scattato.

Come temevo, anche quest'uomo ha quell'aspetto neanderthaliano. In effetti, la sua percentuale di quel DNA potrebbe essere anche più elevata del tizio del cantiere e della donna dell'incidente.

Mi alzo in piedi, mi giro e mi allontano alla svelta dall'uomo imponente e dal suo cane.

Per due volte oggi, ho visto delle persone che corrispondono ad un genotipo specifico, e per due volte sono quasi rimasta uccisa in un incidente.

Coincidenza? Improbabile.

E adesso, ho appena visto un'altra persona che potrebbe essere il fratello maggiore degli altri due. Inoltre, quando stavo per annegare, ho visto una persona molto grossa attraverso l'acqua, quindi, per qualche motivo, una serie di persone con questo aspetto sta cercando di arrivare a me. Forse dovrei vergognarmi di questi stereotipi sui Neanderthal, ma è difficile credere che questo tizio non sia in qualche modo collegato alle persone precedenti con la stessa corporatura.

Probabilmente, sto per ritrovarmi in mezzo a un altro 'incidente'.

Il cuore mi batte forte contro il petto, mentre riprendo l'andatura di prima. Spero che Chester, o qualsiasi altro spettatore, mi veda semplicemente come una persona che va di fretta, come ogni altro cittadino di New York.

Mi trovo a pochi isolati dal mio palazzo e, anche se sto facendo un percorso tortuoso per arrivarci, di questo passo dovrei arrivare a casa in pochi minuti.

Raggiunto l'angolo, prima di svoltare, lancio un'occhiata all'indietro, verso il tizio sospetto e il suo complice a quattro zampe.

I due sono a più di mezzo isolato di distanza da me,

ormai, ed è positivo, ma il padrone sta fissando proprio me, e questo è molto negativo.

Il gigante sembra sia stufato, sia deluso.

Credo che, prima di questo momento, non si fosse accorto che mi ero allontanata.

Con mio grande orrore, grida qualcosa al cane e sgancia il guinzaglio.

Le pieghe della faccia schiacciata del cane sembrano trasformarsi in un ghigno malvagio, mentre l'enorme creatura parte alla carica.

CAPITOLO NOVE

GIRO I TACCHI e mi precipito verso il mio edificio.

In meno di un istante, mi calo completamente nella parte della fuga di quella famosa reazione fuga-o-attacco. Il cuore mi batte forte, e riesco praticamente a sentire il sapore del cortisolo e dell'adrenalina in bocca, che sta rapidamente diventando secca.

Ecco come dovevano sentirsi quegli uomini primitivi, quando venivano inseguiti da quell'ipotetico leone.

Mentre martello la pavimentazione con le scarpe, penso a Netflix, che di recente ha trasmesso un documentario sull'addestramento K9, in cui delle persone con abiti voluminosi si facevano mordere brutalmente su braccia, gambe e natiche.

Darei qualunque cosa per avere uno di quegli abiti voluminosi, in questo momento.

La bestia alle mie spalle abbaia e ringhia allo stesso tempo.

Non oso guardare da sopra la spalla, ma il suono sembrava a meno di mezzo isolato di distanza, e significa che il cane sta guadagnando terreno.

Riversando tutta la forza di volontà nei pesanti muscoli delle gambe, corro con tutte le mie forze.

La strada davanti a me si trasforma in un tunnel buio.

Il movimento delle gambe e il martellare del cuore sono come un'app che sto eseguendo in background, così come il rapido ritmo del mio respiro corto.

I latrati ringhianti si ripetono, stavolta più vicini.

Svolto un angolo brusco, e finalmente vedo il mio edificio... che mi sprona ancora di più.

I polmoni chiedono disperatamente ossigeno, e le gambe sembrano perdere acido lattico attraverso la pelle, ma con la mia ferrea forza di volontà, mi sforzo di dominare la loro cattiveria.

Neutralizzando il dolore, mi concentro sul mio palazzo... ora a pochi metri di distanza.

Gli artigli del cane grattano chiaramente sul marciapiede dietro di me, mentre apro la porta dell'ingresso.

L'ho quasi oltrepassata, quando fauci imponenti si serrano sulla gonna del mio completo, tirandomi all'indietro.

Con uno strillo, rinforzo la presa sulla porta e spingo in avanti, lasciando un pezzo di stoffa nelle fauci della creatura, mentre sbatto la porta.

Tenendo presente il maligno padrone del cane (così come il fatto che alcuni cani sanno aprire le porte), mi lancio verso le scale e corro fino al mio piano.

Essermi quasi fatta mordere il sedere ha fatto miracoli per i muscoli dolenti delle gambe.

Quando arrivo al mio corridoio, mi aspetto quasi che il Neanderthal o il suo cane mi stiano aspettando, ma il corridoio è deserto.

Senza correre rischi, schizzo verso la porta, concedendomi un sospiro di sollievo soltanto quando la chiudo a chiave alle mie spalle.

L'effetto post-adrenalina mi colpisce duramente. Le gambe mi si liquefanno di colpo, e mi appoggio contro la parete, prima di scivolare giù e sedermi per terra.

È in questa posizione che Ariel e Fluffster mi trovano quando, qualche secondo dopo, escono dalla camera di Ariel.

"Che cosa le prende?" chiede Fluffster ad Ariel in un messaggio mentale di gruppo, che riecheggia anche nella mia testa.

"Sasha?" Ariel si accovaccia davanti a me. "Che succede?"

Mi lecco le labbra aride. "Ho appena fatto una sessione di cardio molto intensa... come mi hai sempre consigliato tu."

"È sotto shock" ci dice telepaticamente Fluffster e, quando guardo il suo muso peloso, potrei giurare di vedere il domovoi alterare i lineamenti da roditore in un'espressione preoccupata molto umana.

Mi sforzo di riprendermi. "Andrà tutto bene." Allontano le ballerine con un calcio e comincio a massaggiarmi i polpacci in fiamme. "Un cane mi ha inseguito, tutto qua."

Proseguo raccontando loro l'intera giornata, e nel frattempo diventano sempre più turbati.

"Te l'avevo detto, di non uscire di casa" trasmette severamente Fluffster nella mia mente, quando finisco il racconto.

"E ti avevo detto di portarmi ovunque tu vada" dice Ariel ad alta voce con la stessa durezza.

"Non diventerò una prigioniera in casa mia." Stendo le gambe per allungare i tendini indolenziti del ginocchio. "E per me non è fattibile avere un'accompagnatrice dappertutto."

"Puoi almeno lasciare che ti accompagni quando sono libera?" chiede Ariel con espressione supplichevole.

Le sorrido. "Naturalmente. E per prima cosa domani, mi procuro anche una pistola." Guardo Fluffster. Quanto può sapere di armi un cincillà paranormale con un'amnesia ricorrente? Per sicurezza, decido di spiegargli. "Fluffster, le pistole sono delle cose che possono..."

"So cosa fanno le pistole" ribatte il domovoi. "Ho visto Ariel pulire la sua e, cosa più importante, ho YouTube."

"Buono a sapersi. Ora vorrei dell'acqua." Raccolgo i piedi verso di me, sollevandomi in posizione acquattata, e tendo la mano verso Ariel, che si alza e mi aiuta a rimettermi in piedi.

Zoppicando in cucina, mi riempio un bicchier

d'acqua e prendo una scatola di cereali per un'agognata dose di zuccheri.

Ariel e Fluffster, che mi hanno seguito, mi guardano abbandonarmi su una sedia come una novantenne.

"Allora." Ariel si avvicina alla macchina del caffè e ci versa dei chicchi freschi. "Ti accompagnerò da questa Baba Yaga."

"Vengo anch'io" dice Fluffster, pur sembrando meno sicuro di Ariel.

"D'accordo." Apro la confezione di cereali, mi caccio dei carboidrati in bocca, e li mando giù con l'acqua. "Potrei aver davvero bisogno di te, in ogni caso" dico a Fluffster. "Cioè, sempre se *vuoi* recuperare la memoria."

"Non se questo ti metterebbe in pericolo." Fluffster mi salta in grembo, e poi balza sul tavolo. "Non so se ne valga la pena, per i miei ricordi."

"Non sarò in pericolo, se Ariel ci segue da vicino." Metto un mucchietto di cereali davanti a Fluffster. "E se recuperi i tuoi ricordi, potrei scoprire chi sono i miei genitori biologici... e per me, ne vale la pena."

Fluffster, per tutta risposta, sgranocchia il suo spuntino, e rivolgo l'attenzione ad Ariel, notando per la prima volta com'è vestita bene.

Con i tacchi alti e l'abito attillato, sembra saltata fuori dalla copertina di una rivista di moda.

"Vai da qualche parte?" chiedo, studiando il suo trucco impeccabile e la borsetta in spalla.

Mi lancia un'occhiata colpevole, mentre si versa il caffè. "C'è una festa. Persone della scuola di medicina, che non conosci."

Sebbene Ariel non sia una pessima bugiarda come Felix, sono certa che si stia inventando una storia di sana pianta. "Una festa con il tuo 'amico' Gaius?" alludo.

"Una festa." Si siede, nascondendo gli occhi mentre soffia sul caffè.

"Non andiamo a una festa domani?" chiedo, incapace di lasciar perdere.

"Domani andiamo per locali." Alza gli occhi dalla tazza, gli angoli della bocca che si piegano in un sorriso. "Non vedo l'ora di portarti all'Earth Club e..."

"Ma così non stai uscendo troppo? Perfino per te?" Afferrando un'altra manciata di avena dolce, me la ficco in bocca, preparandomi ad altre marce indietro e smentite da parte di Ariel.

"È arrivato un pacco per te per posta." Si alza e prende un pacco giallo in cima al frigorifero. "L'ha mandato *Darian*." Sottolinea il nome, imitando il mio tono allusivo di prima. "Scommetto che è quel regalo per la Grande Festa che ti ha promesso."

Le strappo il regalo di mano e, nel lasso di tempo di un respiro, fisso il nome di Darian nella sezione 'da' dell'etichetta dell'indirizzo, rendendomi conto di non aver mai visto un cambio di argomento eseguito così magistralmente. Decido di chiudere un occhio e studio ancora l'indirizzo.

Con mia grande delusione, Darian ha messo l'indirizzo dello studio televisivo dove fingeva di lavorare, e non il suo vero indirizzo.

Ecco che se ne va la mezza idea che avevo

concepito, di perseguitare casa sua per ricevere un vero addestramento da veggente.

Dato che quasi muoio dalla curiosità, strappo il pacco.

Ne fisso il contenuto, avvilita.

L'oggetto nero al suo interno può essere una cosa sola, ma la sua presenza non ha senso.

"Il suo regalo è una videocassetta?" Guardo Ariel per una spiegazione, ma la mia amica si stringe nelle spalle.

"I film venivano registrati su questi oggetti, ma sono diventati obsoleti prima che ti prendessi" spiego a Fluffster, mostrandogli l'aggeggio di plastica nera. "Hollywood ha smesso di venderli più di dieci anni fa."

Fluffster annuisce con aria assennata. È palese che non abbia visto un documentario sulle videocassette su YouTube.

Ariel smette di soffiare sul caffè, abbastanza da lanciarmi un'occhiata incerta. "Magari Felix ha un videoregistratore con cui puoi usarla?"

"Certo" dico. "Lo tiene proprio vicino all'abaco e al modem con la connessione remota."

"Non serve questo sarcasmo." Ariel prende il telefono e digita qualcosa. "La sua stanza è piena zeppa di cianfrusaglie di computer."

"Hardware per computer d'alta gamma non equivale ad un vecchio videoregistratore" replico. "Ma non c'è problema... scommetto che online riuscirò a procurarmi quello che mi serve."

"Non dovresti controllare con Felix, prima di

comprare una cosa inutile?" dice Fluffster con una burbera voce mentale. "Questa casa va avanti a malapena nel suo stato attuale."

"Che cosa ti ha dato questa impressione?" Prendo dei cereali dalla scatola che tengo in mano, e faccio per metterla davanti a lui, ma all'ultimo momento mi fermo. "Hai hackerato il mio conto corrente, o cosa?"

"Era solo un'ipotesi ragionevole" replica Fluffster, con gli occhi che non si staccano dalla mia mano.

Sentendomi in colpa per il fatto di usare il suo spuntino preferito come implicita arma di ricatto, metto i cereali vicino al cincillà e gli faccio un rapido massaggio sotto il mento.

Il telefono di Ariel emette un sonoro trillo. Lei ci dà un'occhiata e sospira. "Felix non ha un videoregistratore."

Scommetto che Felix le ha dato una risposta molto più bisbetica di 'non ce l'ho', ma non giro il coltello nella piaga. "Allora è deciso" dico. "Dovrò privarmi di quei cinquanta dollari, o giù di lì."

Fluffster ha un'aria infelice, ma Ariel cambia astutamente argomento un'altra volta. "Fammi vedere quell'immagine dell'uomo con il cane."

Richiamo l'immagine sul telefono e giro lo schermo verso Ariel.

Lei me lo ruba di mano e i suoi occhi si socchiudono, mentre studia attentamente il tizio. "Sembra un orco" commenta, accigliata. "Solo che ha il trucco in faccia."

"Un orco?" Guardo Fluffster alla ricerca di supporto

morale, ma il mio domovoi domestico sembra del tutto tranquillo, mentre mastica la sua versione del cibo spazzatura. "Un orco come quelli del *Signore degli Anelli* e *World of Warcraft*?"

Dato che il mio nuovo paradigma include vampiri e morti viventi, un orco non sembra così fuori dal comune.

"Sì, un orco." Ariel tracanna il caffè con aria compiaciuta. "Gli orchi sono dei grandi mostri che vivono in alcune delle Altre Terre. Come i loro fratelli immaginari, hanno la pelle di un colorito verdastro... e ciò spiega il trucco pesante che qualcuno ha sbavato su questo esemplare. Pensavo che non fossero autorizzati a venire nel nostro mondo, ma presumo che qualcuno ne abbia comunque portati alcuni." Corruga la fronte. "Vuol dire che, chiunque ci sia dietro, è una persona influente. Molto influente."

"O, in altre parole, è un'altra prova a sfavore di Chester." Finisco l'acqua per compensare l'improvvisa secchezza in bocca.

"Esatto" risponde Ariel. "Devi stare molto attenta, se ti capita d'incontrare un'altra di queste creature. Gli orchi sono incredibilmente forti... come probabilmente puoi capire dalla loro stazza. Com'è noto, hanno anche un brutto carattere, sono immuni a..."

"Si possono abbattere con una pistola?" Poso il bicchiere sul tavolo con una risolutezza un po' eccessiva.

"Oh sì" afferma Ariel. È chiaro che il mio

ragionamento le piace. "A quanto pare, procurarti quella pistola non è più una scelta facoltativa."

"Non era facoltativa in ogni caso" mormoro sottovoce, poi mi alzo. "Meglio che vada a dormire, così sei libera per il tuo appuntamento segreto."

"Per una festa" dice Ariel sulla difensiva, e si alza anche lei.

"Non dimenticare di spegnere le luci" dice Fluffster, quando lo raccolgo per seguire Ariel fuori dalla cucina. "L'ultima bolletta era scandalosa."

Dato che non può vedermi mentre lo tengo per i fianchi, mi concedo il lusso di roteare gli occhi. Tutti i domovoi si preoccupano così tanto delle finanze domestiche, o siamo solo fortunati?

Comunque, spengo le luci.

Quando arrivo nella mia stanza, apro il portatile per spiare furtivamente alcuni annunci di videoregistratori su eBay. Trovo un'asta che termina fra un secondo e offro quarantasei dollari. La mia è l'offerta vincitrice, perciò pago subito e scelgo di spedire quando richiesto. Non faccio cenno a Fluffster dell'aggiornamento della spedizione, tuttavia, per timore che mi punisca per un'altra spesa 'inutile'.

Dato che mi sento come un limone spremuto, mi metto a letto e mi addormento immediatamente.

————

HO gli occhi chiusi durante il bacio più piacevole della mia vita.

Dita agili diffondono elettricità, mentre mi accarezzano il viso.

Le nostre lingue ballano il fox-trot, poi la samba, poi lo swing.

Dire che sono eccitata sarebbe un eufemismo. Questo sta al normale essere eccitati, come un concerto di Mozart sta allo scampanellio del camioncino dei gelati.

Le sue mani sono ora sulla mia schiena, e la fanno inarcare, mentre l'energia calda mi pervade la spina dorsale.

Che cosa mi succede? È solo un bacio.

Soffocando un gemito, dimentico la razionalità, mentre il sangue mi pompa nelle orecchie, e il viso, il collo e il petto bruciano per i milioni di vasi sanguigni dilatati.

Cresce in me una tensione fisica e mentale, e sto per rivolgergli una supplica... ma sono troppo confusa per sapere in cosa consista.

"Va tutto bene?" mormora la voce più sexy che abbia mai sentito.

È come se l'eccitamento sessuale di tutta la mia vita si fosse canalizzato in un'unica esplosione, come se gli ultimi due anni di astinenza fossero diventati duecento.

In parole povere, sono diventata come un ragazzo adolescente.

"Sì" dico... o forse è un mugolio... poi mi rendo conto di non sapere a cosa si riferisca con 'tutto'. E se lui volesse solo alfabetizzare la mia collezione di libri di magia?

Le dita mi slacciano la parte superiore della camicia, e non c'è mai stata un'idea migliore. Diamine, voglio che me la strappi di dosso. I miei abiti sono una soffocante camicia di forza a contatto con la pelle, alla quale non posso sfuggire, nonostante tutte le mie abilità.

Poi mi bacia sul collo, e la sensazione mi squarcia con un'ondata esplosiva. Tutti i muscoli del mio corpo sono scossi da uno spasmo, come se fossero uno solo, poi tremano violentemente quando lui sposta i baci sulla mia spalla.

Un vago senso di pericolo prende forma da qualche parte, in profondità, sotto l'ondata di endorfine. Se la mia reazione è così forte solo per un bacio, cosa succederà quando passeremo in seconda base?

Mi mordicchia delicatamente il lobo dell'orecchio, e il piacere diventa così intenso, che la preoccupazione si avvicina in superficie... ed è poi sommersa da un'altra ondata di beatitudine.

Le sue labbra si spostano sulla mia clavicola, e una nuova esplosione raggiunge l'apice nella mia carne, costringendo il mio corpo ad agitarsi tra le sue braccia. Anche se la sensazione di pericolo è solo un lontano ricordo, una parte razionale di me stessa si chiede se non mi stia venendo il colpo più strano nella storia della medicina.

"Dovremmo smettere" vorrei dire, ma dalle mie labbra prorompe un gemito da orgasmo.

Divento più debole, quando la successiva ondata di estasi sovraccarica ogni mia terminazione nervosa.

Mi accorgo che sto per svenire... *per colpa di un bacio*.

La nuova esplosione si trasforma in una supernova, poi il mio mondo diventa sfocato e si oscura.

CAPITOLO DIECI

MI SVEGLIO con un sussulto e scatto in posizione seduta.

I contorni scuri della mia stanza mi calmano il respiro, ma il battito cardiaco è ancora alle stelle. Inoltre, sono tuttora arrapata come un rinoceronte in calore.

Mi allungo verso il comodino alla ricerca di Copperfield (il nomignolo che ho dato a una bacchetta magica 'massaggiatrice' della Hitachi), ma la rabbia crescente m'impedisce di usare il mio fedele amico.

È già brutto non aver avuto visioni nei sogni, quando mi servivano, ma adesso vengono sostituite dagli orgasmi notturni?

Oppure era una visione?

E cosa altrettanto importante, chi c'era nel mio sogno?

Di nuovo Nero?

La voce non assomigliava a quella profonda e

cavernosa tipica del mio capo, ma d'altro canto chissà che suono avrebbe in un sogno?

Arrossisco e metto via Copperfield.

Non intendo assolutamente usarlo con l'immagine di Nero in testa.

Guardo l'orologio.

Sono le due del mattino, ed è ufficialmente arrivato il fine settimana. Non c'è da stupirsi, se mi sentissi in grado di dormire per altre dieci ore.

Al ricordo dell'imminente giro con Ariel al poligono di tiro, mi rendo conto di non potermi concedere questo lusso, perciò mi sdraio, determinata a guadagnare tutto il sonno possibile.

Mi rannicchio sotto le coperte, cercando di scacciare il sogno dalla mente, ma passa un'altra ora prima che il sonno mi degni di nuovo della sua presenza.

———

IL POLIGONO di tiro sa di testosterone e polvere da sparo, ed è costellato di poster di pistole e riferimenti al Secondo Emendamento.

I pochi uomini che sono qui alle undici del mattino (cioè all'alba) di sabato, fissano Ariel con un'ammirazione che rasenta lo sbavare... ma uno può aspettarselo, immagino, perché non solo è stupenda, ma frequenta regolarmente questo posto, e probabilmente sa sparare meglio di tutti loro.

Ci stiamo avvicinando all'ampia esposizione di

pistole, quando qualcuno nell'altra stanza spara un colpo. Perfino con i tappi per le orecchie infilati in profondità sotto i paraorecchie speciali, il botto è più forte del trapano del dentista... e altrettanto divertente.

"Scegli una pistola, qualunque pistola" dice Ariel. O almeno, credo che dica questo... è difficile sentire con i dispositivi di sicurezza. Per assicurarsi che io abbia capito, agita la mano in maniera allettante verso una vetrina di armi, che ai miei occhi sono tutte più o meno uguali.

"Un revolver?" grido, indicando il più piccolo che vedo. "Che modello è?"

"Ah" grida il tizio dietro il bancone. "Un'ottima scelta."

A quel punto, grida una tiritera a proposito della pistola, ma nonostante l'alto volume, afferro solo due cose: si tratta di un esemplare del classico revolver Smith & Wesson J-Frame, ed è un calibro .38, il più piccolo che hanno.

Strattono la manica di Ariel. "Quel calibro è sufficiente per un..."

Un acuto e insopportabile dolore mi blocca di colpo, prima che possa pronunciare la parola 'orco'. Finisce molto rapidamente, ma in quel momento mi sono sentita come se mi avessero infilzato dappertutto con degli aghi.

Ariel mi osserva, preoccupata, e indica la mia aura del Mandato, che solo noi riusciamo a vedere.

Certo.

Ho quasi violato il Mandato pronunciando la parola

'orco'. Gli orchi, come i vampiri e gli altri tipi di Conoscenti, sono creature di cui i semplici umani non dovrebbero sapere nulla.

Forse, per stavolta, sono stata fortunata. Quando Ariel aveva quasi violato il patto del silenzio stabilito dal Mandato, ha avuto un'emorragia da occhi, bocca e orecchie. Mi sfrego sotto il naso, trovando conferma di aver schivato la grave fase emorragica del programma di dissuasione del Mandato.

Dovrò fare molta più attenzione a quello che dico, d'ora in poi, visto l'eccesso di zelo del Mandato. La parola 'orco' fa parte della cultura popolare, e il tizio avrebbe sicuramente preso la domanda come una battuta, invece di credere di colpo all'esistenza degli orchi...

"Questo calibro potrebbe non bastare per abbattere un *orso*" dice Ariel. "In questo caso, ti servirebbe qualcosa di simile a quella .44 magnum." Indica un grosso revolver. "La stessa che ha usato Clint Eastwood in *Ispettore Callaghan: il caso Scorpio è tuo!*"

"È grande come il mio avambraccio" mormoro. "Dovrei cominciare a portarmi dietro una borsa a tracolla, per nascondere un'arma così grossa." Rendendomi conto di pianificare un'attività illegale ad alta voce, guardo il tizio con l'espressione più innocente possibile e aggiungo: "Ipoteticamente parlando."

Lui mi strizza l'occhio e mima le virgolette a mezz'aria. "Ipoteticamente. Ovvio."

"Okay" dico fermamente. "Provo con la magnum."

"Sei sicura?" chiede l'uomo, mentre lui ed Ariel si scambiano degli irritanti sorrisi d'intesa. "Questa ha un rinculo piuttosto forte."

"Posso reggere le stesse cose che reggete voi" dico, guardandoli entrambi, e chiedendomi perché Ariel stia assumendo (e partecipando a) quello che sembra un vero e proprio comportamento sessista.

Poi mi ricordo della sua forza estrema, e parte della mia spavalderia si ridimensiona.

Con solennità, l'uomo prende l'arma mastodontica e me la mostra. La pistola emana una bellezza morbosa.

Se mai volessi un'arma che faccia un grande impatto sul palco, questo pezzo grosso sarebbe l'ideale.

Terminata la dimostrazione, l'addetto alle vendite assegna una corsia ad ognuna di noi e, mentre mi vengono illustrate alcune cose, Ariel comincia avidamente a sparare con la pistola che ha portato per l'occasione.

Quando il tizio finisce di spiegarmi le basi, mi avvisa ancora di stare attenta al 'forte rinculo', e mi ritrovo nella giusta posizione, intenta a puntare la grossa canna verso un bersaglio di carta.

Quest'ultimo è molto, molto più piccolo di un orco, perciò, se riesco a colpirlo, dovrei riuscire a colpire un orco senza alcun problema.

Il battito cardiaco accelera.

Tenere la morte tra le mani si rivela un'esperienza sorprendentemente eccitante.

Mi sento potente. Come se qualcuno dovesse intervenire per fermarmi, ma nessuno lo fa.

Ora capisco perché Ariel viene qui così spesso.

"Piegati in avanti" grida il tizio, e io eseguo. "Tieni sempre il dito staccato dal grilletto, finché non sei pronta a sparare."

Dato che il mio occhio dominante è il destro, lo uso per allineare il mirino anteriore e posteriore, lasciando l'obiettivo un po' sfocato. Non mi stupisce che puntare una pistola non sia come lanciare coltelli.

Sforzandomi di calmare il più possibile il tremore di eccitazione delle mie mani, trattengo il respiro e premo il grilletto.

L'aria mi viene espulsa dai polmoni, mentre il rimbombo scuote il poligono di tiro fino alle fondamenta. L'arma quasi mi cade per il contraccolpo.

È come se un antico cannone fosse appena stato scaricato tra le mie mani.

Ariel e il tizio mi guardano con un sorriso in faccia, perciò stringo i denti e fingo che i polsi non mi facciano male.

Con l'espressione più tranquilla possibile, miro un'altra volta.

Ora so cosa aspettarmi, e il cuore martella ancora più velocemente, tuttavia ignoro l'agitazione e sparo di nuovo.

Per quanto sia più in equilibrio sulle gambe rispetto a prima, il rinculo fa ancora più male... forse perché mi sono irrigidita?

Impreco sottovoce. Definire 'forte' questo rinculo è un eufemismo.

Sparo di nuovo.

Stavolta, il dolore è più tollerabile... oppure ho le mani che stanno perdendo la sensibilità. Se il Consiglio non mi avesse proibito di mettere in pratica l'illusionismo, probabilmente, dovrei preoccuparmi di sviluppare la paura più grande di qualunque artista che si basa sulla destrezza di mano: la sindrome del tunnel carpale.

Decido di darci dentro e finisco gli altri sei colpi il più rapidamente possibile.

Quando chiedo di ricaricare, l'uomo mi guarda con una punta di rispetto.

Il secondo giro non è facile, ma comincio a trovarmi più a mio agio con l'arma.

Alla terza ricarica della pistola, Ariel interrompe l'allenamento e si avvicina, per guardarmi quasi con orgoglio materno.

"Può bastare per la prima volta" dice, quando finisco gli ultimi sei colpi. "Vediamo come te la sei cavata."

Il tizio tira il bersaglio di carta verso di noi e calcola che la precisione dei miei colpi è stata del quaranta per cento.

"Non è affatto male" commenta Ariel, studiando i fori nel petto e nella testa del bersaglio. "Soprattutto per la prima volta."

Sarà per l'analista finanziaria che è in me, ma dalla percentuale dei colpi significa che ho mancato il bersaglio più della metà delle volte. Per me non è positivo, ma chi sono io per discutere con un ex soldato?

Prendo il telefono e scatto una foto del mio primissimo bersaglio, cercando (senza successo) di sentirmi orgogliosa. "Poi guardo l'orologio del telefono, rendendomi conto che presto devo andare all'incontro con il Dottor Hekima.

"Ti ci porto io, ovviamente" dice Ariel, quando le ricordo dei miei piani. "Dobbiamo solo fare una rapida sosta qui, nel New Jersey, lungo la strada."

Credo che intenda l'acquisto illegale della pistola.

Ottimo. Non vedo l'ora.

Saliamo di nuovo sull'Hummer di Ariel. Il veicolo, un regalo di suo papà, provoca in Ariel una gioia, che sembra direttamente proporzionale al consumo di benzina di questo coso. Parte del motivo per cui la mia amica è sempre così al verde è anche lo spropositato costo del parcheggio, che deve pagare al nostro padrone di casa, o suppongo che dovrei dire 'Nero', data l'ultima rivelazione di Felix.

Procediamo in macchina per mezz'ora, durante la quale mi massaggio furtivamente le mani. Non che Ariel lo noterebbe, se lo facessi apertamente. Infatti, sembra essere in una delle sue strane modalità di guida super-concentrate, dove presta attenzione a nient'altro che alla strada, e in questi casi non parla e non risponde alle domande. Penso che c'entri con il suo giro nell'esercito, quindi non ho indagato molto. Tutto quello che ha a che fare con il suo servizio militare è un campo minato.

Alla fine, parcheggia vicino a un edificio che sembra

una casa infestata, trasformata in un centro di distribuzione di crack.

"Aspetta qui" dice, vedendomi slacciare la cintura di sicurezza con circospezione. "Torno subito."

Chiudo tutte le portiere e aspetto, pensando che sarebbe ironico, se mi uccidessero durante l'acquisto di una pistola che avrebbe dovuto proteggermi da quella stessa situazione.

Dopo quelli che sembrano i dieci minuti più lunghi della mia vita, Ariel esce con leggerezza dalla casa infestata del crack, con passo decisamente vivace.

"Questo è il tuo regalo per la Grande Festa" annuncia, aprendo un unto sacchetto di carta, ed estraendone una pistola identica a quella con cui mi sono appena divertita al poligono di tiro. "Ti prego di usarla con saggezza."

"Non sono sicura che avere questo aggeggio sia così saggio" replico, ma non mi trattengo dal prendere la pistola con riverenza.

"Lo è, se ti ritrovi ad affrontare gli orchi." Ariel mi porge una confezione di proiettili. "Come ho detto prima, speriamo che tu ce l'abbia ma che non ti serva."

"Certo" dico. Con la mia miglior voce da annunciatrice, dico: "La chiamerò Harry."

"Ispirandoti a *Ispettore Callaghan: il caso Scorpio è tuo?*" Ariel avvia la macchina. "Oppure a *Harry Potter?*"

"A Harry Houdini." Inserisco l'indirizzo del Queens nel GPS del telefono e lo metto nel supporto del parabrezza. "Ovviamente."

———

MENTRE ENTRIAMO IN AUTOSTRADA, metto Harry e la maggior parte dei proiettili nel vano portaoggetti, tenendo in mano un solo proiettile. Quando Ariel non guarda, lo testo per la destrezza di mano, ed è chiaro che alcuni stratagemmi che funzionano con le monete, funzionano altrettanto bene anche con un proiettile calibro .45.

All'inizio, mi alleno semplicemente nel maneggiare e nel guardare un proiettile che passa effettivamente da una mano all'altra, un esercizio che porta i gesti ad apparire naturali come i miei movimenti reali. Poi provo la vecchia, classica mossa chiamata 'falsa presa alla francese', in cui tengo il proiettile tra il pollice e le prime due punte delle dita della mano destra, e lascio che la mano sinistra finga di prendere il proiettile, mentre in realtà esso cade e rimane nascosto nel palmo della mano destra. Partendo da qui, sviluppo una variante della cosiddetta 'Sparizione con illusione ottica', in cui si lascia che il proiettile (o la moneta) brilli nella mano che, in teoria, ha preso l'oggetto, e gli spettatori giurano sulla salute della propria madre che esso dev'essere nella mano in questione, 'avendolo visto' finire lì. Poi cerco di eseguire la mossa ad occhi chiusi, poi con...

"Questa è la tua fermata" dice Ariel, e mi accorgo di essere stata così assorbita dagli esercizi di destrezza con il proiettile, da non notare nemmeno quando abbia parcheggiato l'Hummer.

"Prendi questo proiettile per me" dico ad Ariel, e faccio un movimento per lei, in modo tale che sembro tenere il proiettile nella mano destra.

"Certo" risponde, tendendo la mano.

Quando apro la mano vuota e non cade alcun proiettile, Ariel ansima a voce alta.

Riprendendosi in fretta (mi ha visto fare una cosa simile con molti oggetti piccoli), dice: "Bel lavoro. Ma ti prego di non tirare fuori proiettili dalle orecchie dei bambini piccoli, non è il caso di finire su qualche lista."

Senza degnare la battutina di risposta, infilo il proiettile in tasca e mi dirigo all'interno dell'edificio davanti a noi.

"Sono qui per il Dottor Hekima" informo la flaccida guardia nell'ingresso.

"La sta aspettando" dice l'uomo. "Vada dritta in classe."

Controllo dov'è la 'classe' e, dopo qualche minuto, mi ritrovo al quinto piano, 'in classe'.

Non so da dove venga il soprannome 'classe', visto che questo posto è una topaia, che sarebbe più adatta al gruppo di supporto degli Sniffatori di Colla Anonimi quando non trovano nient'altro di meglio. Con le sedie pieghevoli contro le pareti, una stantia postazione per la caffettiera e una vernice murale che si stacca, non sembra affatto un'aula, ed è del tutto priva di buon gusto.

Un uomo, l'unica persona nella stanza, si alza da una sedia pieghevole con un caloroso sorriso. "Ciao, Sasha. Sono il Dottor Hekima."

Se Morgan Freeman fosse scelto per interpretare Albert Einstein (ehi, se può interpretare Dio, può interpretare Einstein), il risultato assomiglierebbe molto al Dottor Hekima, perfino per i disordinati capelli grigi e per la vivida fiamma d'intelligenza negli occhi.

"Ciao" dico. "Piacere di conoscerla."

"Prendi una sedia." Il Dottor Hekima strascica i piedi fino alla sua sedia e si accomoda con prudenza.

Provo a prendere la meno consumata delle sedie pieghevoli, e ne scelgo una che ha solo il sedile leggermente deformato e tracce di tinta ancora incollate. Ignorando la ragnatela attaccata allo schienale, apro la sedia al centro della stanza con un sonoro stridore e mi siedo.

"Ora" dice il Dottor Hekima. "Devi fare una scelta."

"Una scelta?" Incrocio le braccia sul petto. "Quale scelta?"

"Puoi iniziare con la nuova classe nel prossimo semestre, tra qualche mese" dice con voce soave e dal leggero accento. "Oppure puoi iniziare domani, e in tal caso ti sarai persa solo alcune lezioni."

"Possiamo fare qualche passo indietro?" Disincrocio le braccia. "Magari cominciando da una spiegazione su cosa sia l'Orientamento?"

"Naturalmente" risponde il Dottor Hekima con un sorriso. La parola 'spiegazione' sembra praticamente dargli le vertigini. "L'Orientamento è un'istituzione, in cui vengono istruiti i nuovi membri della comunità dei Conoscenti."

"Come il catechismo?" chiedo cautamente, ripetendo le parole di Felix.

"L'unica cosa in comune che abbiamo è il fatto di vederci la domenica." Spinge i suoi occhiali del potere più in alto sul ponte del naso con un esperto colpo del dito medio... palesemente ignaro di quanto sembri un gesto sconcio. "L'Orientamento non ha un equivalente diretto nel sistema scolastico degli umani."

"Allora che cosa insegna?" Mi guardo intorno nella sordida stanza, ma non vedo l'equivalente dei Conoscenti della tavola periodica, né una cartina del mondo. "E cosa più importante, se mi unisco a voi domani, che cosa mi sarò persa?"

"Hmm." Prende il telefono e consulta una specie di appunti. "Ah. Sì. Abbiamo affrontato la storia del sistema del Mandato" dice in tono professionale, senza staccare gli occhi dallo schermo. "Inoltre, abbiamo anche esaminato la necessità di tenere nascosta l'esistenza dei Conoscenti." Alza lo sguardo, ora più vivace. "Abbiamo discusso a fondo delle implicazioni religiose, filosofiche, politiche e di altro tipo, se un giorno il segreto della nostra specie fosse scoperto... un argomento che suscita sempre un'attiva partecipazione della classe. Stavolta, abbiamo preso alcune scene della narrativa degli umani, dagli X-Men ai Jedi, e..."

Ridacchio, ma l'allegria mi fa quasi strozzare, quando lui mi scocca un'occhiata severa. Il Dottor Hekima, evidentemente, è cintura nera quando si tratta dell'impertinenza durante le sue lezioni.

"Scusi" dico. "Continui."

"La reazione degli X-Men" spiega, "sarebbe quella di temerci... in base alla proverbiale tattica 'temi ciò che non capisci'. Quelli che, tra noi, hanno grandi poteri sarebbero trattati come armi di distruzione di massa, mentre qualcuno con poteri come i tuoi potrebbe essere usato come strumento per raccogliere informazioni..."

"Sembra una distopia" dico, reprimendo un brivido nell'immaginarmi chiusa in un bunker sotterraneo, a fare previsioni geopolitiche per la CIA... un compito di fronte al quale perfino le ricerche per Nero sarebbero divertenti.

Annuisce. "Una distopia, esatto. E in netto contrasto con lo 'scenario Jedi', che è piuttosto utopistico. Nel franchise di *Guerre Stellari*, i Jedi erano molto potenti, eppure non venivano temuti, né usati per scopi che non approvassero..."

"Finché non sono stati spazzati via" mormoro. "Allarme spoiler."

"Giusto, ma quelli erano i Sith." Sempre con il telefono in mano, sbircia l'orologio da polso.

Fingo di non aver visto il gesto, dato che trovo la conversazione affascinante.

"Io vedrei i Sith come un sottotipo di Jedi" continua, "almeno ai fini di questa analogia. Non sono stati gli umani a commettere un genocidio... che è la spinta principale di questo scenario."

"Ma i vampiri non hanno poteri in grado di far dimenticare alle persone dell'esistenza dei Conoscenti, anche se il segreto venisse scoperto?"

dico. "E ciò non rende questa discussione irrilevante?"

Lancia un'altra occhiata all'orologio, e di nuovo fingo di non accorgermene.

"Vedo già che averti nella mia classe sarà molto stimolante" commenta. "Poni le domande giuste."

"Grazie. Ma noto che, in realtà, non mi ha risposto."

"Visto quanto sono giovani e impressionabili i miei studenti, di solito non affronto questo argomento" dice, stavolta guardando furtivamente il telefono. "Ma tu sembri una giovane donna matura e intelligente, quindi posso dirti che sì, anche se il nostro segreto venisse scoperto, a seconda di com'è stato scoperto, si potrebbe gestire la situazione."

Guarda di nuovo il suo stupido orologio. "I vampiri e gli altri Conoscenti possono entrare in contatto con gli umani a qualunque livello di potere, dai dirigenti delle società, ai capi di stato. Possono spingerli nella direzione auspicata dal Conoscente. In certi casi, gli stessi Conoscenti ricoprono ruoli importanti. Per esempio, la maggior parte delle organizzazioni criminali è imperniata su manipolatori di probabilità, poiché questa posizione nella società permette loro di prosperare nel caos, senza rivelare l'esistenza del resto dei Conoscenti."

Riesco facilmente ad immaginare una persona come Chester a capo di un cartello della droga. Ricordo anche i commenti di Nero sui vampiri di Goldman Sachs, e comincia a girarmi la testa..

Credo che lo intendesse in senso letterale.

Mi passa per la testa una serie di domande, e mi lascio sfuggire quella che sembra più pertinente. "E se il segreto fosse scoperto su larga scala? Per esempio, se un mutaforma si trasformasse in un unicorno rosa invisibile in diretta TV?"

"Gli umani potrebbero comunque negare la verità" risponde. "Direbbero che si tratta di un'immagine creata al computer, o qualcosa di simile. Ma se cominciassero a crederci, temo che scopriremmo quale dei tanti scenari di fantasia sarebbe il più realistico." Stavolta, sblocca il telefono e lo fissa per un momento, prima di concludere con: "Personalmente, sospetto che, come direbbero i miei studenti, saremmo fottuti."

"Giusto, ma se..."

"Mi spiace davvero tanto, ma devo interrompere qui." Alza gli occhi dal telefono e sono pieni di sincero rimorso. "Ho un altro impegno in programma, e stiamo andando oltre il tempo concesso."

"Solo un paio di altre domande" dico rapidamente. "Se non le dispiace."

Fa un cenno del capo.

"Il materiale che ha trattato nelle prime lezioni, era un prerequisito per il prossimo curriculum?"

"No." Fa scorrere una mano tra i capelli arruffati. "Non credo di aver trattato nulla di troppo fondamentale, finora."

"In tal caso, posso iniziare domani, ma recuperare alcune lezioni quando il prossimo gruppo di Conoscenti comincerà il semestre? Odio l'idea di perdermi qualcosa, ma sono anche molto ansiosa d'iniziare a imparare il prima possibile."

"Hmm" dice il Dottor Hekima. "Non è ortodosso, ma il Signor Gorin ha parlato talmente bene di te, che..."

Rimango così scioccata, da perdermi il resto della frase. Nero ha parlato bene di me?

"...e ti ringrazio tanto di essere venuta da me oggi" sento, quando mi concentro di nuovo sulle parole del Dottor Hekima. "Non vedo l'ora di vederti domani alle tre." Si alza, tendendo la mano. "È stato un piacere conoscerti, Sasha."

"Piacere mio." Gli stringo la mano e, con riluttanza, mi congedo.

Mentre mi dirigo verso la macchina, rifletto sulle cose che ho imparato. Nonostante la prospettiva di essere circondata da adolescenti, sono estremamente eccitata per la lezione di domani... e per quelle successive.

"Come sta il buon vecchio Dottor Hekima?" chiede Ariel, quando salgo in macchina.

"Non ho un valido metro di paragone" rispondo. "Era piuttosto impegnato."

"Mi stupisce che abbia avuto del tempo da dedicarti." Mette in moto l'auto ed esce dal parcheggio. "Nessuno lo vede mai al di fuori di quelle lezioni."

"Forse ha fatto un favore a Nero." Mi allaccio la cintura di sicurezza. "Credo che, dopotutto, il mio capo stia svolgendo *qualche* compito da Mentore."

"Ho sempre avuto la sensazione che Nero non sia

così pessimo come lo dipingi tu" dice Ariel con un'espressione molto malvagia. "In effetti, sembra quasi che tu stia..."

"Morendo di fame" dichiaro con fermezza. "Ci fermiamo da qualche parte a mangiare?"

"Felix ha mandato un messaggio." Suona ad un taxi giallo e mostra il dito medio ad un altro conducente, mentre cambia improvvisamente corsia. "Ha preparato un piatto chiamato 'dolma'... che, secondo la mia ricerca su Google, consiste in peperoni e/o cavoli ripieni di carne."

"Andiamo a casa, allora" dico, con lo stomaco che brontola. "Mica vorremo disincentivare l'hobby culinario di Felix."

"Esatto." Ariel sorride maliziosamente. "Ricorda il piano malvagio: diciamo grazie come se ci credessimo davvero, anche se non è così, e non dimentichiamoci di profonderci in complimenti allo chef."

"Ho inventato io questo 'piano malvagio', ricordi?" replico, e tiro fuori il proiettile.

Così posso continuare a fare pratica, quando prenderemo l'autostrada ed Ariel entrerà di nuovo nella modalità silenzioso.

———

"È FANTASTICO" dice Ariel, addentando un grosso peperone ripieno di carne speziata.

Se sta fingendo, è così brava che nemmeno io (la

maga dell'inganno) riesco a smascherarla, e Felix è praticamente raggiante di gioia.

"Mamma mi ha mandato la ricetta per e-mail dopo il pranzo con Sasha" spiega. "Voleva che la dessi a una di voi... ma ho pensato che sarebbe stato offensivo, e poi, sapete quanto mi piaccia cucinare."

"Inoltre" dico, con la bocca piena di un delizioso peperone con carne, "se Ariel cucinasse, sarebbe *di sicuro* offensivo. Per le nostre papille gustative."

"Senti chi parla." Ariel pulisce la forchetta, leccandola. "Ci ricordiamo tutti del festino da illusionista."

Felix rabbrividisce visibilmente al ricordo, e Ariel ride.

"Ehi." Devo mettercela davvero tutta, per restare seria. "Sostengo tuttora che sia stata una delle mie idee migliori."

"Non so di cosa stiate parlando." Fluffster alza la testa da un piatto di fieno di erba medica. "Non sapevo che Sasha cucinasse."

"Io cucino" replico, sulla difensiva, ma Ariel e Felix sbuffano.

Li guardo con occhio torvo, poi mi rivolgo a Fluffster. "In ogni caso, stanno parlando di quella volta in cui volevo creare un'illusione culinaria con il *synsepalum dulcificum*. È una pianta conosciuta anche con il nome di frutto miracoloso" aggiungo, quando tutti mi guardano con espressione vacua. "La miracolina di questa bacca sortisce un effetto molto strano. Si lega ai recettori del dolce sulla lingua, quindi, se una persona mangia cibi acidi come i limoni, li percepisce come dolci."

"Esatto." Ariel ridacchia di nuovo. "Allora ha preparato una torta di limoni. Da non confondere con una torta al limone."

"La torta più aspra di tutti i tempi" interviene Felix.

"Giusto" dico. "Ma ho messo furtivamente le bacche miracolose nel nostro pulisci-palato."

"Senza nessuna spiegazione" dice Felix.

"A sua difesa" dice Ariel, "il risultato era *molto* dolce. Il giorno dell'illusione, intendo."

Sogghigno. "Già, lo adoravano. Ma il giorno successivo, sono corsa fuori dal bagno, nel sentire grida e imprecazioni disperate, perché vedi, hanno cercato di mangiare gli avanzi... senza prima sgranocchiare le bacche miracolose."

"È stato orribile." Felix ha un altro brivido. "Avevo le mascelle letteralmente bloccate."

"Altro cibo sprecato, a quanto pare" commenta Fluffster con un'insoddisfatta voce telepatica, ma vi percepisco anche una risata.

Felix scuote la testa, poi guarda me ed Ariel. "Allora, ho una domanda per voi due." Lancia a Fluffster uno sguardo di scuse. "In quanto femmine."

Ariel, che si stava cacciando un peperone ripieno in bocca, si strozza a tal punto, che mi preparo ad eseguire la manovra di Heimlich.

"Comunque." Felix abbassa lo sguardo sul piatto quasi vuoto. "Ammettiamo che io debba intrattenere una signora... Secondo voi, dovrei cucinarle esattamente questo piatto?"

Deglutendo rumorosamente, Ariel manda giù il peperone con il quale si stava strozzando e dice in fretta: "Chi? Cosa? Quando? Come?"

Sto per unirmi a lei, bombardandolo di domande, ma poi ricordo che aveva parlato di una ragazza davanti ai suoi genitori.

A quanto pare, non era stato solo per rabbonirli.

"Non la conoscete" dice Felix. "Non so neanche fino a che punto arriveremo. Sto solo cercando di decidere quale sarebbe l'attività migliore e..."

"Secondo me, cucinare al primo appuntamento sarebbe un po' eccessivo." Poso la forchetta in maniera un po' brusca. C'è qualcosa che m'infastidisce, in tutto ciò, ma non so che cosa.

E se fossi davvero gelosa?

No, non ha senso.

Se mi sento turbata, è solo perché Felix ha sempre tenuto fra le mura domestiche le sue cotte per le ragazze, correndo dietro a me o ad Ariel... proprio come dovrebbe fare un buon marito poligamo. E adesso salta fuori che il suo cuore è volubile.

Oh beh, buon per lui. Se vuole una sgualdrina, che se la tenga.

"Io la porterei a bere un caffè" dice Ariel. "E poi, se va tutto bene, un bel giro di giostra." Evidentemente, non si fa i miei stessi scrupoli per questa situazione.

Poiché Felix non arrossisce, deve sapere che il giro di giostra è il nome in codice del dormire insieme.

Sforzandomi di sorridere, dico: "Concordo con lei." Prendo la forchetta per infilzare un altro peperone. "E se viene a casa, e ti capita di avere dei gustosi avanzi di qualcosa che hai cucinato di persona, rimarrà davvero colpita, senza pressioni esagerate."

"Suggerirei gli 'avanzi' delle tue uova ripiene con salmone affumicato." Ariel morde avidamente un peperone ripieno. "Oppure quella versione russa con il caviale rosso?"

"E" dice Fluffster nelle nostre teste, "lascia che le mostri come faccio i bagni di polvere. A quanto pare, riesce davvero a colpire le due femmine che mi hanno visto."

"O chiunque sia dotato di occhi" replica Ariel.

"E di senso di tenerezza" aggiungo.

"Grazie, ragazzi." Felix prende il telefono e scrive degli appunti.

"Ovviamente" dico, "puoi eliminare tutto quello che abbiamo appena detto, e portare la tua nuova amica all'Earth Club, stasera."

"Sempre se è una Conoscente." Per poco, Ariel non si mette a saltare su e giù dall'eccitazione. "Potremo ballare, ci sarà la musica..."

"Non è una Conoscente, e stasera è impegnata." Felix nasconde il telefono e mette il piatto nel lavandino. "E poi, preferisco molto di più l'idea del basso profilo."

"E tu, allora?" gli chiede Ariel. "Vieni con me e Sasha, stasera?"

"Credo che non dovrei." Felix sciacqua il piatto, poi

lo mette nella lavastoviglie. "Sarebbe come un tradimento."

Ariel gli guarda la schiena, strabuzzando gli occhi. "Ma se non avevate neanche un vero appuntamento."

"E comunque, andiamo solo in un locale a ballare, non a fare un'orgia" dico, poi guardo Ariel. "Giusto?"

"Niente orge" conferma, aggiungendo sottovoce: "A meno che tu non ne voglia una."

"Immaginate cosa direbbe la mia signora se ci sposassimo, e le dicessi che sono andato in un locale senza di lei, *dopo che ci eravamo già conosciuti*" dice Felix, mortalmente serio.

"Che cos'è un'orgia?" domanda Fluffster.

Per poco non ci accasciamo tutti a terra dalle risate (tranne il cincillà).

Tra risate sganguherate, riesco a tirare fuori: "Credo che abbiamo raggiunto il limite degli insegnamenti tratti da YouTube."

Il commento strappa ulteriori risate ai miei amici, finché noto che Fluffster ci sta fissando con gli occhi neri ridotti a fessure... e a quel punto, scoppio quasi in un'altra risata.

Alla fine, smettiamo di prendere in giro Fluffster, e Ariel si offre volontaria per spiegare cosa sia veramente un'orgia.

"Dobbiamo andare" dice, dopo aver finito di corrompere la mente innocente del povero cincillà. "Io e Sasha abbiamo un appuntamento per manicure e pedicure, prima del nostro viaggio all'Earth Club."

Non sapevo che fosse in programma qualcosa di

simile. Se me l'avesse chiesto, avrei sottolineato che le mie unghie sono ancora perfette dopo la Grande Festa, ma cosa posso farci?

Ariel la spunta sempre in questo genere di cose.

———

FACCIAMO MANICURE E PEDICURE, che sfociano poi in trattamenti di bellezza al viso.

Diventa presto evidente che Ariel ha deciso di ricreare il trucco della Grande Festa, che Nero aveva organizzato per me l'altro giorno, ma con un budget molto più ragionevole e lasciandomi la scelta dei vestiti.

Arrivate a casa dopo tutte le coccole e lo shopping, fuggo in camera mia per vestirmi.

Infilo i jeans nuovi, la camicia alla moda con i bottoni sulle punte del colletto, che è stata la mia concessione ad Ariel, e il nuovo paio di stivali. Basta un'occhiata allo specchio, per confermare che questo outfit starà davvero bene con la nuova giacca di pelle.

Come al solito, per rendere più appetibile il lavoraccio di truccarmi, ricordo a me stessa che la pittura per il viso è un tipo d'illusione. Così posso sforzarmi di applicarne un po', e Ariel non dovrà fingere di non essere arrivata insieme a me.

Per completare l'outfit, ficco la nuova pistola in una borsa a tracolla che mi metto in spalla. Se mi toccherà portarmi in giro l'arma in questo modo, dovrò procurarmi altre borse da abbinare ai diversi vestiti.

"Oddio" esclama Felix, quando entro impettita in salotto. "Sei strepitosa."

Anche Fluffster mi squadra e, dato che non si lamenta dell'inutilità dello shopping, prendo il suo silenzio come un complimento.

Poi arriva Ariel.

Nessuno riesce a trovare le parole... nemmeno Fluffster, che può parlare telepaticamente.

Mi ha ingannato.

Questi non sono abiti appena comprati... perché non siamo andate da BDSM'R'Us.

L'intero corpo di Ariel è avvolto da pelle nera... ma potrebbe essere latex. I pantaloni lucidi e attillati mettono in risalto ogni muscolo delle sue gambe da ballerina, e le décolleté nere sottolineano ulteriormente le sue qualità. Il top aderisce così strettamente alla pelle, da seguire le linee dei suoi addominali. Non ho idea di come sia riuscita a entrarci dentro, e neanche nei pantaloni, in realtà.

A completare l'insieme, i capelli sono raccolti e tenuti fermi da un oggetto simile ad un ago per lavorare a maglia o un cacciavite: è difficile vederlo sotto i capelli ondulati.

Non trasuderebbe più sex appeal, nemmeno se fosse lì con indosso la biancheria di Victoria's Secret.

"Sei una dominatrice, o Catwoman?" chiedo, cercando (senza successo) di rompere l'incantesimo. "E nel secondo caso, non credi di portare un tantino all'estremo la tua fissazione con Batman?"

"No" dice Felix con voce rauca. "Credo che questa

sia una versione molto, molto più aderente dell'outfit di Trinity in *Matrix*."

"È soltanto un look che va di moda all'Earth Club in questo periodo" spiega Ariel, lisciandosi il torace con i palmi e sembrando un po' impacciata. "Posso cambiarmi, se..."

"No" diciamo all'unisono io e Felix.

"Sei fantastica" specifico.

"Non ti devi cambiare." Felix si schiarisce la gola. "Fidati di me."

Ariel rivolge a tutti un sorriso radioso. "Ottimo. Vado a mettermi un po' di trucco."

"Eri senza trucco?" dico, a nessuno in particolare.

"Guadagnerebbe molti più soldi, facendo la modella" dice Fluffster nella mia mente. "Gliel'ho già detto. Perché a nessuno in questa casa interessa accumulare dei risparmi?"

"Ruffiano peloso." Afferro il cincillà, sfregandomi il suo pelo celestiale contro la guancia. "Se Ariel vuole fare il medico, farà il medico, non la modella. E poi, i medici guadagnano bene."

Nel sentire questo, il domovoi sembra mettersi l'animo in pace, e ci sistemiamo in attesa di Ariel, che esce dopo quella che sembra un'ora. Restiamo tutti a bocca aperta, colpiti e senza parole... ma non so se sia merito del trucco in stile gotico, appena applicato, o dell'effetto continuo del sensuale outfit da supereroe.

"Ci conviene andare in anticipo" mi dice. "Il tempo scorre in modo diverso alla nostra destinazione."

Mi alzo dal divano e mi stiracchio.

"Portatevi dietro qualcosa di caldo" dice Fluffster nelle nostre teste. "Fa freddo, fuori."

Trattenendo delle battute su qualcuno che sembra una perfetta muffola di pelo, metto in tasca i guanti di pelle nera, avvolgo la mia sciarpa preferita attorno al collo, e infilo in testa un berretto.

Ariel scivola in un lungo impermeabile, che ricorda scene di commedie romantiche, in cui lei arriva in casa di lui senza niente addosso sotto un cappotto simile.

"Lascia qui la borsa" dice Ariel a proposito della mia fondina/borsa a tracolla.

"Ma ho la..."

"Non ti farebbero entrare con un tale... crimine contro la moda." Arricciando le labbra, scuote la testa, come per dire: "Non discutere, altrimenti ci toccherà dare spiegazioni agli altri sulla pistola".

"D'accordo." Mi tolgo di dosso la pesante borsa con un certo sollievo.

"È per questo che mi porti dietro" dice Ariel, e non so trattenere il sorriso di fronte al doppio senso.

"Non guidi?" chiedo ad Ariel, quando la vedo lasciare le chiavi dell'Hummer appese al gancio vicino alla porta.

"Parcheggiare al JFK è una rogna" spiega, nell'aprire la porta. "E poi" sogghigna, "al ritorno potrei essere un po' ubriaca."

"A proposito" dico, mentre lasciamo l'appartamento e ci avviciniamo all'ascensore. "L'aeroporto JFK è la via migliore per le Altre Terre?"

"Purtroppo, sì." Ariel scivola con grazia in

ascensore, seguita da me. "Se esistono dei portali al La Guardia, non sono accessibili per i Conoscenti come noi, in fondo alla catena alimentare."

"Quei cosi si chiamano ufficialmente portali?" Non riesco a non saltellare su due piedi dall'eccitazione. "Così li ho battezzati nella mia mente."

"Tutti li chiamano portali, ma potrebbe esserci un termine più ufficiale, che non conosco." Ariel m'incastra una ciocca ribelle di capelli sotto il berretto.

"Come fai a non sapere queste cose?" chiedo, mentre usciamo dall'ascensore.

"Penso che tu sia così curiosa, perché ti hanno catapultato in questa situazione." Ariel usa il telefono per prenotare un'auto. "Sei come una turista che visita New York per la prima volta."

"Ehi" dico, fingendomi offesa. "Ritira quello che hai detto."

"Una turista nazionale" dice, impassibile. "Con il marsupio e una cartina in mano."

"Ceeerto. E tu chi sei, la ragazza alla moda del quartiere, che non è mai stata alla Statua della Libertà o all'Empire State Building?"

"Giusto." Ariel incrocia le braccia sul petto. "E Times Square mi disgusta."

Non riesco a trattenere il sorriso. Nessuna di noi due ha mai visitato la Statua della Libertà, anche se abitiamo a pochi passi dal traghetto di Ellis Island.

"Allora" dico. "In quale delle Altre Terre siamo dirette?"

"Si chiama Gomorra" risponde Ariel, mentre una monovolume nera accosta vicino al marciapiede.

"C'è molto fuoco e zolfo, o qualcosa del genere?" chiedo, riflettendo sul nome.

"Vedrai." Si avvicina alla macchina. "Andiamo."

QUANDO ARRIVIAMO AL JFK, ci dirigiamo verso la porta segreta, usata da Ariel l'ultima volta che siamo state qui.

Dato che oggi non sono bendata, studio le pareti dei corridoi che conducono alla grande stanza con i portali.

I tunnel sono tremendamente normali... cosa che avrei potuto dedurre dal semplice linoleum che avevo visto sotto i nostri piedi, l'ultima volta.

L'unica caratteristica strana del nostro percorso è che i corridoi sono inutilmente labirintici, con biforcazioni ad ogni passo. Ariel, comunque, non esita di fronte a nessuna svolta e ha chiaramente memorizzato il percorso.

Rimanendo in silenzio, tiro fuori il telefono per scrivere un nuovo appunto, con S per sinistra e D per destra ad ogni rispettiva svolta. Quando avrò tempo, più avanti, anch'io imparerò a memoria la strada.

"Dove finiremmo, se prendessimo la direzione sbagliata?" chiedo, quando entriamo in un corridoio più lungo.

"In una fossa dei serpenti?" Ariel si stringe nelle

spalle. "Quando papà mi ha mostrato la strada per l'Hub, ha detto di non prendere mai la direzione sbagliata... perciò, non l'ho mai fatto. Per quanto ne so io, tutti questi corridoi conducono al loro stesso Hub."

Come può non importarle di cose simili? È semplicemente per l'analogia della turista? Perché comincio a pensare che ad Ariel manchi il gene della curiosità... almeno quando si tratta di cose da Conoscenti.

Dopo qualche altra svolta, preferisco assicurarmi che Ariel controlli i miei appunti, prima di cercare d'inoltrarmi in questo posto da sola. Se da qualche parte *c'è* una fossa dei serpenti, non voglio caderci dentro. Smetto anche di parlare, per poter tracciare la mappa del posto con la massima precisione possibile.

Alla fine, il pavimento sotto i nostri piedi si trasforma nello scivoloso materiale cromato, che ricordo dalla nostra ultima escursione.

Dobbiamo essere vicine a quello che Ariel ha chiamato Hub.

La porta successiva è chiusa e, dopo averla aperta, Ariel dice chiassosamente: "Pronta?" Poi, senza aspettarmi, va dall'altra parte.

Il battito cardiaco mi accelera dall'eccitazione, mentre la seguo.

"Wow" sussurro, meravigliata, nel rendermi conto di dove mi trovo.

La stanza circolare è grande come Madison Square Garden, e siamo circondate da portali al plasma multicolori. Cavi giganti serpeggiano dal soffitto fino alla base di ciascun portale, ed energia simile all'elettricità sta visibilmente piovendo dall'alto, come se uno scienziato pazzo provasse a rianimare Frankenstein. Resto allibita di fronte a questa scena.

La bolletta di questa stanza dev'essere pari al PIL di un piccolo stato.

"Niente salti, oggi" dice Ariel, indicando un portale turchese nelle vicinanze.

"Con 'salto' intendi prendere un portale per un altro Hub, e poi un altro portale?" chiedo, sforzando il collo mentre continuo a guardare in alto, in basso, e tutt'intorno.

"Esatto." Ariel cammina, sciolta, verso il portale turchese.

"Ogni portale porta ad un mondo diverso?" chiedo, indicando con la mano tutta la serie di portali che ci circonda.

"Il numero non si avvicina nemmeno" risponde, con un'indifferenza incredibilmente irritante, visto come sta mandando su di giri la mia mente. "Esiste un numero infinito di mondi. Quelle che chiamiamo Altre Terre sono solo una goccia nell'oceano... i mondi che possiamo raggiungere tramite i portali esistenti. I portali del JFK conducono solo ad una piccola parte di tutti i mondi accessibili, ma, con un numero sufficiente di salti, puoi raggiungere tutti gli altri... anche se, in certi casi, non dovresti farlo."

"Come fai a sapere che non ci sono dei mondi, ai quali i portali non sono collegati?" Mi fermo, guardandomi intorno per calcolare il numero di portali nella stanza, ma poco dopo ci rinuncio. "E cosa significa 'non dovresti'?"

Ariel si stringe nelle spalle e continua a camminare. "È solo quello che ci ha detto il Dottor Hekima durante l'Orientamento. Lui è un esperto di portali, quindi dovrebbe saperlo. In quanto ai pericoli, ci ha anche detto di non andarcene in giro, se non siamo sicuri, perché esistono mondi dove moriresti appena uscita dal portale."

"Morirei?" La seguo. "Perché?"

"Dipende." Si ferma vicino al portale turchese. "Sei pronta?"

Vorrei rimanere qui per altri mesi, per saperne di più sulle Altre Terre, ma desidero ancor di più vedere uno degli altri mondi. Dato che potrei anche interrogare lei, Felix, o perfino il Dottor Hekima in un secondo momento, annuisco decisamente con la testa. "Pronta."

Ariel entra nel plasma turchese. Nei punti in cui il suo corpo tocca la superficie scintillante, scompare, come se venisse tagliato.

Quando lei svanisce completamente, muovo un passo strascicato verso il portale.

Mi si rizzano i peli sulla nuca.

"Si parte" dico alla stanza deserta, ed entro nel portale.

CAPITOLO UNDICI

"BENVENUTA A GOMORRA" dice Ariel, trionfante.

Mi guardo intorno, chiedendomi se darmi o no un pizzicotto, per accertarmi che non sia un sogno molto dettagliato.

Anche se al JFK sono le cinque di pomeriggio, in questo mondo è già notte. Il cielo è limpido e mi consente di esaminare il panorama impossibile.

Un panorama che accerta il fatto che non siamo più in Kansas (o a New York).

In cielo manca la luna, e l'oscurità sopra di noi è dominata da quella che sembra una maestosa nebulosa... una nuvola interstellare di polvere e gas. Il giallo ed il rosso che l'attraversano formano lunghe colonne, ricordandomi stranamente il fuoco e lo zolfo che stanno per piovere dall'alto.

Schiodando gli occhi dai cieli surreali, mi guardo intorno. Ci troviamo in uno spazio all'aperto, simile ad un Colosseo, che funge solo da hub per il portale, e che (non riesco a credere di non essermene accorta subito) è in cima ad un enorme grattacielo.

Affascinata, vado dietro al portale per guardare giù.

L'edificio ha un'altezza vertiginosa. È almeno dieci volte più alto di qualunque altro edificio sulla Terra. Come mai non stiamo congelando a quest'altezza? O il pianeta è molto più caldo... o siamo circondate da un impianto di riscaldamento invisibile. Per non parlare di un qualche tipo di rifornimento d'ossigeno.

La parte alta dell'edificio deve anche essere un'attrazione turistica, poiché lungo il perimetro ci sono degli utili telescopi. Schizzo verso uno di questi per sbirciare dentro.

Se si prendessero tutti i grattacieli di città della Terra come New York, Dubai, Shanghai, Parigi e Mosca, e si stipassero tutti insieme in un'enorme città, il risultato sarebbe ancora squallido, a confronto. C'è un'atmosfera simile ad una fusione tra Disneyland e Times Square in questa megalopoli tentacolare, che mi fa venire voglia di scendere ed esplorarne ogni angolo.

"Deduco che tu sia impressionata?" Ariel mi mette una mano sulla spalla. "Se è così, non esserne dispiaciuta... è lo scopo per cui hanno progettato questo posto."

"Dev'essere gigantesca." Indietreggio dal bordo dell'edificio.

"La città di Gomorra è più grande degli Stati Uniti d'America. Il mondo, o il pianeta, di Gomorra ha circa le stesse dimensioni della Terra, quindi le sue terre rimanenti vengono utilizzate per sfamare la folle popolazione della città."

Fischio sottovoce e mi volto per guardare Ariel. Notando che qualcosa non va, mi sfrego gli occhi, per assicurarmi che non sia un effetto collaterale dello stupore.

"La tua aura" dico, quando la scena non cambia. "Non c'è più."

"Beh, sì" dice Ariel con indifferenza. "Anche la tua. Qui a Gomorra non ci serve."

Abbasso lo sguardo sul pavimento a specchio e vedo che, infatti, anche la mia è sparita. Risollevo la testa, chiedendo: "L'aura è specifica del nostro mondo?"

"No" dice Ariel, e non so se me la sto immaginando, ma c'è una nota di compiacimento nelle sue parole. Forse, dopo tutti gli effetti di magia con cui l'ho sconcertata, si diverte a sapere qualcosa che io non so. "L'aura è specifica degli umani."

"Cosa significa 'specifica degli umani'?" Mi massaggio la fronte, nella speranza di aumentare il flusso di sangue al cervello, momentaneamente pigro.

"Gomorra è uno dei mondi dove non abita alcun umano." Ariel si dirige al centro del tetto e mi indica di seguirla.

La raggiungo. "Cosa significa che non ci abita alcun umano?" Indico con un gesto la mastodontica città. "Lì è chiaro che ci abita qualcuno."

"Tutti Conoscenti" spiega Ariel da sopra la spalla. "Quindi, non serve l'aura."

"Aspetta." Smetto di camminare. "Questo è il mondo originale, da cui proviene la nostra specie?"

"No." Anche Ariel si ferma e, giratasi verso di me, inclina la testa. "Avrei dovuto aspettare la fine del tuo Orientamento, prima di portarti qui. Sarà una serata di 'perché', giusto?"

"Quindi, non è il pianeta natale, ma tutti sono Conoscenti" ripeto, ignorando la sua protesta. "Perché?"

"Ti concederò altre quattro domande, poi ci godiamo la serata" dice, anche se la sua esasperazione mi sembra un po' finta. "Ovviamente, i Conoscenti vivono qui, perché hanno scoperto questo mondo non abitato dagli umani, l'hanno trovato piacevole, e hanno deciso di farne la loro casa. Almeno, quelli che non avevano dei poteri, in primo luogo." Riprende a camminare verso il centro, dove scorgo una piccola struttura.

"Cosa intendi con 'non avevano dei poteri, in primo luogo'?" Accelero per stare al passo al suo fianco.

"Non tutti i poteri dei Conoscenti sono misurabili. Ma visto che il nostro caso è diverso, in mondi come Gomorra, noi li perdiamo" spiega. "Mondi senza umani intorno."

"Davvero?" dico, non sapendo bene come sentirmi all'idea di perdere i miei improvvisati poteri, per andare in un locale... anche se figo.

"Non ti preoccupare." Ariel guadagna di nuovo il suo ritmo. "È un procedimento molto lento. Ci vuole molto tempo, prima di essere completamente prosciugata."

"Prosciugata?"

"Questa è la terza domanda?" Ariel si ferma vicino alla struttura, dov'eravamo dirette. Assomiglia al pozzo di un ascensore... un'impressione che trova conferma, quando Ariel preme un pulsante accanto alle porte a specchio.

"La smetti di contare le mie domande?" La fisso con occhi socchiusi.

"Mi rivelerai tutti i tuoi trucchi?" Sorride, vendicativa. "Soprattutto quello della levitazione in cucina?"

"D'accordo." È brutto assaggiare la tua stessa medicina. Considero brevemente l'idea di spiegarle qualcosa, che non sia il numero da lei nominato, ma il turbine di domande nella mia testa m'impedisce di pensare ad un esempio che non mi dispiacerebbe rivelare.

"Cosa intendi con 'completamente prosciugata'?" chiedo di nuovo. "O più precisamente, intendevi dire che, vivendo in questo mondo, un Conoscente perderebbe completamente i poteri? In tal caso, sarebbe per sempre? E se sì, perché uno vorrebbe vivere qui? Tranne quelli senza i poteri, dico? E perché? Ci servono gli umani, affinché i poteri funzionino?" Le porte dell'ascensore si aprono, e mi fermo per prendere fiato.

Ariel sgattaiola dentro e preme il grande pulsante dell'atrio. "Queste erano cinque o forse addirittura sei domande."

"Dai, su." Mi sforzo di fare al meglio gli occhi da cucciola. "Per favore? Spiegami questo, e non ti chiederò più niente per oggi." Incrocio le dita dietro la schiena e aggiungo: "Promesso."

Ariel alza gli occhi al cielo. "Sai che posso vedere le tue dita incrociate nello specchio? E che non hai cinque anni?"

"Se rispondo alle tue accondiscendenti domande retoriche, aggiungerai anche queste al conteggio delle mie?" Mi metto le mani sui fianchi.

Le porte dell'ascensore si aprono. Vista l'altezza dell'edificio, è stato il giro in ascensore più rapido della mia vita.

Mentre esce, Ariel risponde da sopra la spalla: "Okay. Ti spiegherò lungo la strada verso il locale..."

L'atrio dell'edificio è il sogno proibito di ogni architetto e curatore di museo. Sembra il figlio illegittimo della stazione dei treni di New York chiamata Oculus e del Museo Guggenheim.

"Non mi stai neanche ascoltando" dice Ariel, mentre le vado addosso a bocca aperta.

"Sto ascoltando." Incrocio il suo sguardo.

Lei sospira. "Esistono mondi deserti, mondi abitati sia da Conoscenti sia da umani, e mondi di soli Conoscenti. E potrebbero esserci anche mondi di soli umani... ma, per definizione, sarebbero privi di portali di collegamento, poiché li abbiamo costruiti noi."

Ho la testa che sta per esplodere e mille altre

domande, ma so che, se la interrompo, potrebbe lasciar perdere del tutto le spiegazioni.

Continua a camminare. "Per i mondi dove esistono entrambi, sembra che abbiamo effettivamente bisogno degli umani, per mantenere i nostri poteri."

"Come se fossimo specie simbiotiche" mormoro sottovoce, incapace di trattenermi.

"Che cos'hai detto?" Ariel si acciglia.

"Simbionti." Accelero il passo per stare dietro alle falcate delle lunghe gambe di Ariel. "Come quei pesci pulitori, che aiutano i pesci più grandi. O i batteri benefici che compongono larga parte di ogni corpo."

"Simbionti" dice. "So che cosa sono e... che schifo. In ogni caso, se restiamo in un mondo senza umani, alla fine perdiamo definitivamente i nostri poteri... ma d'altra parte, l'effetto in una sera è irrilevante. Se ti chiedi perché qualcuno vorrebbe vivere qui, la maggior parte è nata qui, e quindi rimane nella sua terra natia. Proprio come le persone che, nate in luoghi inospitali della Terra, spesso vi rimangono, nonostante l'esistenza di New York." Mi lancia un'occhiata, e ci scambiamo sorrisi d'intesa da newyorchesi.

"Come hanno fatto gli umani ad arrivare in più di un pianeta?" chiedo poi. "E gli alieni? Questi mondi sono popolati da altre specie senzienti, oltre a noi?"

"Anche se conoscessi le risposte, hai ufficialmente finito le domande." Ariel si guarda indietro, per accertarsi che la stia seguendo e, di fronte alla mia espressione abbattuta, dice con più gentilezza: "Comunque, non lo so. Gli umani, di solito, non possono attraversare i portali, quindi non credo che abbiano raggiunto altri mondi in questo modo. Dubito che perfino il Dottor Hekima possa placare la sete della *tua* curiosità. Sei come uno scherzo della natura: certe persone hanno l'indice grande, mentre tu hai un grande centro del 'perché' nel cervello."

So che non era nelle intenzioni di Ariel, tuttavia prendo questi commenti come complimenti.

Raggiungiamo le porte girevoli che conducono fuori dall'edificio, e Ariel spinge il pesante aggeggio con un lievissimo tocco, facendole muovere per entrambe.

Deduco di non dover sprecare una domanda come "Possiamo almeno usare i nostri poteri su questo pianeta?", è palese che lo può fare. E poi, nel mio caso non varrebbe la pena porla, a meno che non decida di fare un sonnellino.

"Wow" dico una volta all'esterno. "Questo posto sembra Las Vegas sotto effetto di crack. E steroidi."

La cacofonia di cartelloni dei divertimenti, strutture esotiche, ologrammi 3D, luci e persone in abiti colorati, minaccia di farmi venire un'emicrania.

"Non dobbiamo andare lontano" dice Ariel, e indica un grande edificio, coperto da una serie di voluminose insegne al neon in tedesco, italiano, portoghese, olandese e in ogni altra lingua della Terra, oltre ad una specie di scrittura runica che mi ricorda i simboli incisi da Beatrice nei cadaveri rianimati. Sarà la lingua originale dei Conoscenti? La versione inglese dell'insegna riporta 'Earth Club', e in caratteri più piccoli millanta: 'La vodka migliore di tutte le Altre Terre'.

La fila per entrare è lunga, ma Ariel non se ne preoccupa. Mi prende invece la mano, per trascinarmi verso le porte blu oceano, che sembrano fatte di marmo.

Sono sorvegliate da un buttafuori.

Un imponente buttafuori di colore verde.

Sembra il fratello scomparso degli orchi che mi hanno quasi ucciso, però non è truccato.

Spero che non collabori con loro... speranza alimentata dallo sguardo completamente vacuo che mi rivolge, prima di guardare Ariel con approvazione.

"È un orco?" le sussurro con voce più bassa possibile.

Il buttafuori dev'essere dotato di un udito straordinariamente sviluppato, perché alza un sopracciglio e guarda Ariel, come per dire: "Chi è questa idiota che ti sei portata dietro? È troppo inesperta per entrare."

"Sta con me" risponde Ariel con fermezza, e mi stringe la mano così forte, che mi scrocchiano le ossa. Senza lasciarla, va dritta verso il buttafuori. "Lei è Sasha. Lavora per Nero Gorin" afferma, quando il tizio non si sposta. "Che è anche il suo Mentore."

Credo che il buttafuori non si sarebbe spostato più velocemente, se Ariel l'avesse colpito con tutte le sue forze.

"Conoscono Nero, qui?" chiedo ad Ariel, mentre entriamo nel locale.

Se mi risponde, non riesco a sentirla con il rumore ritmico, simile ad un terremoto, che mi assale le orecchie e fa fremere i miei organi interni.

"Benvenuta all'Earth Club" mi grida Ariel nell'orecchio. "Che il divertimento abbia inizio."

CAPITOLO DODICI

NON HO MAI SPERIMENTATO qualcosa di simile in vita mia.

I pavimenti sotto i miei piedi sono fatti di vetro, in modo tale da poter vedere attraverso diversi livelli, ognuno con la propria pista da ballo di vetro. L'atmosfera generale di ogni piano ricorda la cantina di *Guerre Stellari*. Ci sono Conoscenti di diverse forme e dimensioni, da un gigante che mi ricorda l'uomo che incombeva su di me durante la cerimonia del Rito, a magri individui dalle orecchie a punta (elfi?), ad una serie di persone estremamente basse di statura (nani o leprecani?), e occasionalmente un essere delle dimensioni di Campanellino (folletti?) che si libra con ali simili a quelle dei colibrì.

I miei occhi minacciano di schizzare fuori dalle orbite. Se avessi bevuto qualcosa, penserei di essere sotto l'effetto di allucinogeni. Nonostante abbia rivalutato parecchio la mia visione del mondo negli ultimi giorni, qualunque fosse l'equilibrio acquisito, ora si è disintegrato in minuscoli frammenti delle dimensioni di un folletto.

E pensare che una volta stentavo a credere nei vampiri.

A proposito di essi, questo posto dev'essere particolarmente popolare tra loro... o almeno, presumo che tutte le persone pallide vestite di nero con gli occhiali da sole al chiuso, siano vampiri. Altra cosa interessante, la maggior parte dei probabili vampiri è accompagnata da partner di ballo con aderenti outfit di pelle nera: sospetto che siano identici a quello che indossa Ariel.

Quando mi riprendo abbastanza da alzare gli occhi, vedo che il piano più alto è composto da una grande piscina, dove le persone e i delfini nuotano insieme. Guardando una seconda volta, noto anche quelle che possono essere soltanto delle sirene... cioè persone con pinne e code. Ehi, perché no?

"Quelli sono delfini mannari e tritoni" mi grida Ariel nell'orecchio, dopo aver seguito il mio sguardo. "Vuoi nuotare con loro?"

"Credo che per ora mi limiterò a ballare" urlo.

Ariel alza il pollice, scuotendo i fianchi a ritmo di musica.

Il suo entusiasmo è così contagioso, da infrangere la mia visione del mondo in crisi, e comincio anch'io a muovermi a ritmo.

Il tipo di musica è impossibile da inquadrare: viene

suonata con strumenti che non ho mai sentito prima. Forse una specie di sintetizzatori?

Per quanto ne so, potrebbero anche essere le sirene che cantano.

Per un istante, perdo di vista Ariel e, mentre la cerco con lo sguardo, qualcosa cattura la mia attenzione.

Rimango lì impalata, senza battere ciglio.

Darian sta ballando a pochi passi da me... e sta ballando con *me*.

Beh, è ovvio che non stia ballando con me, ma con qualcuno che ha esattamente il mio stesso aspetto, e soltanto un diverso outfit.

Obbligo le mie membra impietrite a muoversi, per affrontare la strana coppia, ma prima che possa raggiungerli, cominciano a pomiciare.

Mi fermo proprio accanto a loro.

Sono ignari della mia presenza, e non posso fare a meno di notare l'espressione beata sul viso di Darian, e il fatto che l'altra 'me' corrisponda alla vera me in ogni minimo dettaglio a cui riesco a pensare... tranne forse l'entusiasmo con cui lo sta baciando.

Gli sta praticamente succhiando le tonsille.

"Che diavolo sta succedendo?" grido ai futuri amanti. "È una specie di scherzo perverso?"

Darian trasalisce vistosamente e apre gli occhi, che gli cadono prima sulla partner e poi su di me.

Balza all'indietro, come scottato, diventando improvvisamente pallido.

L'altra me ammicca e si trasforma subito nel

Consigliere Kit... la donna mutaforma che, evidentemente, si diverte un mondo a baciare le persone sotto mentite spoglie.

"Sasha..." Darian mi si avvicina di un passo, con un accento britannico più marcato. "Non lo sapevo assolutamente. Voglio dire, sapevo che eri qui... l'ho visto in una visione... ma non avevo capito che lei..."

Lo guardo di traverso. "Pensavi che ti avrei baciato? Hai visto *questo* in una visione?"

Lui guarda ancora me e poi Kit, con una vera e propria confusione dipinta in viso. "Io..."

"Meglio che vada" dice Kit.

"No" ribattiamo all'unisono io e Darian.

"Ti conviene avere una valida spiegazione per questo." Scocco l'occhiataccia a Kit.

Lei mette il broncio. "Voglio solo il mio personale veggente prediletto. Che cosa ho fatto di male?"

Darian stringe i pugni ai lati del corpo, ma Kit si trasforma in un feroce gigante, e qualunque cosa volesse dire o fare Darian, gli muore sulle labbra.

"Godetevi il locale" dice Kit con la tonante voce da gigante, poi torna se stessa e si allontana, lasciandosi dietro un lieve profumo di fiori di ciliegio.

Fisso Darian.

Sembra a corto di parole... una situazione chiaramente insolita, per lui.

Una mano mi compare sulla spalla. "Va tutto bene?" chiede Ariel.

"Sì" mento. "Stavo per andarmene."

"Sasha, aspetta" dice Darian, ma io lo ignoro, ansiosa di sottrarmi a questa scomoda situazione.

Ariel mi trascina sulla pista da ballo, e ci immergiamo nella calca di corpi che si muovono. Tra la musica che mi pulsa nelle ossa e le luci stroboscopiche che mi colpiscono gli occhi, non riesco a radunare i pensieri abbastanza da analizzare l'incidente in maniera approfondita.

Kit ha usato con Darian lo stesso trucco che ha sfruttato con me, confermando che un veggente non è onnisciente.

E che, a quanto pare, lui vuole baciarmi.

Okay allora.

Andiamo oltre.

Balliamo per un po', prima che mi renda conto che Ariel ci sta lentamente guidando in mezzo alla folla, verso il retro del locale, dove si trova il bar.

"Ho sete" mi dice, e annuisco nell'asciugarmi delle gocce di sudore dalla fronte.

Anche a me andrebbe di bere qualcosa.

Tanti saluti al mio giuramento post-Grande Festa di non toccare mai più gli alcolici.

I frequentatori del bar sono tanto vari, quanto quelli sulla pista da ballo, solo con qualche esemplare dall'aspetto umano.

Un esemplare molto carino mi sta fissando con un sorriso e un sensuale luccichio nei meravigliosi occhi ambrati, tanto bello quanto non è il mio tipo. Con quei lineamenti perfetti, belli fino all'estremo, e le ciocche di capelli con i colpi di sole che gli ricadono sulla fronte, lucenti come in una pubblicità dello shampoo, mi ricorda Leonardo DiCaprio in *Titanic* o un membro di quelle boy band per i quali strillano le ragazze. Di solito preferisco uomini più mascolini... Se cercassi questo tipo di bellezza, farei una proposta ad Ariel. Eppure, lo sconosciuto ha qualcosa d'intrigante e, anche se dev'essere una specie d'illusione olfattiva, credo di sentirne l'odore, ed è il profumo più squisito che abbia mai...

Vedo l'espressione entusiasta di Ariel diventare corrucciata.

Staccando gli occhi dallo sconosciuto sexy, seguo il suo sguardo.

Chester... l'ex Consigliere che aveva ingaggiato Beatrice per uccidermi... è li che si rilassa su uno sgabello da bar di marmo blu.

Evidentemente, vede che lo stiamo guardando, poiché la sua bocca si piega in un sorriso da satiro. Solleva il bicchiere di martini verso di noi con una mano, mentre fa un gesto con l'altra... come se fossimo migliori amici.

Ariel cammina decisa verso di lui, con l'aderente outfit che mette in evidenza i muscoli tesi della schiena.

La seguo, io stessa a denti stretti, pur scoccando un'altra rapida occhiata all'interessante sconosciuto... che mi scopre a guardarlo e mi dedica un altro sorriso magnetico.

La pista da ballo di vetro si trasforma in marmo blu (forse per contraddistinguere il bar) e, nel varcare quella soglia, il volume della musica scende di un centinaio di decibel. Adesso si riesce a sentire il mormorio dei clienti del bar e perfino i bicchieri che sbattono contro il bancone di pietra.

Se non fosse per Chester, infrangerei la promessa di non fare domande e chiederei ad Ariel come funziona questa apparente interruzione della fisica acustica, ma, per come stanno le cose, cerco di starle dietro e basta.

"Tu" dice Ariel, così ad alta voce che alcuni frequentatori del bar si girano verso di lei.

"Io" dice Chester con un sogghigno. "E tu sei tu, e lei" mi indica, "è lei, e loro" indica la pista da ballo, "sono loro, e..."

"Non è il momento per i tuoi scherzi da truffatore" replica Ariel con un terrificante tono inflessibile. "Hai cercato di uccidere Sasha."

Guardandomi, Chester sorseggia il suo drink color rubino. "È una che resta sempre così indietro? Quel pasticcio con Beatrice, ormai, è storia vecchia. È ora di andare avanti."

"Mi riferisco a una cosa molto più recente, e lo sai." Ariel infila una mano nei capelli e, con un rapido strattone, estrae un oggetto, che lascia ricadere la sua folta chioma sulla schiena.

Non solo assomiglia a Xena, la Principessa Guerriera, ma tiene anche in mano un'arma a forma di ago.

"Hai buone probabilità di mancare i miei organi vitali, con quel punteruolo" dice Chester con un ghigno sicuro di sé. "Come ben sai, la fortuna è sempre a mio favore."

"Hai appena rovinato una citazione di *Hunger Games*?" chiedo a Chester. Sussurro poi ad Ariel: "Dovresti rispondere: 'ti senti fortunato, eh, pivello?'".

Dopo aver scoccato ad entrambi uno sguardo ad occhi socchiusi, Ariel dice a denti stretti: "Ti posso infilzare, finché non esaurisci la tua fortuna."

"E poi?" Lui ci riserva un sorriso maligno. "Fare la puttana di uno degli Esecutori per il sangue non ti mette al di sopra della legge."

Vedendo che Ariel sta per saltargli addosso, le metto una mano sulla spalla per calmarla, chiedendomi nel frattempo se il termine spregiativo appena utilizzato si riferisca allo strano rapporto tra lei e Gaius.

"Come sai di certo" dico con la massima condiscendenza, "si è verificata una serie di sfortunati eventi, ultimamente, nella mia vita. La sfortuna è il tuo modus operandi. E anche ingaggiare degli scagnozzi. Perciò, puoi capire qual è l'impressione che ne deriva."

La spalla di Ariel si rilassa leggermente sotto la mia mano. "Sasha ha raccontato a Nero dei suoi incidenti" dice a Chester. "Credi davvero che ti permetterebbe di vivere, se le succedesse qualcosa?"

Il ghigno di Chester svanisce. "Non so proprio di cosa tu stia parlando."

"Di questo." Tiro fuori il telefono per mostrargli l'immagine dell'orco. "Ti sei dimenticato di uno dei tuoi servi?"

"Quello è un orco." Chester posa il drink e fa per prendermi il telefono, che allontano da lui, dato che non mi fido.

"Quell'orco mi ha sguinzagliato addosso un cane" dichiaro, quasi rabbrividendo al ricordo. "La bestia per poco non mi ha divorato."

Chester fa per prendere il drink, ma si blocca. "Non m'importa nulla di come la pensi tu" dice con un'aria seriosa, che sulla sua faccia sembra innaturale, "ma sono anni che non ho a che fare con un orco."

"Orchi" ribatto. "Plurale. Ci sono stati diversi attentati alla mia vita."

Chiudendo gli occhi, si massaggia le tempie, poi li riapre. "Mi credi così stupido? Assumo Beatrice per ucciderti." Tende la mano e piega il mignolo destro. "Vengo colto in flagrante, e" piega l'anulare, "tu ottieni protezione grazie al Mandato... quindi, chiunque ti uccida, morirà se viene beccato." Piega l'indice. "Allora, per sottolineare ulteriormente la mia stupidità, porto degli orchi sulla Terra... che è un'altra violazione punibile con la morte, comunque... e infine chiedo loro di ucciderti?" Piega il pollice, lasciando solo il dito medio puntato verso di noi. "In conclusione" dice, "come ciliegina sulla torta, i miei orchi mandano all'aria più volte i tentativi di omicidio?" Piega anche il medio.

"Beatrice ha fallito." Sento ancora quel profumo squisito, e i miei occhi non si trattengono dal saettare verso lo sconosciuto dagli occhi ambrati, che però sembra assorto nel suo drink e non sta guardando verso di me. Con uno sforzo, mi giro di nuovo verso Chester, dicendo: "Tutto ciò segue un andamento prestabilito."

"Con Darian che s'intromette, senz'altro" commenta Chester, noncurante. "I poteri dei veggenti annullano quelli degli esseri come me... per questo volevo evitare che un'altra veggente venisse formalmente introdotta nella comunità dei Conoscenti di New York." Mi guarda con sincerità... o perlomeno, con tutta la sincerità di cui siano capaci i suoi occhi meschini. "Tutto quel casino non era niente di personale" continua. "Quindi, ora che *fai* parte della comunità, mi rassegnerò al fatto che tu esista e basta."

"Sono certa che Nero non c'entri nulla con la tua improvvisa cordialità verso Sasha. Ti stai solo comportando da buon cittadino Conoscente, che fa il gentile solo per bontà d'animo" dice Ariel, scioccandomi con l'asprezza della sua voce. Dev'essere ancora irritata per essere stata definita 'puttana per il sangue'.

"E anche se Nero *fosse* una variabile nella mia decisione?" Chester solleva il drink. "Io non ce l'ho con lui." Beve un sorso del liquido rosa. "Quand'era Darian a volerla così tanto" mi guarda, "*questo* sì che rendeva le cose un po' più particolari per me. Ma adesso è acqua passata."

"Non penserai che crediamo a queste stronzate" dico. Con la visione periferica, noto che lo sconosciuto dal profumo delizioso sta osservando attentamente la mia faccia. "Hai perso il posto nel Consiglio a causa mia" proseguo, indirizzando tutta l'attenzione su Chester. "Secondo te, dovremmo credere che tu abbia perdonato e dimenticato?"

"Anche per questo incolpo Darian, non le sue pedine temporanee" risponde, serrando le labbra. "Io e lui abbiamo un conto in sospeso, in effetti, ma *tu* non sei sulla mia lista... a meno che questa conversazione non si trascini molto a lungo, intendo."

Guardo Ariel.

Sembra incerta.

Quello che dice è abbastanza logico, da sembrare 'veritiero'... ma come tutte le migliori bugie, d'altro canto.

"Ho ingaggiato Beatrice perché la tua doveva essere una morte rapida" spiega Chester. "Ora che è troppo tardi per impedirti di avere protezione, la mia vendetta non sarebbe così diretta o impulsiva. Potrei, giusto per farti un esempio, aumentare notevolmente il tuo rischio di contrarre un cancro al seno, oppure..."

Smette di parlare, ritrovandosi l'arma di Ariel puntata alla gola.

Batto più volte le palpebre. Non avevo visto la mia amica muoversi... ma, di certo, può essere stata una zaffata del delizioso profumo dello sconosciuto dagli occhi ambrati a distrarmi.

"Naturalmente, non farei davvero una cosa tanto rozza, quanto causare il cancro a qualcuno." Chester sorseggia il drink, fingendo di non accorgersi dell'ago che preme sulla sua laringe. "Come dicevo, è acqua passata."

"Ariel?" dice una familiare voce ipnotica. "Ti stai divertendo senza di me?"

Mi giro e riconosco Gaius. Con gli occhiali da sole sollevati sulla fronte, vedo i suoi occhi color azzurro ghiaccio puntare Ariel come missili autoguidati.

Allontanata la minaccia dal collo di Chester, Ariel si raccoglie di nuovo i capelli. Il punteruolo sparisce lesto, e sono quasi tentata di chiederle come ci è riuscita, per aggiungere questa mossa al mio repertorio dei giochi di destrezza.

"È stato fantastico chiacchierare con voi, signore." Chester posa sul bancone delle misteriose banconote e si alza, mormorando: "E uso il termine in maniera approssimativa."

Si allontana con passo tranquillo, fissato da Ariel, che sembra volergli infilzare la schiena con il punteruolo (seguito da qualche pugnale, giusto per sicurezza).

"Perché non sei venuta da me al nono piano?" chiede Gaius ad Ariel, con un tono calmo che non rispecchia l'espressione possessiva, mentre squadra l'outfit di Ariel. "Mi stai evitando?"

"Siamo appena arrivate" risponde lei rapidamente. "Stavo per bere qualcosa con Sasha, poi sarei venuta a trovarti, mentre le mostravo il locale."

"Ti dispiace se prendo in prestito Ariel per un momento?" Gaius mi guarda. "Forse ti piacerebbe andare in esplorazione senza una babysitter."

"Va bene." Cerco di dare una sbirciatina al bell'uomo sconosciuto, che però scopre la mia occhiata e ammicca di nuovo. Mi volto verso Ariel. "Non preoccuparti per me. Va' pure con il tuo fidanzato."

"Fidanzato?" Gaius si sfrega il mento, osservandola con aria meditabonda.

La mia amica mi guarda nel modo più truce possibile. "Non permetterti di lasciare questo posto senza di me."

"Giurin giurello" dico, facendo una croce sul cuore.

"Tieni." Gaius sbatte la misteriosa valuta sul bancone, facendo un gesto al barista. "Pago io il prossimo drink di Sasha."

Prende poi Ariel per il gomito e la porta via.

Nonostante tutte le proteste di lei, è chiaro che non sono soltanto amici, ed è piuttosto sensato: dopotutto, è fissata con Batman... che, con il mantello nero e la somiglianza con i pipistrelli, è abbastanza simile ad un vampiro.

Il barista recupera il drink avanzato di Chester e pulisce il bancone davanti a me, con un panno la cui pulizia è discutibile.

"Cosa prendi?" chiede, e mi accorgo che di lato sbatte un'opalescente membrana nittitante, simile a quelle degli anfibi... una terza palpebra trasparente che deve usare per inumidire gli occhi.

"Lo stesso." Indico il drink avanzato di Chester nella sua mano.

"Sicura?" Mi osserva con un miscuglio d'incredulità e rispetto.

Cerco con lo sguardo Ariel e Gaius, ma sono

scomparsi tra la folla. "Sì" rispondo al barista. "Tanto vale che la festa cominci."

"Accomodati pure." Si allontana, mescolando il drink con una serie di rapidi movimenti, che mi ricordano i salti di una rana.

Di nuovo, sento il gradevole profumo dello sconosciuto e mi chiedo se potrei... o dovrei... avvicinarmi a lui. Ariel non ha problemi in fatto di uomini, ma d'altra parte, non deve preoccuparsi di essere respinta: chiunque con un battito cardiaco la trova immancabilmente irresistibile.

Ora che ci penso, forse anche chiunque senza un battito cardiaco. Dovrò scoprire se i vampiri Conoscenti ce l'hanno.

Il barista sbatte il bicchiere sul bancone davanti a me. Decido allora che un po' di coraggio in forma liquida potrebbe essere proprio quello che mi serve.

Prendo il bicchiere per bere un lungo sorso... e subito me ne pento.

Il liquido mi ustiona la lingua come magma caldo, il suo calore s'irradia nel mio stomaco e in ogni centro del dolore nel mio cervello.

Quello che ho appena bevuto è puro spray al peperoncino?

Boccheggio alla ricerca d'aria, in panico.

Mi lacrimano gli occhi e voglio urlare.

Se avessi un fiume di fronte a me, probabilmente, lo berrei fino a prosciugarlo.

"Avresti dovuto avvertirla del Fuoco della Chimera" dice una nuova voce da qualche parte. Poi il nuovo arrivato aggiunge, più severamente: "Dammi un bicchiere di Latte di Gargoyle. Subito."

Il TNT continua ad esplodermi in bocca e, quando un bicchiere mi viene spinto in mano, sono in iperventilazione.

"Questo dovrebbe aiutarti" dice la nuova voce... una voce accompagnata da un delizioso aroma, che riesco ad individuare perfino nelle mie misere condizioni.

Tracanno disperatamente il bicchiere... e un confortante sollievo si diffonde nel mio corpo.

Con qualche vibrante respiro, mi asciugo le lacrime dagli occhi e guardo il mio salvatore.

Dalla voce di soprano di una boy band e dall'inconfondibile profumo, avrei dovuto intuire chi fosse.

Lo sconosciuto da sogno, finalmente, si è stufato di giocare a ping pong con i nostri sguardi.

"Ma era alcol?" gracchio, allontanando il più possibile da me il resto della bevanda. Qualche gocciolina si rovescia sul bancone, e quasi mi aspetto che la superficie sfrigoli.

Come ha fatto Chester a non morire, sorseggiando questa roba atroce per tutta la conversazione? Cosa ancora più importante, il bastardo ha bevuto l'orribile miscuglio solo perché poi, sfortunatamente, l'avrei ordinato dopo di lui?

"C'è la capsaicina nel Fuoco della Chimera" dice il barista.

Beh, questo spiega molto. La capsaicina è ciò che

rende piccanti i peperoncini, e quell'orrido drink, probabilmente, ne conteneva la forma più pura.

"Sì" dice il mio salvatore, con una torva occhiata al barista. "Ed è per questo che dovresti sempre avvisare la gente."

"Non dare la colpa a me" replica lui. "Sembrava così sicura di sé, che..."

Ignoro il resto della frase, afferrando invece un tovagliolo per voltare le spalle al mio soccorritore, ed asciugarmi un filo di saliva e le lacrime rimanenti.

Certo.

Secondo la Legge di Murphy, se mi capita di conoscere un sensuale sconosciuto in un bar, mi servono un cocktail così piccante, che il mio mascara si scioglie, facendomi assomigliare ad un procione. O d'ora in avanti dovrei chiamarla 'la Legge di Chester'?

Mi giro di nuovo per guardare l'uomo e, con mio sollievo, non rabbrividisce dall'orrore.

"Dovevi cominciare con il Sangue di Alieno" mi dice con un sorriso. "O il Drano Armageddon."

"Credo di averne avuto abbastanza di cocktail, in questo posto." Inspiro profondamente, capendo subito il mio errore, perché non ho fatto altro che inalare un'ulteriore dose del suo buonissimo profumo, e mi gira la testa... Ma, forse, questo è dovuto all'effetto combinato dei due drink che ho preso. Chissà che genere di sostanze chimiche mi scorrono in corpo, adesso?

"Ti converrebbe evitare di bere, per un po'." L'uomo

mi guarda, ammiccando, con le sue ciglia esageratamente lunghe.

"Io sono Sasha" dico, tendendo la mano nella maniera più professionale possibile, e devo ricorrere a tutta la mia forza di volontà per non sfiorargli gli zigomi marcati con le dita... cosa che la mia mano, di colpo, muore dalla voglia di fare.

"Harper." Tende la mano e, quando i nostri palmi si toccano, una scarica di elettricità si diffonde dal mio palmo in tutto il corpo.

Il tempo sembra rallentare, mentre mi guarda con quegli occhi grandi, e mi sento sul punto di finire come quegli insetti, vecchi di centinaia di milioni di anni, incastrati nell'ambra.

In qualche modo, riesco a ritirare la mano e gracchio: "Piacere di conoscerti."

"Il piacere è tutto mio" risponde Harper, che sembra proiettare verso di me una nuvola di deliziosi feromoni.

Con il respiro affannoso, lo guardo come una pavonessa in calore davanti alle vivide piume di un pavone.

"Ti va di ballare?" mi sussurra Harper all'orecchio, sfiorandomi il lobo con le morbide labbra.

Invece di rispondere, balzo in piedi.

Con un sogghigno vanitoso, si alza, prendendomi la mano.

L'elettricità del suo tocco, stavolta, raggiunge un voltaggio più elevato.

Confusa, lascio che Harper mi guidi nella pista da

ballo, e iniziamo a muoverci... lui al ritmo, e io come un burattino di cui tiene le corde.

La musica fa esplodere note heavy metal, ma con violini elettronici al posto delle chitarre.

Ballare con lui è come andare sulle montagne russe, solo che, invece di sentire le farfalle nello stomaco, le sento decisamente dappertutto. Non è molto alto, solo qualche centimetro più di me, ma così mi è più difficile sfuggire all'intensità del suo sguardo. Non riesco a trattenermi dal respirarlo ancora, e la testa mi vortica come una canna in un tornado.

Che mi succede?

È colpa dei drink?

Non ho mai provato niente del genere. Voglio stargli ancora più vicina, berlo come cioccolata calda in una giornata fredda.

Mi sento le labbra gonfie... e voglio che lui faccia qualcosa in merito. Invece continua a guardarmi, esasperante, continua a ballare, e mi fa desiderare ancora di più quel bacio.

Se non si sbriga a baciarmi, potrei saltargli addosso.

Una parte di me sa che afferrare le sue lucenti e folte ciocche, e attirare la sua testa verso di me, potrebbe essere fuori luogo, ma un'altra parte di me vuole dire alla prima di chiudere il becco.

"Passiamo al livello successivo?" mormora in una pausa tra le canzoni.

Mi corre un fremito sulla pelle. "Sì" ansimo. "Facciamolo."

Si china, e chiudo gli occhi. Il cuore mi martella all'improvviso.

Finalmente, ha deciso di baciarmi.

Praticamente, riesco già a sentire il suo sapore, ma invece di baciarmi, si limita a prendermi per mano. Mentre l'elettricità del tocco invade i miei sensi, già alla massima allerta, ci vuole tutta la mia forza di volontà per non infilare la sua mano in un posto troppo privato per una pista da ballo.

Tirandomi la mano, mi conduce da qualche parte.

Mentre camminiamo, noto Kit, con il suo aspetto reale, in mezzo alla folla e libero un sospiro di sollievo. Inconsciamente, temevo di finire in un altro dei suoi strani scherzi.

Raggiungiamo in fretta le porte dell'ascensore.

Prima che possa chiedere qualcosa, il forte dito di Harper sfiora il pulsante dell'ascensore, gesto che mi fa diventare molto gelosa di un oggetto inanimato.

Mi guida dentro la cabina e preme il pulsante per il nono piano.

Le porte dell'ascensore sono fatte di vetro, quindi tutti possono vedere all'interno, eppure desidero comunque che mi spinga contro quelle porte e...

L'ascensore tintinna e le porte si aprono.

Ho perso conoscenza, o questo ascensore è addirittura più rapido di quello del grattacielo?

Harper mi prende di nuovo per mano, scacciando ogni pensiero vagante, tranne quelli sulla sensibilità della mia pelle, sui brividi...

L'ambiente mi distrae dalla confusione dettata dagli ormoni.

A quanto pare, in realtà, il nono piano non è stato concepito per ballare.

Nel mio stordimento, trovo difficile capire quale sia il vero scopo di questo posto, ma sembra un incrocio tra un dungeon BDSM e un bar elegante.

Alla mia destra, una muscolosa orchessa è allungata su un grande tavolo, con il corpo nudo ricoperto di antipasti, che piccoli tizi barbuti stanno assalendo con eccessivo entusiasmo.

Alla mia sinistra, un elfo nudo dall'espressione estatica sul viso è legato ad una struttura di legno a forma di X. Una donna dalle luccicanti scaglie blu sulle spalle scoperte lo sta frustando. Quando la fustigatrice fa una pausa, dei vampiri lottano per leccare per primi i rivoli di sangue sulla schiena dell'elfo.

Il sorriso beato sul volto di un vampiro, mentre beve il sangue, mi fa risuonare in testa un lontano campanello d'allarme. Mi chiedo se anche Ariel e Gaius siano da qualche parte su questo piano, a fare chissà...

"Possiamo cercare una stanza appartata sul retro" sussurra Harper con voce rauca, catturando di nuovo la mia attenzione.

"Okay" riesco a gracchiare. "Voglio venire... là, intendo."

Mi porta oltre un tizio, che sta facendo qualcosa di bizzarro allo sfiatatoio di un delfino in una vasca di vetro, e da qualche parte nella mia testa mi accorgo di un paio di cose.

Primo, non sono mai stata così arrapata in vita mia.

Secondo, sto accettando di rimanere da sola in una stanza con un uomo di cui non so il cognome.

Non avevo forse una regola sul conoscere il cognome delle persone, prima di ritrovarmi in una situazione simile?

Al momento, non m'importa granché del suo cognome, né di nient'altro in realtà.

Gli anni d'astinenza hanno forse danneggiato una parte del mio cervello, o in quei drink c'era qualcosa? E se Harper avesse fatto scivolare qualcosa nel bicchierino che mi ha dato?

Un'idea che appare improbabile ma, se fosse vera, sarebbe ironico. Se Harper fosse così abile con le mani, non avrebbe bisogno di drogarmi. Avrebbe potuto anche solo mostrarmi le sue capacità, e probabilmente avrei provato lo stesso desiderio di saltargli addosso.

"Qua, che ne dici?" mormora Harper, e una fresca zaffata di profumo fragrante dissipa ogni pensiero sporadico dalla mia mente.

Mi muovo con passi pesanti nell'accogliente, intima alcova, mi accomodo sul divano di pelle e, dopo essermi sdraiata, cerco di calmare il respiro agitato.

Senza nemmeno chiudere la porta, Harper sprofonda sul divano accanto a me, e mi guarda intensamente negli occhi.

Ricambio lo sguardo, mentre i polmoni si trasformano in soffietti.

Si china su di me.

Il suo sguardo, o forse il suo profumo, o forse la

consapevolezza di stare per baciarlo, innesca quello che, per descriverlo meglio, sembra un esercito di farfalle rosa che sbattono follemente le ali nel mio stomaco e nel petto (o almeno, penso che siano farfalle e non la pirosi causata da quella bevanda super-piccante). Una delle farfalle, chiaramente, vuole raggiungere il massimo risultato, è un esemplare che può causare un uragano, poiché un vortice di calore, brividi e pulsioni si diffonde nel mio corpo, lasciandomi senza fiato.

Harper, adesso, è a pochi centimetri di distanza.

I miei occhi si chiudono, senza che io li comandi.

Le nostre labbra s'incontrano.

Il mondo attorno a noi sembra diventare più vivido, come se qualcuno l'avesse sintonizzato sull'ultra alta definizione.

È ufficiale.

È il bacio più delizioso della mia vita.

Mentre le flessuose dita di Harper mi accarezzano il viso, diffondendo piccoli sprazzi di elettricità, un dubbio persistente fa capolino da qualche parte nel mio cervello.

Mentre le nostre lingue cominciano ad intrecciarsi, i dubbi aumentano, e finalmente individuo il problema.

Quest'uomo ha qualcosa di vagamente familiare.

La mia eccitazione precedente, in confronto a quello che provo adesso, sembra qualcosa di molto incerto. Questo sta al normale essere eccitati, come un concerto di Mozart sta allo scampanellio del camioncino dei gelati.

Le sue mani sono ora sulla mia schiena, e la fanno inarcare come in una posizione di yoga, mentre l'energia calda mi pervade la spina dorsale.

Che cosa mi succede? Perché mi sembra tutto così familiare?

Soffocando un gemito, dimentico ogni dubbio, mentre il sangue mi pompa nelle orecchie, e il viso, il collo e il petto bruciano per i milioni di vasi sanguigni dilatati.

Cresce in me una tensione fisica e mentale, e sto per rivolgergli una supplica... ma sono troppo confusa per sapere in cosa consista.

"Va tutto bene?" mormora Harper.

Con un senso di déjà vu, tutta l'eccitazione della mia vita s'incanala in un'unica esplosione.

"Sì" gemo.

Le sue dita mi slacciano i primi bottoni della camicia, un altro gesto familiare, tanto quanto il desiderio di strapparmi di dosso il resto.

Poi mi bacia sul collo, e la sensazione mi squarcia con un'ondata esplosiva. Tutti i muscoli del mio corpo sono scossi da uno spasmo, come se fossero uno solo, poi tremano violentemente quando lui sposta i baci sulla mia spalla.

La precedente sensazione di familiarità è l'unica cosa che mi permette di riemergere verso una specie di buonsenso in mezzo a questo oceano di endorfine.

Perché. Tutto. Questo. Sembra. Così. Familiare?

Quando Harper mi mordicchia delicatamente il lobo dell'orecchio, lotto contro l'ondata di beatitudine, cercando di concentrarmi sulla familiarità di questa esperienza.

Le sue labbra stanno per spostarsi verso la mia clavicola, ricorda una parte di me.

Le labbra di Harper si spostano sulla mia clavicola.

Con un colossale sforzo di volontà, mi dissocio dalla potente esplosione della sensazione che sale vertiginosamente nella mia carne.

"No" grido, invece di emettere un gemito orgasmico. "Fermati!"

CAPITOLO TREDICI

LOTTANDO CONTRO UNA CRESCENTE DEBOLEZZA, apro forzatamente le palpebre pesanti.

Harper ha cambiato faccia. È feroce, in mancanza di una definizione migliore, ma oltre a questo, la sua è un'espressione indescrivibile... di sorpresa e di fastidio allo stesso tempo.

"Ho detto, fermati" ripeto in tono più risoluto.

"Non opporti" mormora, mentre il profumo delizioso diventa forte e soffocante. "Rilassati e basta."

Poi, finalmente, capisco tutto.

Il motivo per cui la situazione mi sembra familiare, è che l'ho sognata.

Il mio sogno erotico *era* una visione.

Una visione di questo.

Con il cuore che accelera, ricorro a tutta la forza di volontà per radunare le forze e spingere via Harper.

Sembra ancora più confuso per un istante, poi si

protende di nuovo verso di me, con le dita flessuose che improvvisamente mi ricordano degli artigli.

La rabbia scaccia la restante eccitazione dal mio cervello ancora annebbiato. "No vuol dire *no*" affermo energicamente, poi colpisco il suo viso troppo bello con un pugno.

Lo centro nella guancia e il dolore mi esplode lungo il braccio.

È come aver colpito una parete.

"Stronza." La voce di Harper diventa di colpo più acuta. "Adesso tu..."

"Uscirai di qui senza neanche un graffio" dice una voce familiare.

Sollevo lo sguardo e un sospiro di sollievo mi esce con un sibilo.

Davanti a noi c'è Ariel, con il punteruolo saldamente in pugno.

Con l'outfit nero, è quasi invisibile contro le pareti nere della stanza, quindi ha inavvertitamente usato una tecnica di magia chiamata il principio dell'arte nera, anche se scommetto che i ninja l'abbiano scoperta molto prima degli illusionisti.

Il buon profumo di Harper s'intensifica e, con la stessa voce in falsetto, dice: "Dovresti unirti a noi."

Incredibilmente, nonostante l'accaduto, l'idea che Ariel si unisca a me e Harper sembra per un attimo allettante. Cosa scioccante, anche Ariel sembra valutare l'offerta, poi lancia un'occhiata verso la porta, e la sua espressione si riveste di feroce determinazione.

Seguendo i suoi occhi, vedo che sulla soglia c'è

Gaius, con un'aria decisamente terrificante, le zanne completamente snudate, gli occhi a specchio, e un aggressivo sguardo torvo.

"Spegni la puzza" ordina freddamente Gaius a Harper. "Hai un secondo di tempo, prima che ti stacchi la testa."

"Sono pieno zeppo di energia a causa sua." Harper indica me con un gesto. "Sei sicuro che ti *permetterei* di staccarmi la testa?"

"Lo aiuterò a farlo" dice Ariel, risoluta. "Dopo averti crivellato."

"Non credo che mi serva aiuto." Gaius stringe i pugni.

Con un sospiro teatrale, Harper si alza in piedi e alza le braccia sopra la testa, come se stesse collaborando con un agente di polizia.

Abbassando il punteruolo, Ariel si fa da parte, come restia a toccarlo. Harper sogghigna e la supera con passo tranquillo. Quando raggiunge Gaius, si china verso il vampiro. "Voi succhiasangue siete davvero degli ipocriti."

Il vampiro gli si para davanti, bloccandogli la strada.

"Osi paragonare la tua specie alla mia?" Gli occhi di ghiaccio di Gaius sembrano pronti a lanciare saette addosso a Harper. "Noi prendiamo il nutrimento in maniera consensuale."

"Come no." Harper spinge Gaius, che è molto più grosso di lui, con la spalla.

Mi sorprende vedere il vampiro barcollare per un

attimo, dando a Harper la possibilità di sgattaiolare fuori dalla stanza.

Gaius sembra sul punto di meditare un inseguimento, ma poi cambia idea e rimane dov'è.

"Stai bene?" mi chiede Ariel, in piena modalità mamma chioccia, impostata ad un livello di almeno undici su dieci.

"Penso di sì" mento, ma in realtà non ho idea di come mi senta, né di cosa sia successo poco fa.

"Mi dispiace tanto di averti lasciata sola." Ariel si allunga per prendermi le mani congelate. "Non succederà mai più."

"Si vede che sta bene" dice Gaius, mentre gli occhi tornano ad essere azzurro ghiaccio.

"Di cosa stai parlando?" ribatte Ariel. "Se fossimo arrivati un minuto dopo, sarebbe morta."

La guardo a bocca aperta, mentre il mio viso arrossato sbianca. "Davvero?"

"Sei stata fortunata ad urlare 'fermati'" mi dice Gaius in tono leggermente più gentile. "Grazie al mio udito sopraffino, siamo riusciti ad arrivare qui in tempo."

"Non si è trattato proprio di fortuna" replico, mentre mi abbottono la camicia. "Mi dite che cosa diavolo è Harper?"

Gaius guarda Ariel, che con un'alzata di spalle risponde: "Hai mai sentito parlare degli incubi o dei succubi?"

Ciò che mi resta delle farfalle nello stomaco ritorna

allo stadio larvale. "Cioè, demoni che seducono le persone?"

"Esatto" dice Ariel. "Harper stava per risucchiarti la vita come energia sessuale, in mancanza di un termine migliore. Il risultato, di solito, è letale."

"A proposito" dice Gaius. "Ti senti debole?"

Mi analizzo, poi annuisco. "Sì. Mi sembra di avere la pressione molto bassa e di aver saltato un pasto."

"Mangia questa." Gaius estrae e mi porge una barretta di cioccolato ripiena.

Vorrei sapere perché un vampiro dovrebbe portarsi dietro uno spuntino del genere, ma forse preferirei non saperlo. Apro la confezione e mi ficco il cioccolato in bocca.

"Secondo te, è per questo che Darian chiedeva di parlarti qui?" domanda Ariel a Gaius, mentre mastico. "Sapeva forse che Sasha poteva aver bisogno del tuo aiuto?"

"In tal caso, vorrei tanto che avesse solo detto 'va' al nono piano, nella terza stanza privata a destra, all'01:37, e salva Sasha'" replica lui, stringendosi il naso. "I veggenti sono così irritanti, a volte... senza offesa, Sasha."

"Nessuna offesa" mormoro, con il cioccolato e il torrone in bocca. "Concordo con te. Se Darian sapeva davvero cosa stava per succedere, doveva impedirmi di ballare con Harper, innanzitutto."

Ariel si sfrega il mento. "Chissà perché non l'ha fatto?"

"Forse ci ha provato? Voleva davvero dirmi

qualcosa dopo l'incidente con Kit. Oppure sapeva che avevo già avuto una visione di questo." Ingoio il resto della barretta ripiena. "Magari voleva che usassi i miei poteri di veggente, per tirarmi fuori dai guai?"

"Hai avuto una visione di questo?" Ariel mi guarda, come se mi fosse spuntato un dito del piede in fronte. "Allora, *perché* non l'hai evitato?"

"Il sogno non era così dettagliato." Lecco avidamente il cioccolato che mi è rimasto sulle dita. "Forse è successo così anche a Darian. Può aver avuto una visione vaga come la mia, e sapeva solo di doverti mandare su questo piano."

"Oppure, in questo modo, ci guadagna qualcosa." Poiché Gaius si studia le unghie, mi accorgo del suo smalto nero. Sono piuttosto sicura che non l'abbia avuto, prima, quindi dev'essere un look dark adatto per questo locale.

"Come stai?" Ariel mi squadra, come se fossi una bambola di porcellana, che si è tuffata su un pavimento di cemento.

L'espressione premurosa, per qualche ragione, la rende estremamente sexy. In effetti, quei vestiti e...

Scuoto la testa, nell'accorgermi che il mio corpo non ha ancora smaltito la magia di Harper.

"Starò bene" dico, cercando di normalizzare il respiro. "Però vorrei tanto andare a casa."

Ariel e Gaius si scambiano una rapida occhiata, il cui significato sfugge al mio cervello stanco.

"Prendila" dice Gaius, forse in un tono troppo

imperioso per i miei gusti. "Dopo, se puoi, torna qui. Vi accompagno al piano più alto."

Ariel muove su e giù la testa e mi aiuta a rimettermi in piedi.

Il suo tocco è quasi elettrico come quello di Harper, perciò mi sforzo di pensare a cose non sexy, come le talpe senza pelo con la sifilide... e l'industria finanziaria.

Una volta usciti dalla stanza, vedo gli abitanti del nono piano che guardano un grande palco in mezzo alla pista da ballo. Due uomini seminudi si stanno esibendo in numeri di equilibristi con i loro corpi in stile Cirque du Soleil. I loro movimenti sono fluidi e sensuali, vorrei tanto essere in mezzo...

Di nuovo, scuoto la testa, cercando di reprimere l'eccitazione pensando ai vermi solitari e ai funghi ai piedi.

"So che è improbabile" mi sussurra Ariel nell'orecchio, "ma voglio esserne sicura." Abbassa ancora di più la voce. "Non hai invitato quell'abominio in casa nostra, vero?"

"Non abbiamo avuto tempo per chiacchierare" mormoro, con le guance rosse, mentre Gaius ci lancia un'occhiata indecifrabile.

Ariel non sembra accorgersene, poiché appare sollevata, mentre ci avviciniamo all'ascensore.

Non posso non ricordare che il suo nuovo fidanzato (o qualunque cosa sia) aveva cercato di essere invitato in casa nostra. Significa che i vampiri e gli incubi sono simili in questo? Nonostante la curiosità, mi rimane abbastanza tatto, da non chiederlo a nessuno dei due, al momento.

Gli acrobati portano a termine una posa particolarmente impressionante, e tutti si alzano per applaudire.

Beati gli acrobati.

Cosa darei per una standing ovation.

La gelosia per questi applausi carichi d'entusiasmo mi dà un'idea. Potrei esibirmi come illusionista qui, all'Earth Club? O se non qui, magari, in un altro posto di Gomorra? Dopotutto, se mi viene vietato di esibirmi è a causa del Mandato, che a quanto pare non ha valore in questo mondo.

I Conoscenti rimarrebbero colpiti dai miei numeri? Molti di loro, d'altra parte, fanno per davvero quello che io fingo solo di saper fare. E per la maggior parte dei numeri da illusionista, sospetterebbero che stia usando i poteri di veggente. Ma l'argomentazione principale a sfavore di questa idea è che, se lavorassi perennemente a Gomorra, perderei i miei poteri per sempre e...

L'ascensore arriva, poi Ariel e Gaius mi spingono dentro.

Il ritorno al piano superiore è incredibilmente rapido; quasi sembra che le porte si chiudano, e si riaprano subito dopo al pianterreno del locale.

Un bell'uomo è in piedi davanti al nostro ascensore di vetro.

Si tratta di Darian, e ha un'aria compiaciuta...

probabilmente va fiero della sua capacità di anticipare il preciso istante del nostro arrivo.

Ha palesemente dimenticato il grosso sbaglio con Kit.

"Tu" dice Ariel a Darian e, mollando la presa sul mio braccio, si mette le mani sui fianchi.

"Darian" dice Gaius, sarcastico. "Per caso, volevi parlare con me al nono piano?"

"Salve" dice Darian, con un accento britannico che sembra più sexy del solito. "Ho cambiato idea sul parlare con te. In qualità di Consigliere, *è* mia prerogativa parlare con gli Esecutori... oppure no, scelta mia."

Mentre parla, i suoi occhi verdi sembrano fissare qualcosa oltre l'orizzonte, attraverso i nostri corpi... o più precisamente, forse si tratta del futuro.

Sentendomi in mezzo a troppa gente, avanzo di un passo per uscire dall'ascensore, ma devo essere ancora debole o ottusa a causa degli ormoni, poiché inciampo nel punto in cui esso incontra il pavimento.

Prima di cadere per terra con la faccia, le braccia incredibilmente forti di Darian mi sostengono, rimettendomi in piedi.

"Stai bene?" chiede, con accento più marcato.

"Non lo so" rispondo, incapace di smettere di fissare quelle verdi...

Ariel si schiarisce la voce accanto a me. "Grazie, Darian" dice, ma perfino io, nelle mie strane condizioni, capisco che non le viene dal cuore.

"Non c'è problema." Darian si liscia il pizzetto

perfettamente curato. "Un ballo con Sasha basterà come ricompensa per i miei servigi."

"Chi l'ha detto che Sasha vuole ballare con te?" Ariel socchiude gli occhi. "Deve andare a casa. Lei..."

"Sasha decide con chi balla e quando" replico, incrociando le braccia. "Non morirò, per un ballo." Osservo con approvazione le ampie spalle di Darian. "Anzi, potrebbe succedere proprio il contrario."

Mentre la mia bocca si muove, la mente si chiede perché stia accettando davvero questo ballo.

Ho visto che cosa vuole (quella scena con Kit era piuttosto eloquente), ma ciò non vuol dire che debba dargli corda.

Voglio solo porgli qualche domanda sui poteri dei veggenti.

Sì, tutto qua.

Di certo, non gli concedo questo ballo per il ricordo dell'espressione dipinta sul suo viso quando pensava di baciarmi, o perché mi piace quella ruga sulla sua fronte mentre aspetta la mia decisione. E di certo non per il suo collo nerboruto, tutto da mordicchiare.

E il suo accento *non* è sexy. Quello è l'accento della Regina d'Inghilterra, e non voglio fare sesso con Sua Maestà...

"Un ballo, forse, ci può stare." Gaius posa una mano sul fianco di Ariel. "Dopo, puoi accompagnarla a casa."

"D'accordo." Il tono di Ariel è lo stesso che usava spesso mia mamma quand'ero più piccola. "Ma solo uno."

Annuisco solennemente, e Darian tende il braccio verso di me.

Mettendo la mano nella sua, provo di nuovo una scossa elettrica. Respiro più rapidamente e i miei palmi diventano umidi, insieme a qualche altra parte del mio corpo.

Maledetto Harper. Sto per esaurire le cose disgustose a cui pensare.

In quel preciso istante, un lento inizia a fuoriuscire dalle migliaia di altoparlanti intorno a noi, facendomi capire che non stavano trasmettendo nessuna canzone, mentre chiacchieravamo con Darian.

Staccati gli occhi da quelli ipnotici di Darian, incrocio lo sguardo di Ariel.

Scommetto che, come me, sta pensando che la musica non sia una coincidenza. Evidentemente, Darian ha pagato il DJ per il tempismo della canzone, e ciò significa...

Darian inizia a ondeggiare a ritmo di musica, e mi lascio trascinare dal ballo.

Stupido incubo. È opera sua, oppure non mi sono mai accorta io di quanto sia bello Darian?

Come usando un super computer per stabilire la traiettoria ottimale, Darian ci sposta verso la pista da ballo con movimenti aggraziati e sicuri.

Anche se ho sempre saputo che i suoi occhi sono verdi, solo adesso noto *quanto* lo siano in realtà. Se qualcuno mi dicesse di saper fare la fotosintesi con quegli occhi, ci crederei immediatamente.

Si china su di me.

In parte spero che voglia baciare la vera me, proprio come la parte molto più razionale di me sa che, se ci provasse, dovrei dargli un calcio in mezzo alle gambe.

"Come stanno andando le tue visioni di veggente?" mi sussurra Darian nell'orecchio con una rauca voce sommessa.

Poi si gira e piega la testa, mettendo l'orecchio vicino alla mia bocca per sentire la mia risposta. Con mio shock, trovo attraente perfino il suo orecchio. Ha una forma perfetta, e il lobo è così morbido e tutto da toccare...

Facendo del mio meglio per scuotermi di dosso l'incantesimo di Harper, cerco di fingere la massima indifferenza. "Ho solo visioni nei sogni, e anch'esse non sono prevedibili."

La musica accelera e Darian esegue un movimento di danza trasversale, che ci fa invertire posizione, oltre a lasciarmi senza fiato, con la sensazione di essere sul set di *Ballando con le Stelle*.

Chinandosi di nuovo, come per baciarmi, Darian mormora: "È ottimo che tu abbia già le visioni complete: il potenziamento che ti ho dato sta chiaramente funzionando. Tuttavia, le visioni oniriche pongono dei limiti, perché hai al massimo solo due ore di sonno REM al giorno. Se il tuo destino riunisce più minacce in un singolo giorno, sarai fortunata ad essere avvertita da una visione in sogno." Mi fa inarcare in un altro impressionante movimento di danza.

Quando i nostri corpi s'incontrano di nuovo, si china e prosegue. "Quello che dovresti cercare di ottenere adesso, sono le involontarie visioni ad occhi aperti. Sono simili alle visioni in sogno, per il fatto che non puoi controllare quando arrivano, ma hai un giorno intero come finestra di possibilità." Mi fa volteggiare, come se fossi una ballerina. "Alla fine, il più potente di noi impara a richiamare le visioni con il controllo cosciente."

La combinazione delle parole di Darian e delle sue mosse di danza mi sta facendo girare la testa, come in un addestramento della NASA.

Sto per infastidirlo con mille domande, quando vedo Ariel ballare con Gaius a pochi passi di distanza.

Se il mio ballo con Darian può essere definito sensuale, ciò che stanno facendo Ariel e Gaius è al limite con l'erotismo. Stanno praticamente simulando un rapporto sessuale a ritmo di musica. Per rendere le cose ancora più interessanti, quando si allontanano a malincuore l'uno dall'altra, con la loro rispettiva super-forza eseguono un movimento di danza che non ho mai nemmeno sentito nominare.

Qualcuno è stato decisamente ispirato dagli acrobati del nono piano.

Gli occhi di Ariel sono stravolti, le guance arrossate come durante un orgasmo...

Accidenti a te, incubo. Adesso penso anche agli orgasmi di Ariel.

Quando le acrobazie sono finite, Gaius si avvicina di nuovo ad Ariel, e lo vedo strofinare la faccia contro il suo collo. Ariel ha un'espressione estatica, piena di beatitudine.

È ufficiale.

Se quei due sono 'solo amici', sono *assolutamente* amici di letto.

"Non ci resta molto tempo per ballare" dice Darian, e ricordo dove mi trovo... e perché mi sento così in fibrillazione. "So che hai ricevuto il mio regalo."

"La videocassetta?" Gli permetto di farmi volteggiare sul posto. "Come fai a sapere che l'ho ricevuta? Hai avuto una visione?" Sono lieta di avere qualcosa che allontani i miei pensieri da quant'è sexy e di com'è sexy...

"No." Il sorriso di Darian è il più carino che abbia mai visto. "Ho tracciato il pacco sul sito di UPS."

Rispondo con lo sbuffo meno femminile che esista, ma lui lo nasconde, facendomi fare un altro giro... e comincio a notare che altri ballerini ci guardano con invidia.

Darian si piega ancora più vicino, e quasi riesco ad assaporare il profumo di bergamotto della sua acqua di colonia. "Hai avuto qualche visione su di *me*?"

Anche se si sforza di rimanere indifferente, lo vedo trattenere il respiro. Per qualche motivo, la risposta per lui è importante... a riprova del fatto che non è onnisciente.

"No" dico. "Nelle mie visioni, finora, venivo uccisa, perciò, a meno che tu non intenda uccidermi, dubito di avere visioni su di te. Non hai intenzione di uccidermi, vero?"

"Certo che no" risponde, nascondendo a malapena

la delusione. "Allora, le tue visioni riguardavano il prossimo futuro?"

"Sì" rispondo. "Perché?"

"A differenza di te, io *ho* avuto delle visioni su noi due" dice e, come a dimostrazione di queste parole, i suoi occhi verdi sembrano guardare lontano. "In un futuro, siamo così felici insieme, che..."

Si ferma, gli occhi che fissano qualcosa dietro di me, mentre il suo viso diventa bianco come un lenzuolo.

Con il cuore che batte a duecento all'ora, seguo lo sguardo di Darian.

CAPITOLO QUATTORDICI

CI IMPIEGO un momento a capire cosa sta guardando Darian.

In una piccola alcova, che dev'essere la zona VIP, c'è una figura familiare dalle ampie spalle.

È Nero, con una faccia spaventosa (ma sorprendentemente sexy) alterata dalla furia.

Ora capisco.

Darian deve aver visto un futuro in cui Nero lo redarguiva di nuovo... o qualunque caratteristica del mio capo che spaventi fino a questo punto un uomo adulto come lui.

Mi accorgo di avere le mani improvvisamente vuote, ma, come un cervo che fissa i letali fari di un'auto, mi è difficile distogliere lo sguardo dall'ira di Nero.

Quando mi volto effettivamente verso il mio partner di danza, non c'è più.

Scruto la pista da ballo, ma Darian non si trova da nessuna parte.

Mi sfrego gli occhi.

Niente Darian.

Com'è riuscito a scomparire così rapidamente?

Sta forse usando il suo potere per questi numeri da ninja? Se può prevedere dove guardo, può teoricamente assicurarsi di non essere lì in quel momento. Ovviamente, questo controllo delle sue abilità di veggente potrebbe...

Mi distraggo, quando poso di nuovo lo sguardo sul volto spigoloso di Nero.

Merda. Le macchinazioni di Harper stanno di certo influenzando le mie percezioni sul mio capo.

Non ho mai desiderato così tanto spogliarmi di fronte a Nero e saltargli addosso. Proprio *mai*.

Staccando lo sguardo, noto di sfuggita l'alcova VIP da dov'è venuto. Un branco di sgualdrine, simili a fotomodelle, stava chiaramente dividendo il tavolino con lui.

Che idiota.

Adesso non voglio più saltargli addosso.

Ma che dico? Anche prima non volevo saltargli addosso.

Giusto?

Si avvicina, con l'espressione che si trasforma da arrabbiata a preoccupata.

Ooh. Si preoccupa per me? Una calda sensazione struggente m'invade il petto.

Oh, no. Penso freneticamente alle caccole del naso,

ai residui secchi del mascara, e a quella porcheria, simile a peli, che rimane sulle strisce per punti neri usate, ma niente di tutto ciò è abbastanza disgustoso, da mettere a tacere l'improvvisa raffica di immagini a luci rosse su Nero, che mi passa per la mia stupida testa.

Ariel smette di chiavare Gaius abbastanza a lungo, da notare l'avvicinamento di Nero, e quando il mio capo arriva a metà strada, Ariel si trova spalla a spalla contro di me.

Se solo sapesse a cosa stavo pensando, vorrebbe disinfettarla, quella spalla.

"Che diavolo ci fa Nero, qui?" chiedo ad Ariel, soffocando i sentimentalismi. "Avevo tante altre domande da fare a Darian, e lui l'ha spaventato."

"Nero è il proprietario del locale" risponde lei sopra la musica. "E la tua conversazione con Darian avrebbe potuto essere fraintesa, dato che Darian ha cercato di soffiarti a Nero... come Pupilla."

Certo. Avrei dovuto indovinarlo, che Nero è il titolare di questo posto. Che cosa non è di sua proprietà?

Ciò spiega la reazione dell'orco buttafuori, quando Ariel ha nominato Nero. Spiegherebbe anche...

Nero fa un gesto con la mano, e la musica s'interrompe di botto.

Le persone intorno a noi percepiscono qualcosa di strano e si tolgono dal cammino di Nero, permettendogli di raggiungermi in un paio di lunghe e predatorie falcate.

"Sasha." La sua voce profonda trasuda sex appeal... cosa che sono sicura di non aver mai notato prima.

Probabilmente perché, prima d'ora, non sono mai stata contagiata dall'influenza degli incubi a proposito del mio capo.

"Nero." Mi sforzo di non balbettare.

È davanti a me, alla distanza di un bacio.

Via questo: è alla distanza di uno schiaffo.

Inspirando l'aria come per annusarmi, mi squadra nei dettagli, prima di catturare il mio sguardo.

L'anello limbare dei suoi occhi, oggi, è molto spesso, e la sua camicia azzurra attillata mette in risalto ogni muscolo del suo potente corpo. Il colore fa risaltare l'azzurro nei suoi occhi grigio-azzurri, ricordandomi un oceano tempestoso.

Si umetta le labbra.

Il suo profumo, che sa di pulito e di bosco, mi colpisce le narici e mi chiedo se anche lui sia un incubo.

O questo, o la magia di Harper è fuori controllo.

Vorrei mordere quelle labbra, poi prenderlo, spingerlo a terra e saltargli sopra.

Lui si sporge verso di me.

CAPITOLO QUINDICI

NERO STA PER BACIARMI?

Sto per permetterglielo?

Perché non ho fatto nessun sogno su *questo*?

"Non sembri stare bene" dice, aggrottando le spesse sopracciglia. "Tu." Guarda Ariel. "Puoi accompagnarla a casa?"

Ariel muove umilmente la testa su e giù... e non ho mai visto questa ragazza fare qualcosa di umile.

"Bene" dice Nero, poi se ne va a lunghi passi, lasciandomi in una concatenazione di rabbia, eccitazione e confusione.

Nel camminare, agita la mano e la musica riprende.

Ariel mi prende per mano in maniera un po' troppo salda, e mi tira verso l'uscita.

Da brava pecora, la seguo.

Mentre ci allontaniamo dal locale, metto in pratica la tecnica di respirazione che Lucrezia mi ha insegnato, ma non mi aiuta. Aver voglia di chiunque respiri dev'essere ancora più stressante di parlare in pubblico.

"L'ha fatto apposta" dice Ariel, mentre attraversiamo la strada per tornare al grattacielo. "So che è così."

"Chi?" Alzo lo sguardo, restando a bocca aperta di fronte all'incredibile altezza dell'edificio. "Fatto cosa?"

"Darian." Spinge le porte girevoli così forte, che devo stare attenta a non rimanere schiacciata. "Ricordi quando ci stavamo chiedendo perché Darian non avesse solo impedito il tuo incontro mortale, rivelando a Gaius dove salvarti? Credo di aver capito perché è stato così subdolo. Voleva che fossi sotto l'effetto dei feromoni, così l'avresti guardato come quando ti ha chiesto di ballare."

"Come l'ho guardato?" Nascondo gli occhi, guardandomi intorno nell'atrio simile ad un museo.

"Con lascivia" risponde Ariel, poi sussurra in tono cospiratorio: "Ma non era niente, in confronto a come guardavi Nero."

Ottimo. "È chiaro che non sai distinguere la mia faccia arrabbiata da quella arrapata" le dico.

Mi lancia uno sguardo ardente, pieno di promesse sessuali, poi ridacchia e chiede: "Quella era una faccia arrabbiata?"

Mi schiarisco la gola. Sono piuttosto sicura che la mia faccia non abbia i muscoli per fare quello che ha appena fatto lei. "Forse hai ragione sulle motivazioni di Darian. Ricordi quando mi hai visto vicino a lui e Kit?"

Annuisce.

"Beh, in quel momento non sono riuscita a dirtelo, ma ho scoperto quei due che pomiciavano... e Kit aveva il mio aspetto."

"Che cosa?" Gli occhi di Ariel diventano grandi come quarti di dollaro.

"Già, penso che si sia presa gioco di lui... voleva il suo veggente prediletto o qualcosa del genere. Non ne ho idea. Ma il punto è che lui ci ha creduto e, mentre ballavamo, mi ha detto di aver visto un futuro dove stavamo insieme."

La sua bocca resta aperta per un secondo, poi chiede sottovoce: "Secondo te, diceva la verità?"

"Perché mentire?" Chiamo l'ascensore.

"Magari vuole creare una profezia che poi si avvera?" Ariel si gratta dietro la testa.

"Non lo so. Penso di credergli, ma non vuol dire che il futuro debba andare così. In base a quello che ho imparato dalle poche visioni che ho avuto, sapere cosa sta per succedere ti permette di cambiarlo... sempre che tu lo voglia."

L'ascensore si apre e Ariel mi trascina dentro. "Desideri un futuro con Darian?"

"Voglio farmi una dormita per tutta la notte" rispondo, e chiudo gli occhi stanchi, come per appisolarmi qui e ora.

Quando apro gli occhi, Ariel mi sta ancora guardando con aspettativa e, mentre le porte del velocissimo ascensore si aprono sul tetto, dico:

"Conosco pochissimo Darian. Al momento, mi interessa di più come veggente."

"Senza offesa, ma proprio perché è un veggente, dovresti stargli alla larga." Ariel si mette in testa, con rapide falcate delle sue gambe lunghe. "Non hai il controllo della tua vita, quando ci sono dei veggenti."

"Conosci altri veggenti, oltre a Darian?" domando. "Voglio che qualcuno m'insegni a trasformare le mie visioni nei sogni in visioni diurne."

"I veggenti sono rari" afferma Ariel senza voltarsi. "È improbabile trovarne uno, a meno che non vogliano finire in mezzo ai tuoi problemi, e immagino di no, a parte Darian. E si potrebbe discutere del fatto che sia lui la fonte dei tuoi problemi, tanto per cominciare."

Raggiunto il portale che porta al JFK, lo attraversa senza tante storie.

Il viaggio istantaneo da un mondo all'altro mi riempie di meraviglia, anche nel mio attuale stato incontenibile.

Dopo aver camminato qualche secondo nell'hub del JFK, controllo l'orologio. Qui sulla Terra sono le 04:20 del mattino. Sono piuttosto sicura che fosse più presto, nel locale.

"Il tempo scorre in modo diverso nelle Altre Terre" dice Ariel. "Se non stai attenta, puoi perdere giorni interi."

Percorriamo alcuni corridoi in silenzio, poi mi faccio coraggio. "Allora... cosa c'è tra te e Gaius?"

"Siamo amici" risponde Ariel molto rapidamente. "Quante volte devo ripetertelo?"

La domanda migliore sarebbe: quante volte Ariel deve ripeterlo a se stessa, sempre che ci creda davvero a questa stupidaggine?

Studiandola più da vicino, noto che, per qualche motivo, sembra sotto l'effetto di qualcosa. Le manca il suo 'amico' Gaius, oppure ha inalato abbastanza fumi di Harper, da stare nella mia stessa barca?

"Secondo te, è stato il potere di Chester che ti ha quasi ucciso?" chiede, palesemente ansiosa di cambiare argomento.

Medito sulla domanda.

Sospettavo già che fossero stati i poteri di Chester a rovinare il drink piccante, ma potrebbe anche aver influenzato la mia fortuna/sfortuna nell'incontrare Harper? Dopotutto, il drink gli ha dato una scusa per avvicinarsi a me.

"La prima volta che ho visto Harper è stata quand'eravamo con Chester" dico. "Quindi è plausibile."

Ariel allunga il passo. "Dovevo trapassare quel bastardo."

"E saresti finita nei guai con il Consiglio" ribatto, cercando di raggiungerla.

"Magari ne sarebbe valsa la pena" borbotta. "Non pensavo che anche lui si sarebbe abbassato a commettere uno stupro."

"Se non fosse stato per la mia visione, non sono sicura che ci sarebbe stato uno stupro" dico dopo una lunga pausa. "Questo era il problema. Io *desideravo* Harper."

"A causa dei suoi poteri." Per poco, Ariel non strappa la maniglia della porta davanti a sé. "Imporre un'eccitazione come quella è stupro."

Corro verso la porta per stare al passo con lei. "Non è per difendere Harper ma, facendo l'avvocato del diavolo, se desidero qualcuno per qualunque motivo, è stupro?"

"Se lo desideri con l'inganno, sì" afferma Ariel.

"Secondo questa logica, puoi definire stupro parecchi rapporti consensuali. Per esempio, ammettiamo che un ragazzo menta ad una ragazza sul suo lavoro, per sembrare più attraente, solo per infilarsi nelle sue mutandine. Non è violenza carnale... o sì? O che ne dici di quegli artisti del rimorchio, che insultano le ragazze per attirarne l'interesse o cose simili, per portarle a letto. Sono stupratori, in base alla tua definizione?"

"Quello che fanno loro non è così potente come quello che ti ha fatto Harper." Ariel apre la porta che conduce di nuovo al JFK. "Ma penso che siano sullo stesso piano."

Decido di rimandare questo dibattito ad un giorno in cui la mia mente sia più lucida, e attraversiamo il resto dell'aeroporto in un silenzio cupo.

Quando saliamo su un taxi, mi addormento e dormo per quasi tutto il viaggio di ritorno.

"Casa, dolce casa" dice Ariel, e mi sveglio abbastanza da farmi trascinare fuori dall'auto.

Entriamo in ascensore ma, prima che le porte si chiudano, entra un uomo.

"Buonasera, Sasha" dice Vlad, con i lineamenti minacciosi addolciti da un lieve sorriso. Poi vede che non sono da sola in ascensore, e ogni traccia di sorriso svanisce del tutto.

Squadro da capo a piedi l'amante di Rose, ma subito me ne pento. Il suo corpo imponente e il pallido volto simmetrico (con quelle labbra sensuali) riattivano la malvagia influenza di Harper con gli interessi.

Per qualche motivo, schiaccia il pulsante dell'ultimo piano. Forse, non vuole far sapere ad Ariel che scende al nostro piano? Immagino che non si renda conto del fatto che le avevo già raccontato di lui e Rose l'altro giorno, dopo che mi ha salvato dagli zombie nel nostro corridoio.

"Ariel, lui è Vlad" dico, decidendo di continuare a fingere che Ariel non sappia del suo legame con Rose. "Vlad, questa è la mia migliore amica Ariel."

"Ci siamo già incontrati" risponde lui, con l'espressione di nuovo cupa, meditabonda e indecifrabile.

"Davvero?" chiedo, ma nessuno dei due risponde. Chissà se si sono conosciuti durante qualche segreto evento di vampiri, a cui l'ha invitata Gaius.

"Non sapevo che vivessi in questo palazzo" Ariel si rivolge a Vlad, con voce fredda e cortese. Anche lei, credo, preferisce fingere di non sapere di Vlad e Rose.

"Non vengo spesso in questa dimora" risponde Vlad, guardandomi in modo eloquente con quegli occhi neri come la pece, che sembrano dire 'sto mentendo per proteggere Rose, e ti conviene assecondarmi'.

Dal momento che starmene buona è la cosa più facile da fare in questa situazione molto imbarazzante, tengo la bocca chiusa.

Il silenzio che cala dovrebbe essere probabilmente inserito nel Dizionario Webster per definire il termine 'disagevole'.

Per distrarmi dal desiderio carnale per l'uomo di Rose, faccio dei calcoli mentali. In pochi istanti, calcolo che la distanza tra i suoi occhi e la bocca è il trentasei per cento rispetto alla lunghezza della faccia, mentre la distanza tra gli occhi di Vlad è...

L'ascensore tintinna e io ed Ariel usciamo, lasciando dentro Vlad, che così può fingere di dover salire un altro piano.

Ariel mi apre la porta dell'appartamento, dove entro in punta di piedi, decisa a non svegliare Felix... non solo perché sono una buona amica, ma anche perché l'ultima cosa che voglio è vederlo con gli occhi del sesso, per gentile concessione di Harper.

"Stanotte dormi in camera mia" dice Ariel a Fluffster, quando saltella eccitato per salutarci.

"Evviva!" risponde mentalmente il cincillà ad entrambe. "Posso toccare il tuo coltello?"

"Basta che non ti fai male" gli dice, roteando gli occhi. "E non toccare le mie armi da fuoco."

"Affare fatto" dice Fluffster, e sfreccia sibilando nella sua stanza come un piccolo turbine di vento.

"Ti consiglio caldamente di prendere

appuntamento con il tuo 'magico' massaggiatore" dice Ariel con un sogghigno, subito prima che entri nella mia stanza. "Non puoi continuare a mangiarti con gli occhi le persone, come stai facendo... soprattutto quando andrai all'Orientamento, domani. Se lanci un'occhiata del genere a un adolescente, finirai sicuramente sulla lista di qualcuno."

Sbatto la porta davanti alla faccia sorridente di Ariel e la chiudo a chiave.

Non ha tutti i torti sulle mie condizioni. Sento la pelle troppo calda e tesa, e lo sfregamento con i vestiti mi mette troppo a disagio. Prima di qualsiasi altra cosa, decido di spogliarmi.

Dovrebbe essere un compito facile ma, visto quanto sono su di giri, mi sembra stranamente sensuale. Più abiti mi tolgo, più mi eccito... come se fosse un amante a togliermeli, e non io stessa.

Quando sono completamente nuda, con poca riluttanza, prendo Copperfield e scivolo sotto le coperte.

Quando lo accendo, sono tremendamente ansiosa del nostro incontro. Ariel aveva proprio ragione. Devo togliermi il pensiero, prima che tutta questa energia repressa mi spinga verso qualche stupido gesto.

Aspetta.

Non posso pensare ad Ariel, mentre lo faccio.

Del resto, non posso pensare a nessuno di mia conoscenza, anche se immagino che fantasticare su una celebrità sarebbe sicuro. Per esempio, un attore come

Matthew McConaughey o Michael Fassbender. O entrambi.

Inspirando, mi sfioro appena con Copperfield attraverso la coperta.

Una luce bianca mi esplode davanti agli occhi, un'energia calda e pulsante mi attraversa il corpo così violentemente, che devo mordere il cuscino per smettere di gemere forte.

Wow.

È stato l'orgasmo più inaspettato e sconvolgente che abbia mai avuto.

Metto via Copperfield, per vedere se ne voglio ancora.

In meno di un secondo capisco che, sì, decisamente ne voglio ancora.

La seconda volta è così forte, che mi si appannano gli occhi. Forse ho preso addirittura uno strappo muscolare.

Trattenendo il respiro, devo ammettere che questa storia di essere quasi uccisa da un incubo ha i suoi vantaggi. Qualcuno dovrebbe imbottigliarne la magia e venderla a scopi ricreativi.

Dato che non vedo l'ora di ripeterlo, lo faccio, e senza che io ne abbia colpa, l'immagine di Michael Fassbender si trasforma in qualche modo in quella di Nero. Forse è perché si assomigliano?

Con mio sommo orrore, l'immagine di Nero coincide con l'orgasmo più potente e più imbarazzante di tutti.

Non riesco a scacciare le immagini di Nero mentre

ripeto di nuovo, ancora e ancora.

Harper mi ha trasformato in una fanatica del sesso? Perché, per quanto mi senta svuotata e troppo sensibile, non posso fare a meno di volerlo fare ancora una dozzina di volte.

Riducendo la velocità di Copperfield, mi concedo un ultimo piacere... con l'immagine di Nero che s'intromette ancora una volta nel mio cervello stanco.

Ecco fatto. Sono ufficialmente come un limone spremuto dal sesso.

Con uno stupido sorriso in faccia, chiudo gli occhi per assaporare tutte le endorfine che mi nuotano nel sangue... e mi addormento subito.

———

MI SVEGLIO con ricordi confusi e un vibratore sotto le scapole.

Messo via Copperfield, controllo l'orologio.

È l'01:37 del pomeriggio, e devo essere nel Queens per l'Orientamento alle tre.

Mi getto addosso freneticamente una camicia e salto fuori dalla mia stanza, infilando un paio di jeans e tirando su la zip. Individuato l'odore di qualcosa di delizioso che cuoce in cucina, comincio a salivare.

Schizzo in bagno, mi rinfresco rapidamente, e corro in cucina.

"La ragazza festaiola si è svegliata." Felix mi sorride. "A che ora sei rientrata ieri notte?"

È davanti ai fornelli con una padella sfrigolante

piena di verdure saltate nell'olio, di fronte alle quali lo stomaco mi brontola come un orso irritabile.

"Alle cinque del mattino." Prendo un piatto e glielo caccio sotto il naso con aria supplicante.

"Andare a letto così tardi altererà il tuo ritmo circadiano." Mi serve un po' di cibo nel piatto, poi prende una porzione piena per sé. "Sei ufficialmente sotto la cattiva influenza di Ariel."

Mi metto in bocca del bok choy speziato, resistendo all'impulso di mugugnare di piacere. Sto ancora soffrendo degli effetti collaterali dell'incubo?

No. Se fossi sotto la sua influenza, Felix mi sembrerebbe molto più attraente in questo momento, con il suo floscio pigiama di Batman (un orribile regalo di Ariel quando Felix, evidentemente, era ancora più magro di adesso).

"Dov'è Ariel?" chiedo, quando ho la bocca sufficientemente vuota.

Felix si stringe nelle spalle. "Dorme?"

Fluffster sgambetta nella stanza e agita una zampetta anteriore verso di me.

Sentendomi come la paziente di un ospedale psichiatrico, rispondo al gesto del mio cincillà.

"Eri nella stanza di Ariel" gli dico. "Dov'è?"

"Se n'è andata subito dopo che ti sei messa a letto." Fluffster mi usa come trespolo per saltare sul tavolo in due mosse. "Non è più tornata. Lo so: ho dormito sul suo cuscino."

Felix tira fuori il telefono e si mette a scrivere a più non posso.

Mastico avidamente il cibo, finché non sento il trillo del messaggio sul suo telefono.

"Dice che sta bene" ci informa Felix con una nota di disapprovazione. "Tornerà a casa più tardi."

"Deduco che andrò all'Orientamento senza una babysitter" dico. "Ma è strano che venga meno ai suoi doveri in questo modo."

"È il vampiro" replica lui, abbassando la voce e guardandosi intorno, come se Gaius potesse ascoltarci da dietro il bancone della cucina. "Non credo che sia la persona giusta per lei."

Ingoio una forchettata di taccole e broccoli, prima di chiedere: "Che cos'è una puttana per il sangue?"

Felix si strozza con il cibo e inizia a tossire così forte, che mi alzo in piedi, nel caso in cui debba ricorrere alla manovra di Heimlich.

Ma dato che sembra riprendere fiato, vado al bancone della cucina per prendere dei chicchi d'avena e un piattino per Fluffster.

"Dove hai sentito questo termine?" chiede Felix, quando finalmente riesce a parlare.

"Chester ha definito così Ariel ieri sera."

"Hai rivisto Chester?" Il lato destro del monosopracciglio di Felix si solleva come un'altalena. "Non me l'avevi detto."

"È successo ieri sera" ribatto. Non aggiungo che Felix non saprà *mai* l'intera sequenza degli avvenimenti di ieri sera... non se lo voglio ancora incrociare in questa cucina, in futuro. "Abbiamo incontrato Chester per un attimo. Ha detto di non aver cercato di uccidermi e, di sfuggita, ha chiamato Ariel con quel termine."

"Non penso che Ariel... *lo sia.*" Felix infilza varie volte le verdure nel piatto, come se potessero strisciare via. "È un termine dispregiativo per chi sviluppa una dipendenza dal sangue di vampiro. Di solito, sono disposti a tutto, pur di avere una dose... Ecco da dove deriva la parola..."

"Il sangue di vampiro crea dipendenza?" chiedo, al ricordo della non ortodossa trasfusione di sangue a cui ho assistito, quando Ariel è rimasta ferita alla mostra di *Bodies*.

"Ha sia proprietà curative sia analgesiche, e manda su di giri in un modo che tiene testa ad alcune delle peggiori droghe illegali." Diventa rosso come un pomodoro. "Non che io parli per esperienza personale."

"Quindi, Ariel potrebbe esserne dipendente?" chiedo, guardando lui e Fluffster con sgomento.

"Ne dubito" risponde mentalmente Fluffster. "È molto forte."

"Ma è anche un po' inquieta" dice Felix, massaggiandosi la fronte.

"Allora ci conviene tenerla d'occhio." Cerco di metterci tutta l'energia e l'incitamento possibili.

"Certo" dice Felix.

Fluffster interrompe l'assalto ai chicchi d'avena e muove su e giù solennemente la testa pelosa.

"Okay." Trafiggo le ultime verdure con la forchetta. "Devo scappare."

Infilandomi in bocca la forchettata di cibo, prendo

il piatto vuoto e lo ficco in lavastoviglie, mentre mastico freneticamente.

"Divertiti" dice Felix con una massiccia dose di sarcasmo. "Sono certo che l'Orientamento sarà uno sballo."

Ancora masticando, saluto con la mano e corro all'armadio delle giacche, chiedendomi se debba portarmi dietro la pistola.

Sarò circondata da adolescenti, perciò correrò il rischio concreto di voler sparare a qualcuno... ed è una valida argomentazione contro il fatto di portare un'arma. Ma, d'altra parte, Ariel andrà su tutte le furie, se non la tengo con me.

Facendo spallucce, prendo la borsa con la pistola e me la sistemo in spalla.

Pronta e armata, esco per l'Orientamento.

———

IL TELEFONO SEGNA le 02:55 del pomeriggio, quando raggiungo la sordida stanza dove ieri ho conosciuto il Dottor Hekima.

Sul telefono ho diversi messaggi di lavoro.

Hanno bisogno di me ancora, di domenica?

Decidendo di non controllare i messaggi, se non dopo la lezione, spengo il dispositivo, chiedendomi se entrare o no nella stanza.

Anche qui nel corridoio, l'aroma di caffè stantio e di muffa si mescola al forte tanfo del vigore adolescenziale. Il basso mormorio di tante voci giovani, che parlano tutte insieme, mi fa venire in mente spiacevoli ricordi delle scuole superiori.

Il mio battito accelera. Con la sensazione di entrare nel saloon di un film western, mi trascino nella stanza.

Cala il silenzio, e venti paia di occhi malvagi mi fissano con sadico interesse.

CAPITOLO SEDICI

OKAY, forse sono solo poche facce a mostrare un pizzico d'interesse per la mia presenza, e la classe, probabilmente, si è zittita perché pensavano che fossi il Dottor Hekima... che, per fortuna, non è ancora arrivato.

Questo posto sembra sempre il luogo di ritrovo di un gruppo di supporto, solo che adesso ha anche l'aspetto della mensa delle superiori... con tutto l'orrore che ne deriva.

Seduti nella stanza, ci sono circa venti adolescenti in età da scuole superiori, suddivisi in quelle che sembrano trenta combriccole.

Procedendo come se stessi attraversando melassa velenosa, prendo una sedia pieghevole vicino alla parete.

I ragazzi sembrano per la maggior parte ordinari, ma una combriccola è composta da quattro ragazze, che assomigliano più alle attrici di un film sugli adolescenti... anche troppo mature per la loro età, e con vestiti, capelli e trucco degni di una squadra di stilisti e parrucchieri.

Le soprannomino mentalmente 'l'alveare'.

Stringendo la sedia, osservo i dintorni per stabilire dove sedermi. Se fossi un'adolescente, sarebbe una di quelle scelte che cambiano la vita.

Per fortuna, non lo sono più, e la decisione è facile. Ci sono solo due spazi disponibili, se non voglio chiedere ai ragazzi di spostare le loro sedie per farmi posto... ma preferirei che mi devitalizzassero un dente, piuttosto.

Uno spazio si trova vicino ad una ragazza carina e minuta con gli occhiali, seduta da sola, mentre l'altro è accanto all'alveare.

Mi giro verso la ragazza minuta con gli occhiali.

"È nel posto giusto?" chiede una delle quattro api in un sussurro ben distinguibile, non appena volto loro la schiena.

"Chissà che cos'è" dice un'altra... senza nemmeno fingere di abbassare la voce. "Forse una pre-vampira?"

"Ne dubito" replica un'altra ape, più sfacciata. "Non hanno mai un look così trasandato."

"Oh mio Dio" 'sussurra' un'altra di loro con una voce tale, che sembra abbia fumato cinque pacchetti al giorno per sessant'anni. "Sta per sedersi vicino alla Psicopatica?"

Apro la sedia con sicurezza accanto alla ragazza minuta che chiamano la Psicopatica, e appendo la borsa a tracolla sullo schienale; forse così potrei essere meno tentata di usarne il contenuto.

La mia nuova vicina non solleva lo sguardo dal suo taccuino, sul quale sta scarabocchiando qualcosa come se ne andasse della sua vita.

Povera ragazza.

Riconosco il suo comportamento tormentato.

Io sono sbocciata tardi, da adolescente, ed è stato uno schifo, ma probabilmente questa ragazza avrà sempre lo stesso aspetto esile e giovanile... una benedizione a quarant'anni, ma una maledizione per lei, oggi.

Finito d'insultarmi, l'alveare sposta la discussione sulla mia nuova vicina... o almeno presumo che stiano parlando di lei. Dai commenti non proprio sussurrati che intercetto, penserei che stessero parlando di uno zombie con la lebbra, e non di questa deliziosa ragazza. Secondo loro, i suoi occhiali con la montatura di corno sono un'orribile deturpazione, così come i vestiti, la postura, la pettinatura, la borsa, e tutto il resto.

Ovviamente, *io* ritengo che i suoi occhiali siano eleganti e che la facciano sembrare una bibliotecaria sexy durante il praticantato, o una sensuale ragazza hippy. Ma che ne so, io? A quanto pare, i bei jeans neri che indosso e il top di pelle con le borchie ispirato a Criss Angel sono 'trasandati'.

La mia vicina solleva gli occhi dal taccuino, fissandomi con occhi così grandi, che a malapena ci stanno negli occhiali, come se avessi appena messo in pratica il numero della 'comparsa di Sasha' che ho sempre sognato di fare in TV.

"Ciao" dico nel tono più amichevole possibile. "Spero non ti dispiaccia, se mi sono seduta vicino a te."

"È un paese libero." La ragazza mi rivolge un timido sorriso, che scopre l'apparecchio e le fossette più carine che abbia mai visto.

"Io sono Sasha" dico e, soffocando l'impulso di dare un pizzicotto a quell'adorabile guancia, tendo la mano.

"Maya." La sua stretta di mano è la più molle che abbia mai ricevuto.

Dall'alveare provengono delle risatine, ma le ignoro e, ad alta voce, rispondo: "È un piacere conoscerti, Maya."

Lei arrossisce e continua con il suo lavoro sul taccuino.

La mentalista che è in me non riesce a non dare una sbirciatina.

Sta facendo un disegno... una caricatura, misteriosamente precisa, della più carina delle ragazze moleste. A quanto pare, abbiamo avuto la stessa impressione, poiché ha dato al soggetto il corpo di un'ape paffuta con una corona in testa.

Il naso sfacciato e perfetto dell'ape assomiglia più al muso di un maiale, nella caricatura, e per il resto la faccia della stronza è più pronunciata rispetto alla vita reale. Tuttavia, i capelli sani e fluenti, il broncio irritato su quelle labbra perfettamente piene e il mento appuntito non lasciano dubbi sulla sua identità. Mentre la osservo, Maya scrive 'Roxy' sotto la caricatura, volta pagina e comincia a disegnare un altro membro della combriccola.

"Signora" dice Roxy con voce troppo alta, e le tre tirapiedi sghignazzano per il suo umorismo. "Signora?"

Sentendomi come se avessi cent'anni, ignoro di proposito le sue sollecitazioni.

"Mi scusi" dice Roxy più forte, e mi fissa, finché non posso più fingere che stia gridando a qualcun altro.

"Ah." La guardo, inarcando le sopracciglia. "Stavi parlando con me?"

"La Psicopatica ha la clamidia" afferma, con divertimento delle amiche. "Ho letto che si può contrarre la clamidia anche con il sesso tra lesbiche."

Tutti i ragazzi ridono, tranne Maya, anche se alcuni forse stanno fingendo, proprio come le persone nel mondo del lavoro ridacchiano alle stupide battute del capo.

"Wow, mi sei stata molto utile" dico, con la voce piena di sarcasmo messa in pratica per i disturbatori che, ad un certo punto, osavano interrompere i miei spettacoli di magia. "Anche se mi sembri un'esperta, condividerò alcuni utili suggerimenti con te." Guardo la sua amica all'estrema destra. "Puoi contrarre facilmente la vaginosi batterica nello stesso modo." Guardo la tirapiedi sulla sinistra. "Anche il Papilloma Virus Umano. Per non parlare della tricomoniasi." Guardo la terza tirapiedi, prima d'incrociare lo sguardo furibondo di Roxy. "Inoltre, anche se non hai le vesciche, l'herpes genitale è ancora contagioso per..."

Smetto di parlare, notando che, vicino alla porta

aperta, c'è il Dottor Hekima, con le grigie sopracciglia sollevate fino al centro della fronte.

L'espressione di Roxy esprime la stessa allegria del Grinch, e ciò mi dice che il Dottor Hekima deve aver sentito almeno una delle malattie sessualmente trasmissibili.

"Queste *sono* informazioni utili" dice il Dottor Hekima alla classe con espressione impassibile. "I disturbi umani possono colpire la maggior parte dei Conoscenti, quindi dovreste sempre prendervi cura di voi stessi."

Roxy soffoca di delusione e sussurra qualcosa d'incomprensibile alla sua combriccola.

"Roxy" dice il Dottor Hekima con una sottile vena minacciosa. "Per favore, rimanda le domande alla fine della lezione."

Con mio sgomento, Roxy si dipinge in viso una maschera di ubbidienza e muove la testa in segno affermativo. Il superpotere da Conoscente del Dottor Hekima dev'essere quello d'instillare la paura, in qualunque cosa esista al posto del cuore tra gli abbondanti seni di entità come Roxy.

In un silenzio di tomba, si dirige verso la fila di sedie, se ne procura una, e la spiega davanti alla classe.

Leggermente accigliato, si gira verso di me.

L'alveare segue ansiosamente il suo sguardo.

"Maya?" chiama il Dottor Hekima.

La mia vicina subito si allarma.

Presa dal disegno, non si è accorta dell'arrivo dell'insegnante.

"Metti quel taccuino ai miei piedi" le dice. "Potrai prenderlo dopo la lezione."

Stringendosi il taccuino al petto, Maya balza in piedi e si avvicina al Dottor Hekima, poi si china e lo mette sul pavimento, come se fosse fatto di vetro.

"Prima cosa dell'ordine del giorno" dice il dottor Hekima, quando Maya torna al suo posto. "Vi prego di dare tutti il benvenuto a una nuova studentessa, Sasha Urban."

Tutti mi guardano con diversi gradi d'indifferenza; sorrido, salutando con la mano come la concorrente di una sfilata di bellezza.

"Bene." Il Dottor Hekima incrocia le braccia sul petto. "Oggi parleremo dei caratteri ereditari. Per cominciare, quando vi chiamo per nome, dichiarate che tipo di Conoscente siete, o come vi piace definirli, 'i vostri poteri'."

Tutti sembrano eccitati all'idea, tranne Maya.

"Roxy" dice il Dottor Hekima. "Perché non cominci tu?"

Roxy si alza con grazia e alza la testa, orgogliosa. "Io sono un licantropo." Guarda alla propria destra, e la Serva Numero Uno si raddrizza sulla sedia, mentre dice: "Anche Maddie lo è." Poi guarda alla sua sinistra. "Anche Ashley."

La Serva Numero Due, cioè Ashley, raddrizza le spalle.

"E ovviamente, anche Tiffany è un licantropo" conclude Roxy, mentre la Serva Numero Tre sorride, raggiante, come se avesse vinto una medaglia.

Allora, Roxy non è un'*Ape* Regina. È una *C* Regina, dove *C* significa 'cagna'... il termine adatto per una femmina dei canidi.

"Sasha" dice il Dottor Hekima, distraendomi dai miei nomignoli estemporanei. "Perché non continui tu?"

Mi alzo con circospezione. "Io sono una veggente."

Tutti, tranne il Dottor Hekima, mi guardano come se avessi appena affermato di essere Babbo Natale.

"Maya" dice il Dottor Hekima. "Puoi proseguire?"

L'alveare, o meglio le cagne, sghignazzano tutte per qualche motivo.

"Psicometria" dice Maya, così piano, che dubito sia stata sentita da qualcuno, a parte me.

"Psico-che?" esclama Roxy, fingendosi innocente. "Non ti ho sentito."

"Ha detto 'psicometria'." Il Dottor Hekima la osserva con attenzione. "La capacità di scoprire fatti su un evento o una persona, toccando gli oggetti inanimati ad essi associati."

"È davvero impressionante" sussurro a Maya, quando torna a sedersi. "Ho simulato questo potere durante una delle mie performance al ristorante." Quando Maya mi guarda, confusa, aggiungo: "Sono, o meglio ero, un'illusionista."

Alzo lo sguardo, notando che il Dottor Hekima mi sta lanciando un'occhiata di avvertimento. Visto che sto parlando durante la lezione (perdendomi utili e interessanti informazioni sui miei compagni di classe), chiudo la bocca e ascolto.

Nella stanza ci sono alcuni pre-vampiri, un paio di tipi di streghe e stregoni, una ragazza telepatica, un ragazzo che può piegare gli umani al proprio volere, un fratello e una sorella che affermano di essere degli elfi, ma non assomigliano affatto a quelli che ho visto nel locale, un ragazzino alto con poteri telecinetici, e alcuni adolescenti che possono manipolare la fortuna, proprio come Chester.

Mentre ascolto, invece di rimanere entusiasmata da creature e abilità ancora più impossibili, mi preoccupo di un aspetto più banale. La mia precedente idea di esibirmi all'Earth Club sembra sempre più una schifezza, perché potrei anche mostrare loro dei miracoli, ma i Conoscenti alzerebbero le spalle, dicendo: "Quindi, gli hai letto nella mente e/o hai piegato quella forchetta con la forza di volontà. E allora? Da qualche parte, c'è un bambino capace di farlo."

"Potete notare che ciascuno di voi ha menzionato un solo potere." Il Dottor Hekima incrocia le gambe. "Giusto per fare una doppia verifica, alzate la mano se avete più di un potere."

Nessuno lo fa.

"Adesso alzate la mano, se i vostri genitori sono due diversi tipi di Conoscenti" dice.

Qualcuno alza la mano, compresa Roxy.

Chissà che cos'è il suo genitore non licantropo. Forse un'arpia, o il kraken in libertà?

"Non è una coincidenza." Il Dottor Hekima dispone

le dita a forma di piramide. "I poteri multipli sono estremamente rari, tuttavia possono capitare."

Mi guardo intorno nella stanza. La maggior parte degli adolescenti sembra affascinata quanto me dall'argomento.

"Qualcuno di voi conosce degli esempi storici?" chiede il Dottor Hekima, lasciando scivolare lo sguardo da uno studente all'altro.

Una delle cagne alza la mano.

"Sì, Maddie." Il Dottor Hekima fa un cenno del capo alla tirapiedi in questione.

Maddie si alza e si schiarisce la voce roca, come preparandosi a rigurgitare un pacchetto di sigarette. "Loki poteva fare degli incantesimi, come uno stregone, e anche lui era un imbroglione."

Il Dottor Hekima inarca le sopracciglia.

"Intendevo, un manipolatore delle probabilità" si corregge subito lei, lanciando un'occhiata a uno degli aspiranti Chester.

"Molto bene" dice il Dottor Hekima. "Qualcun altro?"

"Lilith" dice Roxy, senza alzare la mano. "Anche lei era un'imbrogliona come Loki, ma anche una vampira."

Okay, è ufficiale.

Resto di nuovo impressionata.

Loki? Lilith? Come quelli della mitologia? Erano dei Conoscenti?

"Roxy, ti prego di alzare la mano e di utilizzare un linguaggio preciso" dice il Dottor Hekima, serrando leggermente i denti. Poi distoglie lo sguardo, per guardare la classe. "Sono felice che Roxy abbia menzionato Lilith, un'altra manipolatrice delle probabilità. Sono dei casi particolari. Se un genitore è molto potente nella manipolazione delle probabilità, e lui o lei desidera dei figli con doppi poteri, le possibilità aumentano... perché questa è la natura della stessa manipolazione delle probabilità."

Roxy ha l'espressione di chi ha mangiato un limone. Chiaramente, non vede l'ora di prendere la parola di nuovo, senza alzare la mano.

Ma il Dottor Hekima le lancia un'occhiata preventiva, e lei tiene la bocca chiusa.

"La capacità d'influenzare i caratteri ereditari è uno dei motivi per cui la manipolazione delle probabilità è il potere più diffuso" continua. "Detto questo, ci sono esempi di doppi poteri, con i quali la manipolazione delle probabilità non c'entra nulla. Per esempio, Thot era un veggente, una rarità in sé e per sé" mi lancia un'occhiata, "ma era anche un mutaforma."

Tra i ragazzini corre un mormorio di ammirazione, mentre mi ritrovo con la bocca spalancata, quasi sbavando per tutto questo folclore sui Conoscenti.

"Quindi, ai fini di ciò che stiamo per affrontare, parlerò del caso più semplice di un unico potere" annuncia il Dottor Hekima. "Sappiate solo che si può estrapolare, per includere quelli multipli. Inoltre, devo menzionare il fatto che, mentre i figli delle unioni tra noi e gli umani sono rari, possono capitare... e, a volte, comportano perfino la nascita di un Conoscente."

Roxy e le altre cagne guardano precisamente Maya,

mentre mi viene in mente la tristezza di Lucretia, per il fatto di non avere dei bambini.

L'unione tra lei e il suo amante umano, evidentemente, non rientrava tra i casi fortunati.

"A causa di questo" prosegue il Dottor Hekima, "sono convinto che solo pochi geni ci distinguano dagli umani. Questi geni devono essere l'essenza di ciò che fa di noi dei Conoscenti. Le nostre capacità sono letteralmente codificate nel DNA."

Fa una pausa teatrale, ma solo io sembro rapita da quell'affermazione.

Se ha ragione, qualcuno potrebbe individuare le combinazioni genetiche che comportano determinati poteri, e utilizzare tecnologie di giunzione dei geni, come le CRISPR, per creare degli dei.

"Ovviamente, la ricerca su questo aspetto del DNA è vietata dai Consigli di tutto il mondo" dice il Dottor Hekima, come se mi avesse letto nel pensiero... ehi, forse l'ha fatto davvero. "Tuttavia, il Consiglio di New York mi ha autorizzato ad insegnare a tutti voi come funzionano i caratteri ereditari, perciò il resto della lezione di oggi verterà su un corso intensivo di genetica, e di come si applica ai geni che stanno alla base dei poteri."

Essendo l'unica laureata del gruppo, resto profondamente delusa, quando il Dottor Hekima inizia a parlare di genetica mendeliana, per concludere semplicemente che non si può usare per prevedere le caratteristiche dei Conoscenti. Poi si dedica alla struttura e alla replicazione del DNA, alla codifica e al ripiegamento delle proteine, e quando arriva a come i geni dei Conoscenti si possono diffondere, sono annoiata a morte. La sua spiegazione non è poi così diversa dal modo in cui vengono trattate altre caratteristiche meno miracolose... e che, molto di recente, ho brillantemente superato alla Columbia University.

"Ci sono domande?" chiede il Dottor Hekima verso la fine della lezione, controllando l'orologio.

Tutti abbassano lo sguardo, ma io alzo la mano.

Di malavoglia, mi fa un cenno del capo. Ho la sensazione che non venga spesso preso in parola per la faccenda delle domande.

"Che collegamento c'è tra il credere degli umani e questa teoria del DNA e dei poteri?" chiedo, sforzandomi di non sembrare troppo impaziente, e probabilmente fallendo. "Mi hanno detto che, in passato, i Conoscenti diventavano più forti, se c'era chi credeva in loro."

Si massaggia la fronte. "Nessuno sa con certezza come venga trasferita questa energia... né se l'energia venga *effettivamente* trasferita. Ma nel contesto del DNA, probabilmente, la nuova informazione sul potere è controllata dall'epigenetica. Sapete che cos'è?" chiede, e un lieve sorriso si forma agli angoli dei suoi occhi, nel vedere adolescenti sbalorditi che guardano lui e me, e viceversa.

"È quando qualcosa nell'ambiente influenza i nostri geni" rispondo. "Un modo in cui funziona è tramite la metilazione del DNA. L'esempio che ci hanno dato alla

Columbia è stato quello dei topi agouti. Topi gemelli identici con questo gene possono essere arancio e obesi, o marroni e magri, in base a quanto acido folico ha mangiato la mamma durante la gravidanza."

"Esattamente, corretto." Mi rivolge un largo sorriso, senza controllare l'orologio... anche se qualcosa mi dice che avrebbe voluto farlo proprio in quel momento.

Alzo di nuovo la mano, e lui annuisce.

"E le creature come gli orchi, o esseri più effimeri come i domovoi, che passano la maggior parte del tempo come spiriti, o incarnati in un animale domestico?" dico in fretta. "Una simile complessità si può codificare nel DNA?"

"Penso che sia abbastanza facile codificare nel DNA qualcosa come 'orco', ma quello che chiedi riguarda più il *come*. Nello specifico, come si manifesta il nostro potere?" Mi fissa, e annuisco con tanta forza, da farmi male al collo.

"La manifestazione del potere è l'aspetto meno chiaro della nostra natura. Tutti i Conoscenti hanno un aspetto umano, all'inizio, come tutti in questa stanza, ma ad un certo punto del loro sviluppo, gli orchi diventano orchi, e alcuni sottotipi di Conoscenti perdono completamente la corporeità, o subiscono trasformazioni ancora più miracolose. In base alla mia teoria, gli orchi hanno più tratti in comune con la parte del lupo dei lupi mannari... senza la possibilità di tornare indietro, intendo... ma a questo punto, è solo una teoria. Servono ulteriori ricerche per..."

"E se gli scienziati umani s'imbattessero nei geni

che rendono i Conoscenti ciò che sono?" interrompo, ansiosa di porre più domande possibili, mentre è disposto a rispondere.

Stavolta, controlla l'orologio. "Gli Esecutori hanno tentacoli in tutti i laboratori più importanti" risponde frettolosamente. "Non solo per evitare la possibilità, molto improbabile, che hai descritto, ma anche per impedire agli scienziati umani di creare un super-virus che possa spazzarci via."

"Ma la ricerca genetica sta diventando sempre meno costosa, giorno dopo giorno" dico, stavolta senza alzare la mano. "Non è solo questione di tempo, prima che un ragazzino in qualche laboratorio scopra i nostri geni?"

"Mi preoccuperei comunque di più, se quell'ipotetico ragazzino creasse un'epidemia in grado di spazzare via sia noi, sia la razza umana" dice il Dottor Hekima e, controllato di nuovo l'orologio, aggrotta le sopracciglia. "Temo che oggi abbiamo esaurito il tempo per le domande, ma dovete tenere presente che questo è solo un corso introduttivo. Se avete la passione per lo studio, potreste essere idonei per l'Accademia... vi esorto tutti a discuterne con il vostro Mentore."

Ottimo.

Nero sarebbe elettrizzato, certo, se la sua gallina dalle uova d'oro frequentasse quella che sembra la Scuola di Hogwarts.

Il Dottor Hekima si alza, ripone la sedia e va verso la porta.

Maya balza in piedi e si affretta a recuperare il suo taccuino.

Talmente rapida da essere a stento visibile (non l'avrei mai creduto possibile), Roxy batte Maya sul tempo e acchiappa il taccuino con le sue grinfie, perfettamente curate.

Poi apre il libro e si acciglia.

Maya si blocca subito, fissando la C Regina con un'espressione che presto s'incupisce.

Chiaramente, non apprezza le caricature in quanto forma d'arte di per sé.

"Sei proprio spacciata" dice Roxy, digrignando i denti con gli occhi accesi da quel bagliore giallo, che associo ai predatori di una foresta buia.

Maddie, Ashley e Tiffany cominciano a circondare Maya come un branco di lupi... e presumo che lo siano.

Mi alzo di scatto e, infilatami la borsa in spalla, mi frappongo tra Ashley e Maya.

Quest'ultima sfrutta il varco da me creato per correre verso la porta.

Le cagne la inseguono immediatamente.

Le rincorro.

Maya prende le scale per scendere, al posto dell'ascensore, e l'alveare (o il branco di lupi, o quello che è) la segue.

A intuito, chiamo l'ascensore, immaginando di poterle seguire giù per le scale se la cabina non arriva subito.

Ma l'ascensore doveva essere già a questo piano, poiché le porte si aprono all'istante.

Scendo fino al pianterreno.

Appena l'ascensore si apre, vedo tutto il gruppo che esce dall'edificio, con Maya sempre in testa, ma le cagne stanno guadagnando terreno.

Lanciandomi verso la porta, intravedo Maya che scompare per le scale della metropolitana.

Le sto dietro.

A metà della scalinata, vedo sotto di me quattro lampi di luce... come se qualcuno avesse scattato delle foto con un'infernale fotocamera.

Riecheggia un grido molto acuto, seguito da ringhi animaleschi.

Merda.

Quando Roxy ha detto a Maya che era spacciata, pensavo si riferisse ad una lite... o a un'azzuffata di lupi, qualcosa di simile. Ma così, mi chiedo se la C Regina non lo intendesse invece in senso letterale.

La pelle d'oca mi ricopre le braccia, quando provengono dal basso altri ringhi gutturali.

Non devo pensare al mio ultimo incontro con un grosso cane.

Non devo pensare ai cani... o ai lupi... in generale.

Infilo la mano tremante nella borsa a tracolla e prendo l'enorme revolver Magnum.

Nonostante la paura mi spinga a scendere sparando, probabilmente non dovrei uccidere nessun giovane Conoscente, oggi.

"Forza, visioni diurne" mormoro tra me e me. "Questo sarebbe il momento ideale per manifestarvi."

Le visioni diurne non rispondono all'appello.

Sperando di non rimpiangerlo nell'aldilà, estraggo i proiettili dalla pistola e li metto tutti in tasca, tranne uno, per un piano folle che prende forma nella mia mente mentre scendo le scale.

Giunta a metà strada, inciampo nei vestiti alla moda delle cagne, sparsi lungo tutta la scalinata, come nel sogno proibito di un predatore sessuale.

Respira, ricordo a me stessa, scavalcando una pila di scarpe. Se i cani sentono l'odore della paura, allora lo fanno anche i licantropi con le sembianze di lupi.

Purtroppo, la mia paura dei cani grossi, rafforzatasi di recente, sale di livello ad ogni nuovo ringhio.

Ho le mani sudate sotto l'impugnatura della pistola, e la stringo più forte... il mio piano dipende dal fatto di avere un'arma.

Raggiunto l'ultimo gradino, finalmente le vedo.

La stazione è vuota, ad eccezione di Maya, pietrificata, e dei quattro enormi animali villosi che assomigliano ad un incrocio tra un lupo e un asino.

I lupi-asini circondano Maya, stringendo sempre di più il cerchio.

L'esemplare più grosso del branco agita le orecchie, poi si gira verso di me.

I nostri sguardi s'incrociano, e il suo muso sembra tramutarsi in un sogghigno crudele.

Senza ringhi premonitori, le bestie dell'alveare si gettano su di me.

CAPITOLO DICIASSETTE

SOLLEVO LA PISTOLA, emanando una spavalderia che non provo. "Non lo farei, se fossi in voi."

Si bloccano così all'improvviso, che le zampe lasciano dei segni sul cemento.

La più grossa ulula e mi mostra i denti.

"Questa è una .44 Magnum" dico, interpretando al meglio Clint Eastwood. "Capace di farvi saltare la testa con un solo colpo. Dovranno farvi un funerale a bara chiusa." Non so se quello che ho detto è reale, ma sembro avere sangue freddo, ed è questo lo scopo.

La creatura più piccola uggiola.

Il piano funziona.

"Ora." Mostro loro il singolo proiettile nella mia mano. "Faremo un bel giochino."

Prima che possano reagire, passo alla parte più rischiosa del piano.

Faccio scivolare fuori il tamburo, mostrando loro che è vuoto.

Se fossero parte delle Forze Speciali, mi avrebbero caricato in questo istante, invece, sbalordite dal mio comportamento irrazionale, rimangono immobili.

Con gesto enfatico, inserisco il proiettile nel tamburo, che spingo di nuovo all'interno, e lo faccio girare con un rumore molto appagante.

"Questo gioco si chiama Roulette Russa" annuncio al pubblico attento.

I grandi canidi indietreggiano di un passo, inseguendosi tutti tranne il più grosso, che si agita incerto.

La prossima parte del piano è un altro momento di cui potrebbero approfittare, perciò la eseguo il più rapidamente possibile.

Puntandomi la pistola alla tempia, prima che possano ringhiare, do una dimostrazione premendo il grilletto.

La testa non mi salta via.

La pistola, infatti, emette il clic della camera di scoppio vuota.

"Tocca a voi" dico.

Senza dare loro il tempo di reagire, punto la pistola verso la lupa più grossa e ripremo il grilletto.

Neanche la sua testa salta via, ma lo squittio di panico della bestia sembra proprio quello di un umano. La creatura ficca la coda tra le gambe e, dalle vocalizzazioni che emette, sembra un lupo che cerca di parlare inglese.

Faccio roteare energicamente il tamburo "Cosa? Vuoi un altro giro?"

Prima che la lupa possa replicare (sempre se *è* in grado di farlo), premo il grilletto, e la pistola fa di nuovo clic.

La lupa più grossa emana un lampo di energia, che mi acceca.

Se mi attaccano adesso, sono fottuta.

Ma quando mi torna la vista, vedo soltanto Roxy, nuda e a quattro zampe, che lancia a Maya (in piedi dietro di lei con gli occhi strabuzzati) uno sguardo vietato ai minori.

"Sei completamente pazza!" Roxy si rimette subito in piedi, con parti del corpo che schizzano da tutte le parti.

Si sente incredibilmente a proprio agio con il suo corpo. Ma d'altra parte, dev'essere abituata a cambiare forma così... per non parlare del fatto che ha la muscolatura di una modella di fitness.

Faccio ruotare ancora il tamburo, punto la pistola alla sua fronte da umana, e premo il grilletto.

Ancora una volta, l'arma fa clic, impotente.

"Fermati, per favore." È comparsa una lacrima negli occhi di Roxy? "Devi lasciarci andare."

"D'accordo. Avete perso. Ora andatevene." Faccio ruotare di nuovo il tamburo e, tenendo la pistola puntata su di loro, per fingere di ricominciare un altro giro, mi sposto.

Roxy, nuda, e le sue amiche ancora con il pelo si precipitano disperatamente verso le scale, raccogliendo i vestiti con mani, zampe e denti.

Si muovono (specialmente le lupe) così

rapidamente, che mi stupisco del successo del mio stupido piano.

"Stai bene?" chiedo a Maya dopo la fuga precipitosa dei licantropi, durata pochi istanti.

"P-penso di sì." Maya si china, e vedo che i suoi occhiali giacciono rotti sul pavimento. Trema così forte, che mi chiedo se abbia paura di me, tanto quanto ne aveva delle sue aggreditrici.

Dopo aver riposto la pistola nella borsa, dico in tono confortante: "Bene. Dove abiti?"

"In centro a Manhattan" dice, un po' più calma, e nomina in fretta un indirizzo.

"Siamo praticamente vicine di casa" commento con un sorriso rassicurante. "Andiamo a casa insieme, così siamo sicure che non ti capiteranno altre disgrazie."

Muove su e giù la testa e, mentre andiamo verso il cancelletto ruotante, mette in tasca ciò che resta degli occhiali.

Prendo la MetroCard e pago per entrambe.

"Grazie" dice, quando raggiungiamo la piattaforma del treno. "Ero convinta che mi malmenassero davvero, stavolta."

"Ma non si caccerebbero nei guai? E se tu morissi, non dovrebbero risponderne al Consiglio?"

Maya si stringe nelle spalle. "Roxy è matta."

"Questo è poco ma sicuro."

"Ma tu sei anche peggio." Maya mi guarda con occhi spalancati. "Potevi anche spararti."

"Ci hai creduto davvero?" Non riesco a trattenere

un sorriso esaltato. "Giureresti di aver visto il proiettile entrare nella pistola?"

"Sì" risponde, osservandomi confusa. "Il proiettile è entrato nella pistola. Senza occhiali non sono mica cieca, sai."

Dopo essermi guardata intorno nella stazione deserta, sussurro in maniera complice: "Ti rivelerò un segreto, ma devi promettere di non dirlo a nessuno."

Muove su e giù la testa, mentre gli occhi le si riempiono di nuovo di paura. Starà pensando che io sia da ricoverare in manicomio.

"Ho solo finto d'infilare il proiettile nella pistola." Le mostro il proiettile ancora nascosto nella mia mano.

Lo fissa, sconcertata.

Metto in pratica alcune sparizioni con il proiettile, mostrandole un paio di volte la mano inaspettatamente vuota.

"Come?" Si sfrega gli occhi.

"Come ti stavo dicendo in classe, sono un'illusionista" spiego. "O almeno lo ero fino a poco tempo fa."

"Pensavo che fossi una veggente" dice. "Hai doppi poteri? Come Loki e Lilith?"

"La mia arte sta nella destrezza di mano" dico. "Mi stai dicendo che esiste davvero una specie di Conoscente chiamata 'illusionista'?"

"Certo" risponde. "Possono farti provare tutto quello che vogliono. Proprio roba da sballo."

Mi massaggio la fronte: chissà come dovrei

definirmi, se dovessi mai fare carriera come artista per i Conoscenti.

D'altro canto, dato che questi *veri* illusionisti esistono, nessuno rimarrebbe impressionato da me.

Un treno appare in lontananza, perciò restiamo in silenzio fino al suo arrivo, quando le porte si aprono.

Il vagone dentro è deserto, possiamo scegliere i posti. Cominciano a piacermi le domeniche pomeriggio nei distretti di New York.

"E se qualcuno fosse entrato in stazione, mentre avevano ancora le sembianze di lupe?" chiedo a Maya, quando ci accomodiamo. "Non avrebbero violato il Mandato, in quella forma?"

"Come ho detto prima, Roxy è matta da legare." Maya adesso sembra molto più sicura di sé. "Ma, forse, potevano fingere di essere degli husky, o simili."

Roteo gli occhi. "Certo, è plausibile. Nessuno si sarebbe fatto delle domande sui mucchi di vestiti, o sul fatto che assomigliassero più a mutanti di Chernobyl che agli husky."

Ridacchia. "Di certo, ci penseranno due volte, prima di romperti ancora le scatole."

"Ehi. Preferisco essere temuta che amata" dico nel mio migliore tono machiavellico.

La risata di Maya è deliziosa quanto lei, ma non lo dico ad alta voce. Percepisco che potrebbe prendersela per i complimenti che mettono in risalto la sua statura minuta.

"Allora, qual è la tua storia?" chiede, sempre con il

sorriso. "Come mai sei venuta all'Orientamento alla... ehm... tua età?"

"Stai per chiamarmi *signora* anche tu?" esclamo con finto orrore.

"Non intendevo..."

"Ti sto solo prendendo in giro" dico, sorridendo. "Ho scoperto da poco di essere una Conoscente."

"Davvero?" Maya sembra sinceramente coinvolta. "Come facevi a non saperlo?"

Proseguo quindi con un riassunto della mia storia: come sono stata adottata in tenera età, e come la comparsa in TV abbia ingigantito i miei poteri, facendomi quasi giustiziare dal Consiglio.

"Allora non sai proprio chi siano i tuoi genitori biologici?" I suoi occhi, pieni di empatia, sono commoventi.

"No. Ma sto cercando di scoprirlo" dico, poi le racconto che Fluffster avrebbe potuto conoscere i miei genitori, ma a causa dell'amnesia non ricorda chi fossero.

"Magari potrei aiutarti?" Maya mi guarda timidamente. "Con il tuo animale domestico, voglio dire."

"Sarebbe fantastico." Squadro la sua minuscola figura con spudorata curiosità. "Come?"

"Beh" dice, mentre la sicurezza evapora rapidamente. "Non ho mai conosciuto un domovoi, ma di solito posso usare il mio potere per scoprire a chi appartenga qualcosa o qualcuno."

"Che idea interessante." Mi gratto in cima alla testa.

"È divertente. Sebbene abbia finto di possedere il tuo potere durante i miei numeri, non sono ancora abituata a considerarlo reale."

"Come riesci a fingere di fare quello che faccio?" chiede, sgranando di nuovo gli occhi.

"È un tipico numero del mentalismo, che di solito si chiama pseudo-psicometria. Posso dartene una dimostrazione, ma prima mi serve un gruppo di persone" affermo. "Devi andare dritta a casa, o puoi fermarti a casa mia e fare quello che devi con il mio cincillà? Posso prepararti la cena e, se i miei coinquilini sono a casa, mostrarti la mia versione della psicometria."

"I miei genitori si aspettano che ceni da loro la domenica sera" dice Maya, celando a malapena la delusione. "E se facessi un salto per aiutarti con il tuo domovoi, e mi prenotassi per la prossima volta?"

"Affare fatto" dico. "Adesso lasciami scrivere ai miei coinquilini, per sapere se daranno da mangiare a *me*."

Sorride, e prendiamo entrambe il telefono.

Riacceso il mio, resto sgomenta nel trovare decine di messaggi di lavoro.

L'ultimo proviene da Nero, è breve e tenero.

Richiamami. Immediatamente.

"Scusami" dico a Maya. "Devo chiamare al lavoro."

"Ma certo" risponde, annuendo rapida. "Dev'essere così figo avere un lavoro da adulti."

"Discutibile" ribatto, e compongo il numero di Nero in modalità videoconferenza.

Quando risponde, Nero si trova nel suo ufficio in

centro... dunque, almeno non fa lavorare la gente nel fine settimana, senza soffrire anche lui per primo. Ha una barba ispida sul viso, e gli occhi grigio-azzurri sembrano stanchi; deve aver fissato schermi per venti ore di fila.

"Ah. Era ora. L'impegnatissima ragazza" dice, e la sua voce sembra quella di un tirannosauro che mangia un grizzly. "Sono così felice che, finalmente, tu abbia deciso di concederci la tua attenzione."

Arrossisco, ma non per la provocazione. Un ricordo della notte scorsa s'insinua nel mio cervello, e so di aver pensato a quelle spalle ampie, mentre tenevo in mano Copperfield che vibrava tra le mie gambe.

Maya sbircia il mio telefono, poi, tenendo le mani distanti dall'inquadratura della fotocamera, solleva con decisione i pollici.

Copro il microfono e sibilo: "È il mio capo, Nero." Tolta la mano, intercetto lo sguardo di lui e dico: "Ero all'Orientamento." Con la coda dell'occhio, vedo gli occhi di Maya che minacciano di schizzare fuori dalle orbite. "Mi hai dato tu il biglietto per organizzare l'Orientamento" informo Nero. "Infatti, vicino a me c'è una delle studentesse che ho conosciuto oggi, quindi ti prego di non dire nulla che lei non debba sentire."

"C'è bisogno di te in ufficio" dice lui in tono piatto. "Il motivo dell'emergenza non è di dominio pubblico, quindi apprezzo l'aggiornamento sulla mancanza di privacy."

Mi passa per la testa una serie di risposte per le rime, che vanno da quelle semplici, come 'è domenica', a quelle complesse, come 'preferirei farmi trapanare i denti da elefanti ubriachi, piuttosto che fare ricerche su altre azioni'.

Purtroppo, tutto quello che mi viene in mente porterebbe al mio licenziamento, quindi cerco di pensare ad una scusa ingegnosa ma innocua. E preferibilmente, che fosse anche veritiera, dato che Nero è un fottuto poligrafo.

"Allora è deciso" dice, sintetico. "A presto."

Riattacca.

Fisso il telefono.

Non mi ha nemmeno dato la *possibilità* di fare un'osservazione sarcastica.

Che faccia tosta, quell'uomo.

"Quello era Nero Gorin?" domanda Maya in un sussurro.

"Già" rispondo, sempre arrabbiata con lui. "In carne e ossa. O al telefono, in ogni caso."

"Nero è il tuo capo?" chiarisce, nello stesso tono che io userei con "Elvis è la tua fata madrina?".

Annuisco. "Cos'ha di così speciale, comunque? Forse *tu* puoi dirmelo?"

Si copre la bocca in modo teatrale. "Mia mamma ha detto che è il Conoscente più pericoloso di New York. Forse perfino del mondo."

"Questa sì che è un'informazione dettagliata" osservo, e m'interrompo per il rumore del treno che si ferma e per le porte che si aprono con stridore. "Tua mamma ha detto nient'altro?"

"È di certo il Conoscente più ricco del pianeta" dice.

"E dicono che abbia causato l'estinzione degli upiri." Di fronte alla mia espressione interrogativa, spiega: "Un upiro è una specie cattiva di Conoscenti, simili ai vampiri, ma senza alcun briciolo di coscienza e con una fame insaziabile, anche dopo che si sono nutriti. Hanno causato parecchi problemi in Europa orientale e, da quanto ho sentito, Nero li ha fatti sparire tutti."

"Lasciare libere le porte durante la chiusura" dice la voce automatica del conducente del treno.

Vengo pervasa da un improvviso senso di timore.

Non mi aspettavo che le voci sul conto di Nero sortissero questo effetto su di me.

Ma poi scorgo un movimento indistinto all'esterno, e capisco subito che il senso di timore non c'entra nulla con Nero, ma ha a che fare con un imponente orco che sale sul treno all'ultimo istante, prima che le porte si chiudano.

È addirittura più grosso degli orchi che ho già incontrato... e ha una statura così imponente, che deve curvarsi per non sbattere la testa contro il soffitto del vagone. Ha la mano destra dietro la schiena, e il trucco che lo ricopre mimetizza a malapena il colorito verde della sua pelle.

"Fa' finta di non conoscermi" sussurro urgentemente a Maya, che dallo sconcerto è diventata silenziosa. "Fissa il telefono e non alzare lo sguardo."

L'orco avanza minacciosamente di un passo verso di me.

Nonostante il tremore delle mani, Maya si mette il telefono davanti alla faccia e segue le mie istruzioni.

Mi maledico per non aver ricaricato la pistola.

Farei in tempo a ricaricare e sparare, prima che l'orco si accorga di cosa l'ha colpito?

Sembrerebbe improbabile, ma vale la pena tentare.

La mia mano sinistra scivola in tasca, per prendere il proiettile, mentre la destra s'insinua nella borsa.

"Tira fuori le mani di lì, altrimenti te le strappo via" dice l'orco, e mostra la mano che teneva dietro la schiena.

La sua pistola gigantesca sembra ridondante, con tutti quei muscoli, ma questo non gli impedisce di puntarmela alla testa.

Provo un tuffo allo stomaco, ma metto le mani in bella vista, come mi ha ordinato.

Non è come l'avrei fatto, in ogni caso.

"Ora." La brutta faccia dell'orco si tramuta nel sorriso più inquietante, che abbia mai visto. "Datemi tutti i soldi, altrimenti morirete."

CAPITOLO DICIOTTO

SI TRATTA DI UNA RAPINA?

Sono così confusa, da dimenticare momentaneamente la paura.

Per quale motivo l'orco vuole derubarmi? Usano almeno i dollari, nel mondo da cui segretamente proviene? Chester, o qualcun altro, lo sta pagando per uccidermi? Magari la paga non è così alta?

O lo dice per la presenza di Maya? Magari mi avrebbe ucciso e basta ma, a causa di un altro testimone, sta facendo passare l'omicidio per una rapina andata male. Forse, chi ha ingaggiato questi orchi per uccidermi ha detto loro di far sembrare la mia morte un incidente... ecco perché spingermi nel porto (anche se il salvataggio non conta), lanciarmi un mattone in testa, cercare di farmi investire da un'auto...

Se questa teoria è corretta, devo accertarmi che la rapina fili via liscia come l'olio, e...

"Ho detto 'datemi i soldi'" ringhia, gesticolando con la pistola, simile ad un cannone.

"Devo rimettere la mano in borsa, per prendere il portafoglio" gli comunico, sforzandomi di non usare un tono provocatorio.

Per un attimo, la sua fronte s'increspa. "Fallo lentamente."

Frugo in borsa, maledicendomi di nuovo per aver tolto quei proiettili. Se la pistola fosse stata carica, avrei corso il rischio di spargli da dentro la borsa. Nella situazione attuale, prendo il portafoglio e lentamente lo tiro fuori.

Ad un certo punto della mia vita, avevo fantasticato di essere rapinata... ma non esattamente in questo modo.

C'è una performance di Tommy Wonder, uno dei più grandi illusionisti, chiamata l'Anello, l'Orologio e il Portafoglio. In questo numero, racconta di come sia stato rapinato e, mentre parla, elimina l'orologio dal polso, l'anello dal dito, e il denaro dal portafoglio... e mette tutto in una busta. Poi mostra la busta vuota, e tutto è tornato al suo posto come prima.

Ho fantasticato di fare una cosa del genere, se fossi mai stata rapinata, ma questo numero richiede preparazione. Inoltre, non avevo previsto quanto sarebbe stata terrorizzante una vera aggressione... ma immagino che questa non sia reale, perché, come ho stabilito prima, non ha senso che un orco mi derubi.

"Non così lentamente" dice l'orco, stancandosi del glaciale movimento della mia mano con il portafoglio.

Mi affretto ad estrarlo e lo apro.

Merda.

Perché mi sono portata dietro così tanti contanti, oggi?

Prendo tutti i quattrocentosessantacinque dollari e li porgo al 'rapinatore'.

Dopo aver cacciato in tasca i soldi, guarda Maya come notandola per la prima volta, e corruga la fronte nell'equivalente da orco di un'espressione pensierosa. La ginnastica mentale che sta facendo dev'essere estenuante: quasi suda per lo sforzo.

"Ehi, tu." Punta l'arma verso la tremante Maya. "Dammi anche tu i soldi."

"Oh, ma dai" non riesco a soffocare. "Chester non ti paga per molestare *lei*."

La pistola mi viene puntata ancora alla testa e, dallo sguardo di totale incomprensione sulla faccia dell'orco, mi chiedo se dietro tutto questo ci sia davvero Chester. Altrimenti, l'orco è veramente un bravo attore.

"Che cos'hai detto?" Mi guarda minaccioso, mentre Maya si fa piccola piccola contro uno dei sedili.

Tengo la bocca chiusa, poi si rivolge di nuovo a lei, pungolandole la spalla con la pistola.

"I tuoi soldi, ho detto" ringhia, facendola piagnucolare.

"Ehi, lasciala in pace!" Non posso tollerarlo per un secondo di più. "Ti hanno ingaggiato per importunare me, non lei."

Le mie parole, stavolta, sembrano accendere una

grossa, verde lampadina sopra la sua testa. "Cosa?" ringhia, avanzando poi verso di me. "Ripetilo."

L'istinto di conservazione ha il sopravvento, e d'istinto mi ritraggo.

L'orco mi raggiunge in un salto, incredibilmente rapido per la sua stazza, e in mezzo secondo mi prende per un braccio, quasi spaccandomi l'incavo della spalla con la sua grossa mano.

Dannazione, è forte. È come se qualcuno mi avesse infilato in una pressa idraulica.

"Lasciala andare!" grida Maya, isterica. "Tieni, sono tutti i miei soldi."

Apro gli occhi. Quando li avevo chiusi?

Maya ha la mano protesa con un piccolo portafoglio rosa e qualche banconota accartocciata.

Liberato il mio braccio, l'orco agguanta i soldi. Le sue dita, simili a salsicce, sembrano un effetto speciale fatto a computer vicino alla manina di Maya.

"Chiudete gli occhi e contate fino a mille ad alta voce" ordina, puntando l'arma prima verso di me, poi verso Maya, e viceversa.

"Ti prego, non ucciderci" sussurra Maya, serrando gli occhi così forte, che l'intera faccia si contorce dallo sforzo.

"Chiudi il becco" abbaia lui.

Chiudo gli occhi con l'intero corpo intorpidito.

Stiamo per vedere l'aldilà dei Conoscenti.

In un'ultima, istintiva provocazione, riesco a dire: "Se ci uccidi, Nero farà di te un kebab di Shrek."

Tecnicamente, Shrek sarebbe un orco delle fiabe, e non so se Nero rimarrebbe turbato dalla mia scomparsa, però la fantasia è piacevole.

"Contate, altrimenti sparo" ringhia l'orco.

"Uno" dico con voce tremante.

CAPITOLO DICIANNOVE

"DUE" continuo, chiedendomi perché sia ancora viva. "Tre."

Nel frattempo, dentro di me fumo d'irritazione. Perché non sono stata avvertita da una visione? Cosa me ne faccio del mio potere, se non funziona quando mi serve?

Vorrei tanto aver contattato Darian, per imparare da lui come controllare correttamente il mio potere; così, nessun orco sarebbe riuscito ad avvicinarsi di soppiatto.

"Cinquanta" dico, e mi concedo la speranza di poter davvero sopravvivere.

Quando arrivo a cento, sono sempre più sicura del fatto che non mi sparerà... altrimenti, perché aspettare tanto?

Ma a monte di tutto ciò, perché avrebbe dovuto fingersi un rapinatore?

Quando arrivo a 457, il treno si ferma e le porte si

aprono.

Non ci scommetterei la testa, ma penso di sentire dei passi pesanti riecheggiare in lontananza.

Per sicurezza, continuo a contare ad occhi chiusi, per non dare all'orco una scusa per spararmi, se è ancora lì che mira alla mia testa.

Le porte si chiudono quando pronuncio 498, quindi proseguo ansiosamente con il conteggio.

"Mille" annuncio alla fine, trionfante, e cautamente sbircio attraverso le ciglia.

Nel vagone non c'è più nessuno, a parte Maya.

Apro del tutto gli occhi e lascio che si adattino alla luce del vagone.

"Se n'è andato" sussurra lei, aprendo gli occhi a sua volta. "Ero convinta che saremmo morte."

È più pallida dei vampiri all'Earth Club. Vorrei avvicinarmi per abbracciarla, ma la spalla che l'orco ha afferrato è pervasa da un dolore pulsante.

"Penso fosse questa la sua idea." Mi tocco la spalla in questione con una smorfia. "Secondo me, voleva spaventarci il più possibile, per prendere i nostri soldi."

Deglutisce a fatica. "Era così grosso."

Faccio per dirle che la stazza deriva dal fatto di essere un orco, ma cambio idea. Qualunque cosa vogliano questi orchi, sembra molto strana e illogica, e temo che parlarle di loro potrebbe coinvolgerla in qualunque azione bizzarra stiano architettando.

"Hai degli antidolorifici?" chiedo con la massima calma.

"Ho il Celebrex." Le torna un po' il colorito, mentre

aggiunge: "Ho dolori mestruali così forti, che il pediatra ha dovuto farmi la ricetta."

"Che invidia, sei così giovane da vedere ancora il pediatra" dico, decisa a metterla a suo agio. "Il mio lo adoravo."

"Compirò diciott'anni tra qualche mese" replica, arricciando le labbra in modo quasi petulante. "Prima che arrivassi tu, ero probabilmente la più vecchia, all'Orientamento."

"Com'è successo?" chiedo. Se le dicessi che non sembra avere più di quattordici anni, non lo prenderebbe come un complimento, concludo.

"Solo mia mamma è una Conoscente." Osserva la gomma da masticare incollata per terra. "Le ho detto dei miei poteri appena qualche mese fa; prima di allora, pensavo di essere pazza, e mamma non poteva rivelarmelo a causa del Mandato."

"Oh, wow." È peggio di quello che ho passato io, mentre scoprivo i miei poteri. Almeno io ho pensato solo per poco tempo di essere pazza.

"Già." Mi dedica un sorriso torvo. "Avere dei poteri è talmente raro nella mia situazione, che nessuno si è preoccupato di controllare se fossi uno dei fortunati casi eccezionali. Ma dato che sono passata sotto il Mandato, mamma mi ha raccontato un sacco di cose da sballo, e di conseguenza il nostro rapporto è diventato più stretto."

S'interrompe, lanciandomi un'occhiata colpevole. "Mi dispiace. Dev'essere difficile per te sentire queste cose, non sapendo chi sia la tua vera mamma."

"Va tutto bene" la rassicuro. "Lasciami controllare le tue pastiglie, perché la spalla mi fa sempre più male."

Preso il telefono con la mano sana, benedico le divinità dei ripetitori, che hanno collegato il dispositivo al segnale. Tramite i comandi vocali, cerco informazioni in internet sul farmaco.

"Prenderò una delle tue pastiglie" dico, dopo aver fatto passare qualche articolo. "È uno dei FANS, come l'aspirina."

Maya mi passa una pastiglia, che ingoio senz'acqua. "Dovresti controllare la tua ricetta anche con un ostetrico-ginecologo, nel prossimo futuro" aggiungo dopo. In base a uno degli articoli, questo farmaco può causare problemi cardiaci a certi soggetti.

Di nuovo arrossisce e, per cambiare argomento, tiro fuori un mazzo di carte con il braccio illeso.

"Vuoi vedere una cosa fantastica?" chiedo, e annuisce con decisione.

Per il resto della corsa, le mostro tutti i numeri con le carte che mi vengono in mente, e che si possono fare con una mano sola. Mi accorgo, in effetti, di riuscire ad eseguirne parecchi, soprattutto grazie a un DVD dello scomparso René Lavand... uno strepitoso illusionista che, pur avendo perso un braccio a nove anni, è riuscito comunque a diventare un artista di fama mondiale.

Maya si diverte con tutto quello che le mostro, e sembra dimenticare le nostre ultime disavventure. Era questo lo scopo.

"Ecco la nostra fermata" dico, riponendo con

riluttanza le carte quando le porte si aprono.

Corriamo fuori dal treno, e mi accorgo che la spalla va meglio.

La pastiglia funziona. Oppure il danno a monte non era così grave.

"Non sei obbligata a fermarti" dico, una volta raggiunta la strada. "Hai vissuto abbastanza avventure per oggi."

"No, voglio fermarmi" afferma Maya. "Non ho mai visto prima un cincillà, e ti devo un favore per avermi salvato la vita. Due volte."

Secondo me, in verità, la seconda volta ha corso un pericolo a causa mia, ma non ribatto.

Mentre camminiamo e chiacchieriamo, prendo di nascosto i proiettili dalla tasca e ricarico la pistola nella borsa.

Se compare un altro orco con il cane (o se fa qualcos'altro vicino a me), aprirò il fuoco sul suo culo verde.

Ovviamente, dato che sono armata, la legge di Murphy/Chester ci permette di arrivare al mio appartamento senza fastidi.

Apro la porta e l'accompagno dentro. "Questa è casa nostra."

Maya si guarda intorno senza nascondere l'invidia.

"Tesoro, sono a casa" grido.

Ariel, Fluffster e Felix vengono a salutarci contemporaneamente.

"Maya" annuncio. "Ti presento tutti."

"Ciao, Maya" dice mentalmente Fluffster... nella sua

testa e nella nostra, presumo.

"Ciao." Maya si piega sulle cosce, premiando il cincillà con un sorriso da ragazzina. "Va bene se ti dico che sei carino?"

"Perché no?" La voce mentale di Fluffster è assolutamente seria. "Sasha ha speso più di duecento dollari per comprare il corpo di questo animale. Deve per forza essere adorabile."

"Ciao" dice Ariel, approfittando della temporanea distrazione di Maya per lanciarmi un'occhiata, che sta per 'che diavolo?'.

"Maya ha il potere della psicometria" spiego. "Si è offerta di usarlo con Fluffster, per cercare di capire le sue origini."

"Oh wow" esclama Felix, guardando Maya dall'alto. "Hai un potere davvero pazzesco."

Maya distoglie gli occhi da Fluffster e fissa Felix. Il suo sguardo si sposta dalle pantofole con il pelo, ai tesi pantaloni della tuta fino al ginocchio, alla logora scritta 'non c'è il cucchiaio' sulla t-shirt ricoperta dai segni del codice di *Matrix*. Resto turbata quando i suoi occhi si fermano sul viso del mio coinquilino, abbastanza a lungo da farmi pronunciare mentalmente 'minorenne provocante'.

Felix, dal canto suo, sembra del tutto ignaro di quello sguardo lascivo. "Puoi farlo adesso?" chiede, impaziente. "Sono certo che a Fluffster non dispiaccia."

"Sono ansioso di conoscere le mie origini" dice Fluffster nelle nostre teste. "Giovane signora." Si gira verso Maya. "Voglio che mi tocchi."

Io, Ariel e Felix scoppiamo a ridere, mentre Maya e il cincillà ci guardano come se fossimo dei mentecatti.

"Ci conviene tenerlo lontano dai parchi per bambini" dice Ariel tra le risate sguaiate, prolungando il nostro divertimento di qualche altro secondo.

Guardandoci male, Maya si allunga verso Fluffster e culla delicatamente il suo corpo tra le mani.

Un'energia brillante dal colore viola filtra dalla sua pelle nel pelo di Fluffster, e l'espressione di lei diventa distante, come in trance.

"Lo vedo lavarsi, ma nella polvere e non nell'acqua" scandisce sottovoce. "Fa la guardia alla vostra dimora. Mangia il fieno. E le noccioline. E l'uva sultanina." I suoi occhi roteano all'indietro per un istante, poi lei espira ed essi ritornano normali, mentre posa Fluffster per terra.

Guardandomi con evidente delusione, dice: "Ho visto solo che appartiene a te. Sempre se si può dire che appartenga a qualcuno."

"È comunque qualcosa" dice Felix in tono conciliante. "Almeno, sappiamo con certezza che non proviene in qualche modo dalla mia famiglia."

"Ha ragione" dice Ariel. "Ora possiamo essere sicuri del tuo legame con la Russia."

"Vero" rispondo, fingendo un entusiasmo che non provo. Speravo che Maya mi risparmiasse la visita dalla misteriosa Baba Yaga, ma non sono fortunata.

"Allora" dice Felix, sempre lieto d'interrompere i silenzi imbarazzanti. "Cos'avete imparato all'Orientamento, oggi, ragazze?"

Dall'espressione di Maya, sembra che le abbia dato uno schiaffo con la parole 'ragazze'.

Lancio a Felix un'occhiataccia. "Abbiamo parlato delle nostre caratteristiche di Conoscenti immagazzinate nel DNA."

"Ah." Sogghigna. "Le teorie di Hekima mi ricordano quel cartone di Sidney Harris, dove ci sono i due scienziati in piedi accanto alla lavagna, con un mucchio di formule matematiche su entrambi i lati e le parole 'poi si verifica un miracolo' nel mezzo."

Ci osserva tutte, ma a quanto pare sono l'unica a cogliere il riferimento. Decido di rompergli le scatole e simulo un'espressione vuota, come quella delle altre.

"Comunque" prosegue con molto meno entusiasmo. "La battuta finale è 'Credo che tu debba essere più preciso qui, nel punto numero due.'"

Maya emette la risata più finta che abbia mai sentito, e Ariel si nasconde la faccia abbastanza da guardarmi, roteando gli occhi.

Guardo l'aura di Fluffster e degli altri. "Perlomeno, lui cerca di dare una spiegazione. Non mi sembra che tu abbia una teoria sul funzionamento dei poteri dei Conoscenti, delle Altre Terre, eccetera."

Ariel finge di tagliarsi la gola con la mano, un gesto in codice che sta per 'smettila subito con questo argomento'.

Felix riprende vita. "In realtà, ce l'ho una teoria che spiega tutto. Non riesco a credere di non avervene ancora parlato."

"Devo andare in bagno" annuncia Ariel, e mi lancia

un'occhiata come per dire 'ho cercato di avvisarti. Adesso arrangiati'.

Ignorando il suo allontanamento, Felix si sposta verso il divano del salotto e si accomoda. "Hai mai sentito parlare della teoria della simulazione?" chiede.

Indico a Maya di sedersi sul divano, e lei si abbandona proprio vicino a Felix, dunque mi siedo alla sua destra. "Sento questa teoria ogni volta che ti ubriachi o t'infervori."

Guardo Fluffster alla ricerca di sostegno, ma il cincillà si limita a saltarmi in grembo, facendomi segno con la testa di accarezzarlo... e lo accontento. "Parli della realtà che viene simulata tramite un potente computer al di fuori del nostro universo" dico a Felix. "E di tutti i nostri cervelli che vengono simulati."

"Allora credo di avertene parlato" dice, deluso. Poi osserva Maya, ignaro delle loro ginocchia che si sfiorano. "Solo perché ormai sei nel giro, Maya, lascia che ti spieghi meglio a cosa alludeva Sasha. Ma prima, tu usi i videogiochi?"

"Ho lo Switch" risponde, con le guance che diventano rosee, come se avesse appena confessato di essere una pervertita o un'addetta al telemarketing.

"Anch'io ne ho uno" dice Felix, con un'eccitazione nella voce che s'innalza di un'ottava.

"Hai tutte le console che siano mai state inventate" commento, curiosa di vedere come reagirà l'aria sognante di Maya dopo questa rivelazione. Mi stupisco nel notare che lo fissa, sempre più ammirata.

Lui m'ignora e le dice: "Pensa alla differenza tra

qualcosa come Pac Man... un vecchio gioco dove un cerchio giallo corre dappertutto per mangiare dei puntini informi... e l'ultimo gioco di Zelda, dove prende vita un intero micro-mondo in cui ci si può perdere."

Maya annuisce saggiamente, senza mai staccare gli occhi dal viso di Felix.

"E adesso pensa anche alla realtà virtuale." Preso dalla conversazione, tocca la mano di Maya, che sembra in grado di avere un orgasmo o un aneurisma. "Hai mai provato la realtà virtuale sul telefono, o con uno di quegli aggeggi VR?" le chiede.

Lei scuote la testa, poi si lecca le labbra e dice flebilmente: "No, ma mi piacerebbe tanto."

"Io sì" m'intrometto, temendo che Maya, dimenticandosi della mia presenza, salti addosso a Felix... rendendomi testimone di un crimine. "A parte la nausea causata dal movimento, è stato molto figo. Sembrava di essere trasportati in un altro mondo."

"Esatto" esclama Felix. "Vista l'evoluzione dell'industria dei videogiochi, non vi sembra logico che essi alla fine non si possano più distinguere dalla realtà?"

"Forse" dico. "Ad un certo punto."

"Come in *Matrix*?" chiede Maya, con la mano pericolosamente sospesa sopra il ginocchio di lui.

"Hai visto *Matrix*?" Per la prima volta, Felix guarda la ragazza con qualcosa di simile alla consapevolezza di lei come persona vera, e non come un paio di orecchie con cui fare il nerd. "Ciò di cui sto parlando equivale proprio a *Matrix*" continua, senza aspettare la sua risposta, "ma rapportato ad un multiverso, e con persone completamente simulate, come gli agenti di *Matrix*. Niente spine inserite. Niente corpi."

Vorrei dire qualcosa sul fatto che Maya è nata dopo l'uscita di *Matrix*, ma vista l'ammirazione negli occhi della povera ragazza, soffoco questo impulso. La cotta giovanile di Maya non mi trasmette la sensazione di disagio che ho provato, nel venire a sapere dell'appuntamento di Felix.

A proposito della misteriosa ragazza, mi chiedo quando sarà questo appuntamento, perché se si facesse viva nei prossimi cinque minuti, Maya ne rimarrebbe distrutta.

"Wow." Il suo entusiasmo sembra sincero. "Secondo te, il nostro mondo è così?"

"È semplicemente logico." Felix si volta del tutto verso di lei, tagliandomi fuori dalla conversazione. "Se tutti i ragazzi, in qualche universo al di fuori del nostro, possedessero console in grado di simulare intere realtà, e se esistessero milioni o quadrilioni di questi mondi simulati, ma solo pochi reali, allora, statisticamente parlando, sarebbe più probabile per noi trovarci in uno di quelli simulati."

"Tutto ciò è fantastico" dico, massaggiando Fluffster sotto il mento. "Ma che prove ci sono a sostegno di questa teoria?"

"L'universo sembra sospettosamente matematico" risponde Felix, tornando a guardarmi in faccia. "Quasi l'avesse progettato uno scienziato dei computer, magari?" Solleva il monosopracciglio. "E, per tornare al principio di questa discussione, la teoria della simulazione è l'unico modo razionale in cui poter spiegare noi: i Conoscenti."

"Davvero?" chiedo, interessata nonostante tutto.

"Pensaci." Osserva Maya, poi me, quindi ancora lei. "In che altro modo potreste spiegarvi i vostri poteri? Predire il futuro nel mondo reale, probabilmente, sarebbe impossibile, ma se il mondo fosse come un videogioco, allora, con le risorse del computer al di fuori di esso, potreste predire cosa può accadere nel gioco stesso. Anche la psicometria si può spiegare facilmente. Nel mondo di un computer, ogni cosa ha dei metadati: informazioni che descrivono a chi appartiene qualcosa, eccetera."

Maya ha un'espressione sbalordita, ma io sono molto più scettica.

"E come spiegheresti con questo tutte le regole, per esempio 'Se ti trasferisci a Gomorra, con il tempo perdi i tuoi poteri'?" chiedo, lisciando Fluffster in mezzo alle orecchie. "O il fatto che un domovoi abbia bisogno del corpo di un animale, per diventare reale?"

"Interessante il tuo riferimento a Gomorra" osserva, tornando a guardarmi. "In quel mondo, hanno una tecnologia VR, a confronto della quale la nostra sembra un gioco da bambini. Ma, per tornare al mio discorso, i videogiochi sono incentrati sulle regole." Si gira verso Maya. "Perché il modus operandi di Mario, che dovrebbe essere un idraulico, è il salto? Perché non prende a bastonate i Goomba con una chiave inglese?

Qualcosa come la regola del domovoi ha più senso del gioco di Mario, perché forse si basa su una leggenda del mondo in cui è stata creata la console."

Mi gratto la testa. "Non saprei..."

"I Conoscenti potrebbero essere i personaggi con cui giocare" dice appassionatamente. "Un modo per divertirsi con i superpoteri, o essere un vampiro, o un orco, o quello che preferisci. La terra e luoghi simili potrebbero essere zone PVP, mentre Gomorra è una zona non-PVP."

"Cosa vuol dire PVP?" chiedo, notando la vacua espressione di Maya.

"Player versus player" risponde. "Zone dove si può combattere."

Scuoto la testa. "E tutta quella faccenda delle credenze umane che accrescono i nostri poteri? Dove la ficchi, questa?"

Ariel ricompare nella stanza, con i capelli più puliti e il trucco rifatto.

"Questo è probabilmente un dettaglio di realizzazione" dice Felix. "L'universo nel gioco potrebbe essere una realtà consensuale... un buon modo per risparmiare risorse..."

"Stai ancora parlando di questo?" esclama Ariel, fingendosi inorridita (forse). "Perché non offri un caffè alla nostra ospite?"

"Scusa." Felix lancia a Maya un'occhiata impacciata. "Vuoi un tè?"

"Sì" risponde lei, con il tono che usano le ragazze

per acconsentire ad una proposta di matrimonio. "Purtroppo però devo correre a casa."

"Ah." Non si capisce bene se Felix sia deluso perché lei deve andare a casa, o perché (più probabile) deve smettere di parlare delle sue teorie.

"Dovresti tornare per vedere il mio numero di psicometria" le dico, trattenendo la mia stessa delusione per non poterlo eseguire oggi. "Vieni un giorno che puoi fermarti a mangiare. Felix è strepitoso, come cuoco."

Deglutendo rumorosamente, Maya risponde molto in fretta: "Sì. Mi piacerebbe tanto. Grazie."

"Nessun problema" dico, con un'ondata di malizia che sta per travolgermi. Mi rivolgo a Felix. "Potresti accompagnare Maya a casa? Lo farei io stessa, ma devo andare al lavoro."

Felix solleva più del solito il monosopracciglio, e guarda Maya come se prendesse semplicemente nota della sua presenza.

"Non serve" replica lei, con una convinzione così scarsa, che devo soffocare una risata. "Abito a pochi isolati da qui."

"No" dichiara lui, chiamando a raccolta lo sciovinismo da gentiluomo ereditato dal padre... proprio come sospettavo. "Lascia che ti accompagni. Insisto."

"Okay." Maya sbatte pudicamente le ciglia. "Grazie."

"Nessun problema." Balzando in piedi, Felix tende la mano per aiutarla ad alzarsi dal divano.

Arrossendo, lei la accetta, e si alza con esagerata lentezza.

Metto Fluffster sul divano, per accompagnarli alla porta.

"Torno presto" dice Felix, calzando le scarpe da ginnastica.

"Io non ci sarò." Strizzo l'occhio a Maya, quando Felix non mi vede. "Devo lavorare."

Dopo avermi rivolto un timido sorriso, lei esce dall'appartamento insieme a lui.

"Sei pazza?" esclama Ariel, non appena la porta si richiude alle loro spalle. "Vuoi che finisca in prigione?"

"'Compirà diciott'anni tra qualche mese'." Imito la voce acuta di Maya.

"Questo, lo dice lei." Ariel chiude a chiave la porta. "Gli conviene controllare la sua carta d'identità."

"Non succederà nulla tra loro due" dico, andando in cucina. "Resterà fedele a quella ragazza immaginaria, di cui ci ha parlato" aggiungo, quando Ariel si unisce a me. "Sai, il suo potenziale giro di giostra."

"Cosa ne sai, Felix è popolare. Forse, finalmente, perderà la verginità." Ridacchia. "L'appuntamento ha già avuto luogo?"

L'ipotetica verginità di Felix è l'oggetto delle battute preferite di Ariel. Purtroppo, questi scherzi finiscono spesso con una conclusione che coinvolge anche la *mia* lunga astinenza, perciò non li apprezzo molto.

"Non ne ho idea" rispondo. Apro il freezer, fingendo di non aver sentito la parola con la v. "Speravo che lo sapessi tu."

"No." Sembra imbarazzata. "Sono tornata a casa circa un'ora fa."

"Quando tu e Gaius festeggiate, fate proprio *sul serio*." Esaminato attentamente il contenuto del freezer, scelgo i piselli surgelati.

"A che servono?" Ariel socchiude gli occhi di fronte al mio impacco freddo fatto in casa. "È successo qualcosa?"

Spingo di lato la camicia, mostrandole il livido sulla spalla.

"Chi è stato?" chiede. Mi viene sempre più il sospetto che, se l'orco fosse qui a prendersi il merito del proprio operato, gli staccherebbe una parte del suo enorme corpo.

"Te lo devo raccontare lungo la strada verso l'ufficio" dico, tastando pian piano il livido.

La spalla è molle, ma non così brutta come sembrerebbe dalla reazione di Ariel.

Accidenti, quel farmaco è potente.

"Fa' vedere" dice, esaminando attentamente la spalla. "Sembra solo un livido" ammette, guardinga, alla fine. "La terapia del freddo è un'ottima idea."

Lasciati i piselli sul tavolo, mi copro di nuovo e, applicando l'impacco freddo sopra i vestiti, vado verso la porta. "Pronta?"

Ariel osserva il proprio abbigliamento casual, annuisce e completa l'insieme con le sue vecchie Ugg.

Mentre scendiamo, le racconto dell'incontro con i licantropi bulli e della rapina dell'orco.

"Mi spiace tanto" dice, mentre il taxi accosta lungo

il marciapiede. "Mi spiace davvero tanto."

"Non è stata colpa tua" dico, salendo in auto. "Mi hai procurato la pistola. È colpa mia se era scarica, quando mi hanno rapinato."

"Se fossi tornata a casa ad un orario decente, ti avrei accompagnata all'Orientamento." Sbatte la portiera così forte, da incrinare la vernice dell'auto. Il conducente le lancia una torva occhiata nello specchietto retrovisore. "Come ho fatto ad essere così egoista?"

"Non puoi sorvegliarmi ventiquattr'ore su ventiquattro, sette giorni su sette." Riapplico i piselli sulla spalla. "Ora, vuota il sacco. Cos'avete fatto tu e Gaius per tutto questo tempo?"

"Niente." Prova un improvviso interesse per il pavimento del taxi. "Siamo solo amici..."

Mi squilla il telefono.

È una videochiamata da parte di Nero.

"Ti manco già?" dico, accettando la chiamata.

"Mi aspettavo di vederti in ufficio, a quest'ora" dice Nero, scrutando ciò che mi circonda. "Dimmi che sei in un taxi, diretto verso l'ufficio."

"È un taxi" confermo. "Sono quasi arrivata."

"Che cos'è quello?" Guarda i piselli nella mia mano.

"Lunga storia. Ti basti sapere, che vengo al lavoro anche se sono rimasta ferita. Ricordatelo, quando sarà ora del bonus."

"Cos'è successo?" chiede, quasi in un ringhio.

Guardando il conducente davanti a noi, preferisco non rischiare le sofferenze che m'infliggerebbe il

Mandato, se parlassi di cose segrete come gli orchi davanti a un umano.

"Mi hanno rapinato" dico. "Ma è andato tutto bene. Mi è solo costato qualche centinaio di dollari."

"Me ne *ricorderò*." Il suo sguardo, già tempestoso, diventa come un uragano di categoria cinque. "Quando si tratta di ricompense, faccio sempre in modo che giustizia sia fatta."

Dopo questo commento criptico, riattacca.

Osservo Ariel, confusa, ma lei fa solo un sorriso lascivo e, con voce esageratamente sexy, declama: "Avrai la tua ricompensa."

"Non è quello che ha detto." Considero l'idea di lanciarle in testa i piselli, ma viene salvata dal rumoroso trillo del mio telefono.

È una notifica dell'app della mia banca. La apro, e fisso la transazione in questione.

"Nero mi ha appena dato centomila dollari" dico, inebetita. "Per nessun motivo."

Ariel mi guarda a bocca aperta, poi si china. "E se fosse una proposta indecente?" sussurra in modo cospiratorio. "Non si rende conto che potrebbe avere la roba gratis?"

Penso di nuovo che dovrei colpirla con i piselli, ma il telefono trilla di nuovo.

Stavolta si tratta di un'e-mail di Nero, che specifica cosa devo fare per lui oggi. La parte iniziale mi lascia sgomenta: "Se non stai bene, posso farcela senza di te."

Visto il bonus inaspettato che mi ha appena dato, e soprattutto questa premessa (la cosa più bella che Nero mi abbia mai scritto o detto), decido di fare la brava dipendente aziendale e tenere duro.

Ma quando studio il carico di lavoro, l'entusiasmo scema non poco. Nero vuole che prepari una presentazione per dei potenziali investitori, su sei delle azioni che ho raccomandato in precedenza, con un modello completo delle previsioni finanziarie per ciascuna. È un carico di lavoro di tre giorni buoni, se svolto con calma, ma a lui serve entro lunedì sera.

Fregarlo basandomi sull'istinto, in questo caso, è impossibile: bisogna per forza dedicarci delle ore.

"Siamo arrivate" dice Ariel, strappandomi alla mia malinconia, dettata dal lavoro.

Dato che siamo già vicine al mio edificio, allungo la mano verso la portiera.

"Chiamami, quando hai finito" dice Ariel. "Vengo a prenderti."

"Farò una tirata per tutta la notte." Esco dall'auto. "Sarò fortunata, se riesco ad arrivare a casa lunedì sera."

Si acciglia, ma io chiudo la portiera del taxi prima che possa dare una risposta.

Con i fogli di calcolo e i rapporti dell'EBITDA che mi frullano in testa, vado alla mia scrivania.

I piselli non sono più freddi, quando l'ho raggiunta, quindi li butto da parte e, con il piccolo specchio attaccato a uno dei monitor, do un'occhiata al livido.

Quel coso, dalle cento sfumature di rosso, viola, nero e blu, sembra così infiammato, che sono fortunata a provare solo un dolore sordo.

Mi copro, guardandomi intorno furtivamente. Nonostante l'ufficio intorno a me sia deserto, girano voci persistenti su telecamere nascoste in ogni angolo dell'edificio... sequenze di video che Nero, in teoria, guarda di persona. Ho sempre pensato che queste storie fossero grosse esagerazioni o menzogne bell'e buone, in parte perché alcune sono davvero ridicole, come quella del bunker sotterraneo pieno d'oro dove Nero nuota come Zio Paperone. D'altra parte, il fondo investe massicciamente in oro, chi lo sa?

Senza ulteriore trambusto, accendo il computer e mi metto all'opera.

Quando ho fame, ordino due burrito, uno da consumare subito e uno nel cuore della notte, quando non faranno più le consegne.

Dopo mangiato, lavoro sodo a un intero modello finanziario, con tanto di toggle, stime, eccetera, prima di concedermi il lusso di un bicchier d'acqua.

Alle tre di notte, dopo sufficienti progressi con il secondo modello, mi concedo la seconda cena e due tazze di caffè espresso.

All'alba, sono così stanca, che comincio a dimenticare tutti i tasti di scelta rapida di Excel, e pagherei centomila dollari per farmi un sonnellino nel mio letto.

Quando le persone cominciano ad affluire alla spicciolata come tutti i lunedì mattina, faccio pausa per prendere un po' di porridge nella mensa aziendale.

Lo finisco durante il percorso a ritroso, rendendomi conto di essere stata molto fortunata ad andare nel locale, per poi dormire fino a tardi il giorno prima. Se non fosse stato per quell'uscita, mi sentirei facilmente molto peggio di così... cioè come un limone spremuto, messo poi in un frullatore.

Alle undici, sento il suono di un messaggio sul telefono.

Viene da papà.

Non vedo l'ora di pranzare insieme.

Oh no, è oggi.

Mi chiedo se dargli buca, e probabilmente lo farei, se non l'avessi evitato per tutto questo tempo. Per come stanno le cose, decido di rispettare l'impegno del pranzo, ma fuggendo al primo momento socialmente accettabile.

Il ristorante sushi si può raggiungere a piedi: imposto sul telefono un promemoria per uscire alle 12:15 e mi mando per e-mail dei report trimestrali, da leggere lungo la strada.

Quindi mi rimetto al lavoro.

La sveglia suona, strappandomi al mio stordimento da Excel. Sfregandomi gli occhi stanchi e annebbiati, noto di aver fatto un gran lavoro nell'ora e quindici minuti appena trascorsi.

Con un simile progresso, potrei concedermi un pranzo un po' più lungo.

Tengo il naso incollato al telefono per tutto il tragitto fino al ristorante, cercando le informazioni che mi servono per il prossimo modello, e stranamente non vado a sbattere contro troppe persone.

Papà mi aspetta fuori dal ristorante.

Non ha l'aura.

Non so se sentirmi delusa, o sollevata.

Alto e con un abito fatto su misura, papà ha un aspetto incredibile per un settantasettenne, e probabilmente dimostra dieci anni di meno. Ma comunque, non è per l'aspetto 'giovanile' che è finito sposato con la Moglie 2.0, la quale è sulla quarantina. Papà è titolare di una società tecnologica di grande successo, che produce stampanti 3D, e la sostituta della mamma sarà forse in cerca di un uomo ricco... anche se, a dire il vero, anche mamma l'ha probabilmente sposato per i suoi soldi.

"Ehi, giovanotta" dice con il suo tipico accento di Boston. "Sono felice che tu ce l'abbia fatta."

"Ciao, papà" rispondo, con una fitta di senso di colpa. "È bello vederti."

Mi rivolge un largo sorriso e, con un gesto da maggiordomo, mi apre la porta del ristorante.

Infilo il telefono in tasca ed entro.

Forse avrei dovuto incontrarlo prima. Mi sembra di avere il passo più leggero, e la mia stanchezza precedente sembra diminuita. E (questo potrebbe essere solo effetto placebo) anche la spalla ammaccata non mi dà così tanto fastidio.

"Ciao, cara" dice papà in tono civettuolo alla bellissima direttrice di sala. "Io e mia figlia abbiamo prenotato a nome Braxton Urban."

E di punto in bianco, ritorno sulla terra e la leggerezza se n'è andata. Papà ha appena precisato alla signora che è con sua figlia, così lei sa che non abbiamo un appuntamento? Noto tra l'altro che non porta la fede nuziale... ma per quanto ne sappia io, a quest'ora, lui e la Moglie 2.0 possono aver divorziato.

In ogni caso, ecco qui papà, che flirta sempre con tutte quelle che respirano.

"Giovanotta?" chiama, e lo guardo astiosa, sentendomi di nuovo come un'adolescente.

"Sediamoci" dico, e seguo lui e la cameriera.

La donna fa dondolare i fianchi come un pendolo, mentre cammina, e ovviamente papà fissa il panorama, ipnotizzato.

Ci consegna i menu e mi concentro a fondo sul mio, determinata a fare qualche respiro, per non dire qualcosa di cui pentirmi in seguito.

"Il sashimi di salmone reale è favoloso" dice il cameriere dagli abiti sgargianti, saltato fuori dal nulla come un ninja.

Alzo lo sguardo su di lui e annuisco. "Lo provo."

Non aggiungo che gli darò una mancia extra per il fatto di essere un uomo, risparmiandomi così un'altra scena di papà che flirta con una donna.

"Lo ordino anch'io" afferma papà. "Prendo anche le capesante vive e un rotolo di mango e avocado."

"Li aggiunga anche al mio ordine" dico, e sorrido a papà.

È stato lui a introdurmi, inizialmente, alla cucina giapponese, e dato che mamma rifiutava anche la sola idea, il sushi per noi è sempre stata una faccenda padre-figlia. Con il tempo, abbiamo perfino sviluppato gli stessi gusti in fatto di entrée.

"Ho una domanda strana" dico, quando il cameriere se ne va. "Per caso ti scorre sangue russo nelle vene, in base alle tue origini?"

Papà prende un tovagliolo e lo posa meticolosamente in grembo. "Non che mi ricordi. Perché?"

"Nessun motivo" mento. "Solo per parlare."

Si stringe nelle spalle. "Sono un americano meticcio... in parte tedesco, che è da dove proviene il cognome, ma anche in parte francese e irlandese, con un briciolo d'italiano."

"Penso che potrei essere russa" sbotto. "Dal punto di vista biologico, intendo."

Il cameriere torna per mettere in tavola due tazze di tè verde e due zuppe di miso.

"È possibile" dice, pensoso. "Ma quando ti abbiamo trovato, ci siamo rivolti all'ambasciata russa, e non avevano tracce di te."

A differenza di mamma, papà non si sente minacciato, quando parlo dei miei genitori biologici... cosa di cui gli sono sempre stata grata.

"Ho mai avuto animali domestici, da piccola?" chiedo, proseguendo con l'interrogatorio. "Non me ne viene in mente nessuno, ma..."

"Non avevamo animali." Papà raccoglie la zuppa e la culla tra le mani, come per scaldarsele. "Tua madre..."

"E tu?" Bevo un sorso di tè verde... qui lo fanno ottimo. "I tuoi parenti hanno avuto degli animali, da piccoli?"

"No. Tuo nonno soffriva di gravi allergie." Sorseggia

la zuppa direttamente dalla terrina, nel tradizionale stile giapponese. "Ma una volta avevo un acquario."

E se Fluffster si fosse incarnato in un pesce? Sembra improbabile, inoltre, il fatto che papà non sia russo prova che Fluffster non è arrivato dalla sua parte della famiglia... Lo sospettavo già, ma sono lieta di verificarlo, prima di vedere Baba Yaga.

Mi raddrizzo sulla sedia, e per poco non mi do una botta in fronte.

Questo pranzo non è l'unico impegno del lunedì, di cui mi sono quasi dimenticata. Stasera alle undici devo anche incontrare Baba Yaga.

Come faccio a stare sveglia per lei, dopo la tirata notturna? E se...

"Stai bene?" chiede papà, accigliato. "Sembri cotta."

"Ho dovuto lavorare tutta la notte." Non essendo così intransigente come papà, prendo il cucchiaio per la zuppa. "È un gran casino, al lavoro."

"Dovrebbero apprezzarti di più, in quel posto." Rimette giù la terrina. "Lo sai, che puoi venire a lavorare per me quando vuoi, vero?"

"Ora lo so" dico con un sorriso grato.

Annuisce e finisce il resto della zuppa.

Non sapevo affatto di poter lavorare per lui, e l'offerta diffonde più calore nel mio corpo della zuppa e del tè messi insieme. Non accetterei mai, ovviamente, però gli sono riconoscente. Voglio avere la sensazione di guadagnarmeli, i miei soldi, inoltre la sua azienda si è trasferita a San Francisco, e amo troppo vivere a New York.

Arrivato il nostro sushi, lo assaliamo voracemente, parlando della sua attività... che è in rapida espansione.

"Ho visto la tua performance in TV." Gesticola, eccitato, con le bacchette. "Ero così orgoglioso."

"Non so se si ripeterà ancora" dico, mentre l'appetito scompare.

"Ti riferisci a quelle stupidaggini su YouTube?" Si porta alla bocca un pezzo di salmone crudo.

Annuisco. Non posso dirgli la verità... che una società segreta di creature soprannaturali mi ha vietato di apparire in TV, o in generale di praticare la magia davanti a umani come lui.

"Non devi farti toccare da loro" dice. "Gli hater odieranno sempre."

La combinazione di queste parole e del suo accento mi fa sbuffare, ma la spensieratezza s'interrompe, quando vedo un altro cliente del ristorante.

È Beverly, una delle più pettegole amiche di mamma.

Distolgo immediatamente lo sguardo.

Mi avrà visto? Spero proprio di no. Non è che mi vergogni di risentire papà, è solo che mamma sarebbe più felice, se non lo sapesse.

"Devi tornare in ufficio?" chiede lui, fraintendendo la mia faccia preoccupata.

"Sì" rispondo, e non è una bugia. Ho una tonnellata di lavoro da fare.

"Vai." Si pulisce la bocca con il tovagliolo. "Ci penso io al conto."

Normalmente mi opporrei a questo, ma date le

particolari circostanze, dico: "Grazie mille, papà. La prossima volta tocca a me."

Mi sorride, chiaramente lieto di sapere che ci sarà una prossima volta.

"È stato fantastico rivederci." Prende il portafoglio e indica al cameriere di fermarsi.

"È vero." Balzo in piedi, facendo cigolare la sedia. "Chiamami, quando sarai ancora nei paraggi. Organizzeremo qualcosa."

Faccio per evadere, quando una mano mi tocca la spalla ferita.

"Attenzione" dico con una smorfia.

Ovviamente, la mano appartiene a Beverly. Per un attimo avevo perso di vista quella linguaccia, e ora è vicino a me che dice: "Che ti prende, Sasha?" Con un profondo cipiglio, arricciando il naso a forma di chicco di mais, aggiunge: "Salve, Baxter."

"Stavo uscendo" dico, togliendo la mano dalla mia spalla. Forse ho usato troppa forza, poiché Beverly, dopo, si massaggia il polso.

"Voi aggiornatevi" dico loro, e lasciando sia papà sia Beverly nello shock di un suggerimento così abominevole, corro fuori dal ristorante e telefono a mamma.

Voglio controllare le sue origini, per sicurezza, e subito. Quando Beverly lancerà la bomba di questo pranzo, sarà più difficile interrogare mamma.

Risponde al terzo squillo.

"Ciao, tesoro" dice con del rumore di sottofondo. "Non ho molto tempo per parlare."

"Hai origini russe?" chiedo di botto. "Felix, il mio coinquilino, proviene dall'ex Unione..."

"No, cara" risponde mamma di fretta. "La mia famiglia proviene dalla nobiltà britannica. Devo avertelo detto."

Ora che ci penso, me l'ha detto, ma tendo a non considerare parecchie cose che dice. Altrimenti, avrei il cervello come una discarica piena dei minimi dettagli di mamma.

"Hai mai avuto animali domestici, da piccola?"

"La nonna aveva un parrocchetto" risponde. "Perché? Sei sotto effetto di droghe?"

"Non ho preso droghe" ribatto, cercando di non sembrare esasperata. Poi mi passa per la testa un'idea maligna, e aggiungo: "In realtà, c'è una cosa importante che volevo dirti."

"Che cos'è?" chiede, impaziente. Sa fiutare i pettegolezzi.

"Sono stata a pranzo..." Invece di continuare a parlare, sibilo nel telefono, poi premo il tasto silenzioso per un secondo, riattivo il suono, dico 'sushi', sibilo e tolgo l'audio di nuovo. Riattivando l'audio, affermo: "Mamma, penso che tu stia per crollare."

Adesso, se mamma mi chiede perché non le ho detto nulla del pranzo con papà, posso affermare di *averlo* fatto... e che forse non mi ha sentito bene, perché le serve un telefono nuovo.

"Comunque, devo andare" dice. "Sto facendo un giro di Parigi. Perché non ci sentiamo più tardi?"

"Okay, buona idea. Sono felice che la notizia non ti

abbia turbato" concludo, riattaccando prima che possa pormi altre domande.

Cammino in silenzio per qualche secondo, e rifletto. Ora posso essere quasi sicura che Fluffster sia il collegamento ai miei genitori biologici. L'alternativa è che sia stato un pesce o un parrocchetto in una delle due famiglie non russe, che non includevano nemmeno dei Conoscenti... in altre parole, improbabile.

Ora devo finire tutto il lavoro, per riuscire ad arrivare all'appuntamento di stasera con Baba Yaga... l'ultima speranza che mi rimane.

Con un profondo respiro, visualizzo i report trimestrali che ho preparato prima, e li leggo sul telefono per il resto del tragitto fino alla scrivania.

Alle tre del pomeriggio, ho fatto enormi progressi nel mio carico di lavoro, ma la tipica apatia che arriva a quest'ora della giornata mi pesa sulle spalle, minacciando di farmi crollare dal sonno sulla sedia.

Prendo una dose di caffè, sforzandomi di tenere gli occhi aperti mentre mi dedico all'ultimo modello.

Quando finalmente finisco tutto, sono le 08:23 di sera.

Non mi stupisce che la privazione del sonno sia una tecnica di tortura: sarei pronta a spifferare tutti i miei migliori segreti di magia, per poter chiudere gli occhi.

Sbattendo le palpebre degli occhi stanchi e annebbiati, digito tutto con questa introduzione: "Sono fusa. Se non ti sento nei prossimi cinque minuti, vado a casa e crollo."

Mando l'e-mail a Nero e appoggio la testa sulla

scrivania. Se devo attendere, tanto vale che chiuda questi poveri occhi.

La superficie della scrivania sembra un cuscino sotto la guancia e, senza volerlo, mi addormento.

SONO UNA COSCIENZA, priva di corpo, che fluttua in un vicolo secondario.

Mi ci vuole un momento, per riconoscere questo particolare e sudicio angolino della città. Qua è dove ci sono i giganteschi cassonetti per l'immondizia dell'edificio in cui lavoro, ma la gente vi si riunisce per fumare di nascosto senza essere giudicata... soprattutto se fuma erba. Quando fumi, immagino che la puzza della spazzatura non ti dia così fastidio.

C'è una riga composta da quattro sagome. La strada è abbastanza larga, da far entrare un camion dei rifiuti, ma questi quattro sono così grossi, da occupare quasi tutta la larghezza della strada.

Conosco questo gruppo.

Sono gli orchi che hanno cercato di uccidermi.

Quello più a destra è l'orco con l'elmetto da cantiere, quando sono quasi rimasta uccisa nella caduta degli oggetti. Vicino a lui c'è l'orchessa che mi ha quasi trasformato in un pancake con la macchina, subito dopo l'incidente in cantiere. L'orco che portava a passeggio il cane è vicino alla donna, e dietro di lei c'è l'orco più grosso, che oggi ha finto di essere un rapinatore e che mi ha causato il livido sulla spalla.

"Sono le 08:45" dice l'orco rapinatore, con una voce che mi metterebbe i brividi, se avessi un corpo. "Dov'è lui?"

"Già" commenta la donna, con voce quasi altrettanto profonda. "E dov'è Bogof?"

"Bogof arriva sempre in ritardo" dice l'orco padrone del cane. Noto che tutti gli orchi hanno in comune la voce spaventosa. "Possiamo occuparci dei nostri affari senza di lui."

Chi è questo 'lui' menzionato dal rapinatore? E poi, chi è Bogof? Si può presumere che Bogof sia il nome di un altro orco, e non l'abbreviazione della tecnica di vendita 'buy one, get one free', 'compri due, paghi uno'?

Cosa più importante, chi aspettano questi quattro? Stanno per rapinare qualcuno al posto mio, tanto per cambiare?

Gli orchi guardano l'entrata del vicolo.

Invece di un altro orco (sempre se Bogof lo è), il nuovo arrivato mi è molto familiare.

È Nero, e sta andando dritto verso il gruppo di orchi, come se non li vedesse.

Ancora peggio, un altro orco (probabilmente il sopracitato Bogof) segue Nero da lontano... e il mio capo sembra non accorgersi neanche di lui.

"No" voglio gridare a Nero, ma sono senza bocca. "Non andare lì. È una trappola."

Nero continua a camminare.

Gli orchi si dispongono a semicerchio, avvicinandosi minacciosamente a lui.

CAPITOLO VENTI

APRO GLI OCCHI.

Ho sempre la testa sulla scrivania, ma l'adrenalina che mi scorre in corpo mi obbliga ad alzarmi di scatto.

Il mio telefono segna le 08:38 di sera.

Compongo ansiosamente il numero di Nero, ma la chiamata finisce dritta alla segreteria telefonica.

Merda.

Era una nuova visione in sogno, quella scena nel vicolo secondario?

Sembrava proprio come quelle che ho avuto qualche giorno fa.

Secondo questa ipotesi, riguardava qualcosa che sta per succedere oggi? Perché, se *è* una profezia per oggi, Nero sta correndo un grave pericolo, adesso.

Senza pensarci oltre, agguanto la borsa con la pistola e corro verso l'ascensore, cercando intanto degli alleati.

Ma la maggior parte dei colleghi ha già lasciato l'ufficio, e i pochi analisti ancora al lavoro sembrano degli smidollati.

Se solo potessi trovare uno degli addetti alla sicurezza dell'edificio.

Poi, però, mi rendo conto che non ho tempo per convincere le persone ad unirsi a me, anzi, sarò fortunata se riesco a raggiungere il vicolo, facendo tutto il percorso in fretta.

Grazie al cielo, l'ascensore arriva presto, e premo il pulsante "P"... la via più rapida per arrivare a destinazione.

Il cuore mi martella nel petto, quando raggiungo il parcheggio coperto, quasi deserto.

Mentre lo attraverso di corsa, estraggo la pistola dalla borsa con dita sudate.

Nell'arma ci sono sei proiettili. Gli orchi sono cinque. Non ho buone possibilità. Ciascuno dei miei proiettili dovrebbe colpirne uno, possibilmente in testa... un obiettivo esageratamente ambizioso, vista l'abilità nel tiro che ho dimostrato al poligono.

Continua a frullarmi in testa un pensiero codardo. Perché sono disposta a rischiare la vita per Nero?

Se volessi solo agire da buona samaritana, potrei chiamare il 911, raccontare una storia senza coinvolgere visioni e orchi, e poi incrociare le dita. Visto che ho già cercato di contattarlo per telefono, avrei avuto la coscienza pulita.

D'altro canto, la chiamata è finita nella segreteria

telefonica, e so che i poliziotti non sarebbero arrivati in tempo. Quindi, un altro modo per porre questa domanda codarda è: sono disposta a lasciar morire Nero?

Per qualche motivo, ogni parte di me grida un sonoro 'No'.

Non capisco questo aspetto di me stessa. Lo faccio perché, ieri sera, è stato gentile con me per un secondo? O ha a che fare con tutta quella situazione disastrosa, in cui si sono introdotti dei pensieri su di lui mentre avevo un vibratore sulle mie parti femminili?

Se sopravvivrò (cosa che, tristemente, sembra improbabile), dovrò capire se provo qualche sentimento per Nero... intendo, oltre alla normale seccatura.

No, è assurdo. Lo voglio salvare, perché è la cosa giusta da fare. La cosa coraggiosa da fare. Essere coraggiosi non vuol dire questo: fare qualcosa, sapendo che è da pazzi?

Schizzo fuori dal parcheggio e svolto l'angolo.

Ora mi trovo a qualche metro dal vicolo secondario: se volessi tirarmi indietro, questo sarebbe il momento adatto.

Mandando giù un profondo respiro, stringo più forte la pistola e mi precipito verso l'angolo.

Nell'oltrepassarlo, mi basta una brevissima occhiata per verificare che il sogno era davvero una visione.

Nero è già qui. Già circondato dagli orchi... proprio come nel mio sogno.

C'è anche l'altro orco... Bogof... proprio davanti a me. Il suo piano, presumo, è aggredire Nero alle spalle.

"Adesso o mai più" penso tra me e me, e sollevo la pistola.

CAPITOLO VENTUNO

LA PISTOLA È pesante nella mano, rendendomi dolorosamente consapevole della spalla ferita. Digrignando i denti, ignoro il dolore e avanzo verso l'enorme schiena di Bogof.

Premo la canna contro la montagna di carne e sibilo: "Se ti muovi di un altro centimetro, o articoli un suono, sei morto."

Bogof si gela immediatamente.

Trascino la canna lungo la sua schiena, premendogliela poi contro la testa... sebbene sia costretta a stare sulle punte dei piedi, per riuscire a raggiungerla. Imitando Clint Eastwood, sussurro: "Questa è una .44 Magnum, pivello."

L'orco solleva le braccia rigonfie sopra la testa. "Avrei dovuto lasciarti annegare e basta" ringhia sottovoce.

Ha appena detto quello che penso io? Tutta questa adrenalina mi rende difficile concentrarmi, ma penso che Bogof abbia appena ammesso di avermi praticato la rianimazione cardiopolmonare... e prima di questo, probabilmente, mi ha anche spinto in acqua.

Quella schiena imponente ha un'aria tremendamente familiare.

Davanti a noi, gli altri quattro orchi sono a pochi passi da Nero.

Nonostante la faccia di Nero non sia visibile dal mio punto di vista, non mi sembra abbastanza teso, vista la situazione. Si limita ad avvicinarsi all'orco rapinatore... il più grosso dei cinque esemplari davanti a me... e per un attimo, i due se ne stanno lì, a fissarsi con i petti gonfi, come galli giusto prima di una rissa.

Mi rendo conto che il mio piano di salvataggio ha un grosso difetto. Se sparo a qualunque dei quattro orchi vicini a Nero, con la mira che ho, è più probabile che colpisca lui e non loro.

Beh, almeno tengo Bogof sotto controllo, e posso sparare in aria per tentare di spaventarli; non sanno quanto sono pessima come tiratrice.

"Non la dovevi ferire" ringhia Nero all'orco rapinatore, spaventandomi tanto da farmi quasi cadere la pistola. Il suo tono minaccioso mi solleva la pelle d'oca sulla nuca, e mi ci vuole un attimo per comprendere cosa stia dicendo davvero.

La pistola sembra aumentare di mezzo chilo ogni secondo che passa. Chi è questa 'lei' a cui si riferisce Nero? Potrebbe essere forse...

Le spalle del rapinatore si curvano. "Io..."

"Le hai causato un *livido*, fottuto imbecille." Non mi

stupirei, se le finestre qua vicine si fossero incrinate per il ruggito gutturale di Nero.

Con mano tremante, cerco di capire il senso della situazione.

Il mio capo ha appena parlato di un livido.

Io ho un livido.

Prima che possa analizzare ulteriormente quello che Nero ha appena gridato, lui fa una cosa.

Un gesto straordinariamente rapido.

Un secondo prima, l'orco rapinatore sta brontolando una risposta, quello dopo la sua testa finisce in mille pezzi... Sangue e cervella schizzano sul resto del gruppo, come per un idrante rotto.

Nero si muove di nuovo.

Sebbene sia a malapena visibile, con la sua velocità, l'aspetto del suo braccio è strano. È più grande del normale, e vedo un luccichio di qualcosa simile ad artigli.

Qualunque cosa Nero abbia fatto, il risultato è che il corpo del rapinatore piove verso il basso, come se qualcuno avesse fatto esplodere una bomba dentro di lui.

Il gigante che aveva il cane stringe i pugni, grandi come la mia testa. "Ha solo fatto quello che tu..."

Nero gli si avvicina in un movimento quasi invisibile, e il corpo del padrone del cane esplode in pezzettini di carne di orco e ossa rotte.

La gravità di questa violenza mi lascia così sgomenta, che quasi scarico la pistola addosso a Bogof... ma in realtà vorrei gettarla via e scappare.

Il computer nel mio cervello sta andando in crash. Una vocina razionale mi ricorda di una pseudoverità, che ho completamente scordato nel venire qui di corsa.

Tutti sembrano sempre camminare sulle uova, quando sono vicini a Nero... e adesso capisco il perché.

L'orchessa grida qualcosa, che si trasforma in un gorgoglio di sangue, quando la sua testa vola da una parte e il suo corpo a brandelli dall'altra.

L'orco del cantiere, apparentemente il più intelligente, cerca di scappare verso me e Bogof.

Ma non riesce a percorrere più di un metro, prima che Nero lo acciuffi. Sebbene i movimenti del mio capo siano quasi invisibili, il risultato è anche troppo vivido... un altro orco che diventa un kebab, con il sangue che spruzza in ogni direzione.

Bogof sta tremando.

Io ho il cuore in gola.

Ancora coperto di sangue e carne di orco, Nero si gira verso di noi... con un'espressione selvaggia neanche lontanamente umana negli occhi grigio-azzurri.

Bogof si rende conto che la morte tramite il mio proiettile è preferibile a quello che Nero ha in mente, perciò si volta.

Pietrificata, ho solo il tempo di vedere che la sua pelle verde non è truccata, prima che apra la bocca davanti alla mia pistola.

Le sue fauci presentano molto più di trentadue denti, oltre alle zanne... che i suoi furtivi simili devono aver limato.

Per un attimo, sembra che mi spinga a sparargli in bocca, come in un suicidio, ma poi addenta la pistola.

Le leggendarie unghie sulla lavagna hanno un suono paradisiaco, in confronto allo scricchiolio del metallo piegato contro le ossa.

Con occhi spalancati, esamino l'impossibile risultato finale.

Metà della pistola si trova nella bocca di Bogof, e l'altra metà rimane nella mia mano madida di sudore, mentre le enormi braccia dell'orco cominciano a stringersi su di me.

Mi lascia a tal punto basita il fatto che le ganasce e i denti dell'orco siano abbastanza forti, da mordere l'acciaio, che finalmente premo il grilletto.

Non succede nulla.

Bogof sputa il metallo masticato e si china, inondandomi con il suo fiato fetido.

Lo colpisco sulla fronte sporgente con i resti della mia arma.

Bogof nemmeno sbatte le palpebre. Le sue enormi braccia portano a termine il movimento di prima e mi cingono, schiacciandomi contro il suo corpo gigantesco.

Senza darmi la possibilità di dire addio alla vita, riapre le fauci sopra la mia testa.

CAPITOLO VENTIDUE

CI SIAMO.

Se riesce a spezzare in due una pistola con un morso, quei denti mi affonderanno nel cranio come zucchero filato.

Ma l'orco non fa in tempo a chiudere la bocca.

Nero afferra le fauci di Bogof con le mani che sono ritornate normali, in un gesto che si usa con i coccodrilli dei cartoni, e (quasi senza alcuno sforzo) squarta in due la bocca dell'orco.

Sangue e cervella mi schizzano addosso dappertutto.

Muovendosi ancora troppo rapidamente perché riesca a seguirlo, Nero fa un'altra cosa con le mani.

Le enormi braccia di Bogof cadono a terra attorno a me con un sonoro ciac.

L'orco sputa un fiume di sangue dagli incavi vuoti, che prima ospitavano le braccia e la testa, poi cade a terra... dove il calcio di Nero gli sfonda l'imponente cavità toracica e schiaccia il cuore gigante, ancora pulsante nonostante la violenza.

Rotta la paralisi, indietreggio, ignorando il sangue che mi copre la faccia e mi gocciola negli occhi.

"Stai bene?" chiede Nero, con una voce tanto bassa e anormale, che vibra nei miei organi interni.

Mi pulisco la faccia con la manica... ma è come tentare di pulire una ferita d'arma da fuoco con un bastoncino cotonato. Non faccio altro che imbrattarmi la faccia di sangue.

Sempre indietreggiando, fisso la carneficina intorno a noi, come se la risposta alla domanda di Nero potesse essere dedotta da un'ispezione delle interiora degli orchi.

"Perché sei qui?" Con un movimento fluido, come se avesse fatto pratica, Nero si toglie uno spesso strato di sangue dal viso.

Andare in giro a squartare orchi è la norma, per lui?

Finalmente, ritrovo la voce. "Perché sono qui *io*? E tu? Perché sei qui?"

Nero raddrizza la testa e avanza di un passo.

Faccio un altro passo indietro, ma scivolo sui resti insanguinati di un orco. Agito le braccia freneticamente, nel tentativo di stare in equilibrio.

Nero esegue un altro movimento quasi invisibile e m'intercetta, prima che possa cadere con un tonfo nella schifezza sanguinolenta intorno a me.

Le sue braccia sono incredibilmente forti, e il suo corpo caldo mentre mi tiene contro il petto. Le mie viscere si stringono in modo strano, il cuore si mette a battere un po' più forte, mentre posa con cautela i miei piedi a terra.

"Stai bene?" mormora, guardandomi dall'alto.

Nonostante le gambe malferme, riesco a staccarmi da lui e a trovare un pezzo di lastricato miracolosamente incontaminato dai resti degli orchi.

Nero non mi segue, con mio sollievo.

"Non ti farò del male" dice, di nuovo con la sua normale voce profonda.

"Ah-ha." Mi guardo intorno alla ricerca di un'altra oasi, ma mi trovo nell'unica parte di terreno senza orchi.

Sangue o Nero? Non so cosa sia peggio.

"Non mi avvicinerò a te" dice, indovinando correttamente il mio dilemma. Infila nel taschino interno una mano lorda di sangue.

Non so cosa mi aspettassi di vederlo tirar fuori, ma un telefono era verso il fondo della lista.

"Un secondo" mi dice.

Guardo, con gli occhi fuori dalle orbite, mentre Nero compone un numero, disinvolto.

"Sì. Sono Nero. Mi servi adesso" dice in tono imperioso. "Dove ci sono i cassonetti, vicino al mio edificio. Cinque ordini extra-large. Va bene la tariffa platino."

Respirando l'aria dall'odore metallico, cerco di riordinare i pensieri.

Non riesco a togliermi la sensazione di dover pensare a qualcosa di molto importante... che ho sulla punta della lingua.

Una cosa che sarebbe ovvia, se l'adrenalina non mi stesse scorrendo nelle vene come acido.

Poi ho un'illuminazione.

"Stava per dire 'Ha solo fatto quello che tu ci hai detto di fare', vero?" chiedo con voce poco più alta di un sussurro. "L'orco che aveva il cane." Indico un mucchio di vari pezzi di corpo. "Ero io, quella che non dovevano ferire, giusto? Sono io quella con il livido, che ti ha provocato quel... raptus, vero?"

Nero si acciglia. "Sasha..."

"Non chiamarmi Sasha." La mia voce diventa stridula, prima che mi renda conto di gridare in faccia all'uomo che ha appena ricreato a mani nude una scena di *Non aprite quella porta*. Con un respiro profondo, passo ad un tono quasi calmo. "Dimmi che non hai assoldato questi orchi per seguirmi."

Nero rimane in silenzio.

Stringo i pugni. "Perché?"

Riesco quasi a vedere il suo cervello da manipolatore che lavora.

"Hai mai visto *Karate Kid*?" Con un calcio delicato, sposta lateralmente un grosso pezzo di Bogof, come per aprire una strada più pulita, se per caso volesse raggiungermi con un balzo. "O è stato prima che tu nascessi?"

"Che cosa?" Sono così allibita, che dimentico la mia rabbia. Poi, capendo che forse è questo il suo obiettivo, socchiudo gli occhi e incrocio le braccia. "Mi auguro che questo discorso porti al fatto degli orchi."

"In quel film" dice Nero, come se non mi avesse

sentito, "un ragazzo voleva imparare il karate, e il maestro gli diede diversi lavoretti da completare, che sembravano non c'entrare nulla con il combattimento. Eppure, alla fine, servivano ad insegnargli i movimenti di attacco e di difesa..."

"Dai la cera, togli la cera" dico, mentre la sensazione di entrare in *The Twilight Zone* diventa sempre più forte. "La mia coinquilina me l'ha fatto vedere. Ma ancora non capisco cosa..."

"Ho saputo che eri una veggente, fin dal primo istante in cui ho posato gli occhi su di te" dichiara Nero e, mentre rimango sotto shock per quest'informazione, simile ad un calcio nello stomaco, prosegue. "Sapevo anche che volevi padroneggiare il tuo potere, ma c'era un problema: il tuo scetticismo profondamente radicato."

Lo fisso, mentre la testa minaccia di esplodermi come quella degli sventurati orchi.

"Quindi, ti ho fatto da Mentore." Nero allontana con un calcio un altro pezzo di orco. "Ti ho dato delle azioni da cercare, ma sempre meno tempo per eseguire delle ricerche adeguate." Incrocia le braccia sul petto, imitando la mia postura. "Il mio scopo era spingerti ad affidarti al tuo potere di veggente, per stare dietro all'aumento delle mie richieste... e l'hai fatto egregiamente."

"Dai la cera, togli la cera" mormoro, cominciando a capire.

"Esatto" dice Nero. "Tranne il fatto che il quadro più

generale non si è mai concretizzato. Non hai mai creduto in te stessa. Mai accettato di essere una veggente. Al contrario, hai attribuito il tuo successo nella finanza alla fortuna, alla tua intelligenza, a qualunque cosa, tranne a quello in cui dovevi credere. Ecco perché i tuoi poteri possono manifestarsi solo quando dormi... quando la tua coscienza, perennemente vigile, è a riposo."

Ho la bocca così spalancata, che un rivolo di sangue di orco mi finisce dentro, e mi viene un conato di vomito. Sputo con ferocia per qualche istante, mentre Nero aspetta, paziente.

Quando ho finito di star per vomitare, le sue parole mi entrano in testa.

Come un maledetto Peter Pan, devo credere nella mia magia per essere in grado di praticarla. Visto che un simile autoconvincimento non era nato spontaneamente, lui ha cercato di spingermi nella giusta direzione, facendomi selezionare delle azioni istintivamente e basta... e il successo l'avevo ancora imputato alla fortuna, anche dopo aver scoperto dei miei poteri di veggente.

"Ti sentivi frustrata, perché non stavi avendo delle visioni diurne" dice, quando finalmente smetto di togliermi di bocca il sapore del sangue di orco. "E mi hai chiaramente suggerito che le situazioni stressanti ti aiutavano ad attivare le visioni... nei sogni, a quel punto."

No.

Non può intendere quello che penso io.

Gli orchi rientravano in una specie di folle addestramento, per sollecitare le mie visioni diurne?

Mi fissa con sguardo indecifrabile.

"Hai davvero definito 'situazioni stressanti' quelle esperienze di premorte?" L'incredulità nella mia voce non rende giustizia alla confusione vorticante nella mia testa. "Conosci il significato della parola 'eufemismo'?"

"Non hai mai corso alcun pericolo." Si avvicina di un passo.

Indietreggio il più lontano possibile, senza abbandonare la zona pulita. "Sono quasi annegata..."

"Bogof era un ottimo nuotatore." Nero osserva ciò che rimane dell'orco. "Ti avrebbe salvato... se fosse stato necessario, dico."

"Un mattone mi ha quasi sfondato la testa." Mi accorgo che sto urlando.

"Attentamente orchestrato per finire a più di venti centimetri da te" ribatte.

"Quell'auto..."

"Ho dovuto mollare ventimila dollari, per personalizzare quell'auto." Nero fa un altro breve passo verso di me. "Se non ti fossi spostata, avrebbe sterzato... e ti dovresti interrogare su questo. Come *facevi* a sapere di doverti spostare in fretta?"

Ignoro la domanda, nonostante sia una maledetta e sensata domanda. "E il cane? Adesso te ne starai lì, a dire che era un cane robot? O aveva dentro una bomba, che potevi far esplodere se avessi corso dei pericoli?"

"Max è un cane in carne e ossa ben addestrato, non ti avrebbe toccato neanche se tu gli avessi fatto del male per prima." Se non lo conoscessi meglio, penserei che Nero si fosse offeso... che sfacciataggine, quell'uomo. "Non ucciderei un cane in questo modo. Che genere di mostro pensi che..."

La mia risata rasenta l'isteria. Lui *è* un mostro, ma non so bene di che tipo. "L'ultimo tizio mi ha puntato una pistola alla testa..."

"Era scarica." Nero sposta un altro pezzo di orco sanguinolento dalla strada che ci separa. "Ma, dato che non eri da sola, quell'imbecille non ha rispettato il copione. Concordiamo, spero, sul fatto che lui e i suoi simili abbiano pagato abbastanza per questo." Indica con naturalezza la carneficina.

Non mi guardo intorno, o ricomincerò a vomitare. "Potevo morire comunque. Avrei potuto spostarmi sotto il mattone, invece di allontanarmene, avrei potuto saltare nella stessa direzione in cui avrebbe sterzato la macchina, avrei..."

"Eri al sicuro" dice Nero con voce ferrea. "Darian mi doveva un favore, e gli ho chiesto di predire l'esito di questo esercizio." La sua espressione diventa cupa. "Mi ha assicurato che saresti stata al sicuro."

Soffoco l'impulso di prendere un succoso, grosso pezzo di carne di orco, e di lanciarlo in testa a Nero. "Anche se questa storiella su Darian fosse vera, le sue visioni non possono garantire la mia incolumità." Poi qualche diavoletto mi spinge ad aggiungere: "Per esempio, sapevi che il tuo bell'amico Darian ha avuto una visione del futuro, in cui era mio amante?"

Dal lampo negli occhi di Nero, sembra pronto a disintegrare qualcosa o qualcuno.

È geloso?

In tal caso, me ne importa veramente qualcosa?

"Come puoi intuire" dico, mentre mi costringo ad osservare il bagno di sangue, "se Darian c'entra qualcosa in tutto questo, il roseo futuro che ha visto non succederà."

"Su questo, siamo d'accordo." Il volto di Nero è quasi terrificante, come durante il macello. "Tra te e Darian non succederà mai niente."

Il tono possessivo nella sua voce porta la mia rabbia fremente al punto di ebollizione.

"Ho avuto delle visioni mie" lo informo a pugni stretti. "Non appena quelle maledette cose arrivano, possono cambiare. Il solo fatto di avergli detto che non mi sarebbe successo nulla, poteva causare la mia morte."

La faccia di Nero si distende, ridiventando fredda e inespressiva. "Darian, con tutti i suoi errori, se la cava meglio di te nelle profezie. Lui considera l'impatto della sua stessa visione, e perfino l'effetto delle visioni degli altri veggenti. C'era in ballo la sua vita, quando gli ho chiesto il favore, perciò non avrebbe sbagliato." Sembra che Nero stia cercando di convincere entrambi.

"A te questo sembra normale?" Scosto di lato il colletto della camicia, mostrandogli il livido.

Nel vederlo, i suoi occhi emettono un pericoloso luccichio. Stanno per spuntargli di nuovo gli artigli?

Poi capisco. Sapeva già del livido... è quello, evidentemente, che ha portato a questo massacro. Durante quella videochiamata gli avevo detto di essere ferita, ma non i dettagli, quindi l'unico modo in cui poteva venire a sapere del livido nello specifico, era tramite le telecamere dell'ufficio (dove ho esaminato la spalla), nel caso in cui le voci siano vere.

Ma non posso essere più arrabbiata di così. Una violazione della privacy non è niente, in confronto a quello che mi ha già fatto passare.

"Anche se non correvo pericoli... ma in realtà era così... non avevi il diritto di farmi questo" dico, guardandolo di traverso.

"In qualità di tuo datore di lavoro, avevo tutti i diritti di darti del lavoro da svolgere" replica Nero, facendo un passo avanti. "E in quanto al testare il tuo coraggio, anche questo rientra tra i miei diritti di Mentore."

"Ah, è così?" Adesso sono così arrabbiata, da avanzare sul serio verso di lui... mettendo subito piede in una pozza di sangue. Il disgusto dei pezzi di corpi spiaccicati sotto le scarpe mi fa salire in gola il sapore della bile e, prima che possa ripensarci, dico a Nero: "In tal caso, mi licenzio. Lascio questo lavoro" indico con il pollice l'edificio del fondo speculativo alle mie spalle, "e lascio *te* definitivamente."

Accorcia la distanza tra noi e il suo corpo grande e grosso incombe su di me. "Non dirai sul serio" mormora, e la nota d'intimità nella sua voce accelera ulteriormente il mio battito cardiaco.

Lottando per mantenere calmo il respiro, indietreggio verso l'oasi senza sangue. "Oh, dico sul serio. Non sono mai stata più seria in vita mia. Trovati un'altra veggente da maltrattare."

"Non ne voglio un'altra." I suoi passi arrivano sul limitare della mia zona sicura.

"Quello che vuoi tu non è un mio problema." Non sono mai stata così fiera, di aver dichiarato qualcosa con calma.

La stazza di Nero è appena aumentata, o ha sempre occupato così tanto spazio tridimensionale? È come se una creatura molto più grossa fosse intrappolata nel corpo di un uomo, e adesso minacciasse di uscire, lacerando quello che incontra. "Stai prendendo decisioni avventate e in preda alle emozioni" dichiara e, nonostante il tono di ghiaccio, il suo alito alla menta è caldo sul mio viso. "*Cambierai idea.*"

Un rombo di motori interrompe la mia replica secca... e probabilmente è meglio così.

Per quanto mi tenti, non è saggio opporsi a questo Jack Lo Squartatore soprannaturale, o qualunque cosa sia Nero.

Una delle auto in arrivo è un carro funebre, mentre l'altra sembra un incrocio tra un furgone-chiosco e una di quelle vetture blindate, che le banche usano per trasportare il denaro.

Le auto parcheggiano vicino alla scena di violenza, e tutte le portiere si aprono contemporaneamente.

Non mi sorprende di vedere Pada... l'uomo che ha

ripulito un simile macello di resti di zombie per Vlad, e uno zombie molto animato per me.

I suoi uomini assomigliano a lui, in versione più giovane, perfino nelle giacche di pelle nera e nelle espressioni imbronciate.

"Jik, prendi il segaossa" grida Pada a un tizio asiatico, che sembrerebbe il più giovane del gruppo. "Wen, tu oggi ti occupi della pompa" grida ad un altro, che sembra vagamente un indiano d'America.

Lo staff si dedica al macello con un'efficienza fuori dal comune.

"E lei?" chiede Pada a Nero, indicandomi come se fossi una carcassa sanguinolenta, che rientra tra le sue competenze.

"Dev'essere riportata a casa" risponde Nero. "Puoi farlo tu, mentre i tuoi colleghi finiscono qui?"

Con un grugnito, Pada si protende nella parte posteriore del carro funebre ed estrae un grande impermeabile rosso.

"Metti questo" mi dice, con voce un po' più gentile del solito.

Sempre a corto di parole, ma sollevata all'idea di tornare a casa, infilo l'orribile aggeggio dalla testa, spalmando sangue dappertutto.

Pada fruga nell'auto più grossa e torna con un salviettone bianco. Prima che possa protestare, lo usa per tamponarmi la faccia. Mi bruciano gli occhi, e l'odore di una sostanza chimica mi fa venire voglia di starnutire e vomitare allo stesso tempo... una pericolosa combinazione.

Sta cercando di narcotizzarmi con il cloroformio?

No.

Sono ancora dolorosamente cosciente.

Quando Pada, finalmente, rimuove la salvietta, sembra il tampone di un film slasher.

Intercetta il mio sguardo, nell'aprire la portiera del carro funebre. "Sali."

Eseguo quanto mi viene chiesto, consapevole degli occhi di Nero che seguono ogni mia mossa fino al punto vicino all'auto.

"Parlavo sul serio." Mi volto per guardarlo, mentre afferro la maniglia della portiera. "Abbiamo chiuso."

Nero fa per rispondere, e provo un enorme piacere nello sbattere la portiera, prima che possa pronunciare una parola... Ma potrebbe dire qualsiasi cosa, e non cambierei idea.

"Ottima idea" osserva Pada, quando monta in macchina e chiude la sua portiera. "Perché non inimicarti anche il diavolo, dato che ci sei?"

"Sicuro che il diavolo non sia in realtà Nero?" chiedo, ed è solo una mezza battuta.

"Se sapessi cosa fosse, non credo che apparterrei alle specie viventi" sussurra Pada, come se Nero potesse sentirci dentro la macchina... e per quanto ne sappia io, ne è in grado.

Non aggiungo altro, quindi Pada avvia l'auto e fa retromarcia.

Il carro funebre esce dal vicolo e, dopo qualche fatica iniziale, Pada riesce ad immetterlo nella strada.

"Non ho mai avuto occasione di chiedertelo" dico,

mentre procediamo lungo Broadway. "Che tipo di Conoscente sei *tu*?"

"Uno onesto e che lavora" risponde, con gli occhi sempre fissi sulla strada.

"Sul serio?" Mi giro verso di lui, e l'impermeabile emette dei fruscii gommosi.

"Non so bene cosa vuoi che dica." Pada mette la freccia. "I miti sulla mia specie sono molto poco lusinghieri."

"Non me ne frega proprio niente." Mi abbasso il cappuccio dell'impermeabile, ma dopo un'occhiataccia di Pada, lo rimetto al suo posto.

"Se insisti, ti farò degli esempi" risponde con un sospiro di esasperazione. "L'antenato di Jik, per esempio, in Giappone si chiamava Jikininki." Mi osserva, in attesa di una reazione, ma data la mia espressione vacua, aggiunge: "Il bis-bis-bis-bisnonno di Wen si chiamava Wendigo... forse l'hai sentito nominare?"

Wendigo mi è vagamente familiare, ma devo cercare su Google entrambi i termini con il telefono... cosa di cui mi pento, non appena leggo descrizioni come 'spiriti che si nutrono di cadaveri di esseri umani' per il Jikininki, e 'leggendario mostro cannibale' per il Wendigo.

"Poco lusinghieri?" Esamino alcune immagini delle due creature, disegnate da mano umana. "Ma no!"

"Il nostro è un grave scopo da perseguire." Pada taglia brutalmente la strada ad un taxi giallo, e per poco non investe un pedone nella stessa manovra. "Di certo, non ce ne importa un fico secco della delicatezza e della sensibilità altrui."

"*Io* ti apprezzo" lo rassicuro, in caso si riferisca alla mia sensibilità... e di delicatezza, ne ho ben poca. "Scusa, se sono un po' stizzosa. Vedere Nero che gioca a fare Shredder, tende a tirare fuori questa parte di me."

"Era un bel macello" dice Pada, svoltando di nuovo.

"Già." Mi sfrego gli occhi, come se potessi in qualche modo cancellare il film snuff inciso nelle retine. "Ti dispiace, se faccio una telefonata rapida?"

"Accomodati pure." Pada infila la mano in fondo alla giacca di pelle, prende un paio di auricolari e li infila sopra le orecchie. Ad alta voce, aggiunge: "Probabilmente, è meglio che mi concentri sulla strada comunque."

Rispondo con i pollici a mezz'aria e prendo il telefono. Ho ancora quell'appuntamento delle undici con Baba Yaga, e immagino che sia meglio spostarlo ad un giorno in cui non ho passato la notte sveglia e non sono sopravvissuta ad un bagno di sangue di orco.

Visualizzo il numero del locale di Baba Yaga e chiamo.

Mi risponde di nuovo quella piacevole voce femminile in russo fluente e, quando chiedo della titolare, inoltra la chiamata al manager, come prima.

"Sasha" dice Koschei con la sua tipica voce da Custode della Cripta. "Non mi aspettavo di sentirti, fino all'ora che ti è stata riservata più tardi."

"Sto chiamando proprio per questo." L'auto passa su

una buca, e tengo più stretto il telefono. "Vorrei spostare l'appuntamento a un altro giorno. Se va bene."

Un silenzio di tomba cala all'altro capo della linea.

"Pronto?" dico. "È caduta la linea?"

"No" risponde Koschei, con una voce doppiamente da brividi.

"No, non è caduta la linea?"

"No, non 'va bene' venire meno al tuo impegno."

"Okay" dico con la massima gentilezza possibile, date le circostanze. "Allora ci vediamo alle undici, com'eravamo d'accordo."

"Assicurati di arrivare in tempo" conclude in tono piatto Koschei, e riattacca.

"Che persona affascinante" mormoro sottovoce.

Pada non sembra consapevole della mia presenza, ma sta canticchiando la melodia emessa dalle sue cuffie: *No One Loves Me and Neither Do I* dei Them Crooked Vultures.

Invece di disturbare la quiete di Pada, chiudo gli occhi, sperando di addormentarmi e forse di avere qualche informazione utile, nelle visioni in sogno, sull'incontro con Baba Yaga.

Purtroppo, nonostante la brama del mio cervello, non mi addormento.

"Siamo da te" dice Pada e, quando apro gli occhi, vedo che siamo davvero vicino al mio palazzo. "Lascia che ti accompagni di sopra."

Apre la portiera e mi conduce fino all'ascensore.

"Puoi usare l'acqua fredda, per attenuare le macchie di sangue" m'informa in tono colloquiale, dopo aver premuto il pulsante per il mio piano. "In seguito, puoi applicare l'acqua ossigenata, aspettare un momento, e poi sciacquare con acqua calda."

"Non ho intenzione di tenere dei vestiti impregnati di sangue" replico con un brivido. "Spero solo di potermelo lavare via dalla pelle."

"Acqua calda e sapone dovrebbero farti tornare come nuova" dice. "Se non vuoi tenere questi vestiti, sarebbe meglio che li portassi via con me."

L'ascensore emette un suono all'arrivo.

"Sembra una buona idea" dico, poi usciamo.

Mentre cammino, sento un esagerato rantolo femminile, e nel guardarmi alle spalle vedo Rose che lascia cadere a terra il sacco della spazzatura. Il suo sguardo è diretto alle macchie di sangue che mi sono appena lasciata dietro.

"Sto bene" informo rapidamente Rose. "Non è il mio sangue."

"Pulirò questo disastro" dice Pada. "Ciao, Rose."

"Ciao, Pada" gli risponde con un'occhiata di noncuranza, prima di riconcentrarsi su di me. "Sasha, cara, ti conviene andare a lavarti, poi mi aspetto che ti fermi da me per spiegarmi cos'è successo."

"Che ore sono?" domando.

"Le nove e mezza" dice Pada, controllando l'orologio.

"In tal caso, dovrei avere il tempo di fermarmi per una veloce tazza di caffè" dico a Rose. "Ho un appuntamento a Brighton Beach alle undici."

"Va'" mi esorta. "Stai perdendo sangue dappertutto."

Mi affretto a raggiungere l'appartamento e apro la porta.

"Pronto?" grido, quando entriamo io e Pada. "C'è nessuno in casa?"

Fluffster ed Ariel vengono a salutarci. Il viso di Ariel diventa bianco come un lenzuolo, e probabilmente a Fluffster sta succedendo l'equivalente per un cincillà... non sono così brava a leggere le espressioni dei roditori.

"Sto bene" spiego in fretta. "Non è sangue mio."

Mi tempestano di domande, ma le evito tutte e vado dritta in bagno.

"Ariel" urlo una volta a destinazione. "Puoi portarmi un paio di sacchi della spazzatura, per favore?"

Quando arriva, entro nella vasca, chiudo la tenda e mi spoglio, gettando tutti i vestiti insanguinati nei sacchi.

Dall'aspetto, sembra che nella povera vasca qualcuno si sia tagliato le vene.

"Puoi dare questo a Pada con i miei ringraziamenti?" Metto i sacchi fuori e, senza attendere una risposta, giro il pomello della doccia per aprire al massimo il getto d'acqua.

Preso il bagnoschiuma, mi cospargo di uno spesso strato e lascio che i caldi getti d'acqua trascinino rivoli rossi fino allo scarico.

La porta del bagno si chiude, ma presto si riapre.

"Comincia a parlare" dice Ariel, coprendo il suono dell'acqua che scorre.

"Sul serio" aggiunge mentalmente Fluffster. "Non puoi fare un ingresso del genere, e poi non sputare il rospo."

"Va bene" dico, mentre mi copro con un altro strato di sapone. "Sono stati gli orchi."

Racconto loro l'accaduto, concentrandomi sul come e perché sia stata colpa di Nero.

"Ecco spiegata la strana rianimazione cardio-polmonare" commenta Ariel alla fine. "E come quegli orchi siano arrivati sulla Terra. Nero, di certo, ha abbastanza autorità, da portarli qui e passarla liscia."

"Specialmente adesso." La mia pelle emette un suono gommoso e cigolante, a questo punto, ma applico un altro spesso strato di sapone sul mio corpo. "Sono efficacemente spariti."

"Sai" commenta Ariel, "in effetti, avevi detto di aver sentito qualcosa prima delle aggressioni. Forse Nero aveva..."

"Puoi accompagnarmi a questo appuntamento con Baba Yaga?" chiedo, per cambiare discorso. L'ultima cosa che voglio sentire, è lei che scusa quel bastardo manipolatore.

"Ma certo" risponde. "Vado a preparare la macchina."

"Puoi preparare il trasportino di Fluffster, prima di andare?" Mi verso un'altra copiosa manciata di sapone nella mano destra. "Amico, presumo che ti stia bene venire con me. Immagino che la strega abbia bisogno della tua presenza per la cura dell'amnesia... sempre che ne abbia una."

"Non vedo l'ora di rinfrescarmi la memoria." La sua risposta mentale trabocca di vivo desiderio. "Aspetterò nella gabbia."

Quando se ne vanno, mi sciacquo e ripeto la procedura del sapone qualche altra volta, prima che la pelle cominci a bruciarmi.

Uscendo con riluttanza dal tepore della doccia, mi asciugo con la salvietta e mi spazzolo i denti con la stessa meticolosità riservata alla pelle.

Con indosso la salvietta, sgattaiolo nella mia stanza e, dopo una riflessione molto breve, decido d'indossare dei vestiti comodi e rinunciare al trucco.

Andando verso la porta dell'appartamento, trovo Fluffster già dentro la gabbia speciale che gli ho preso, quando l'ho portato dal veterinario.

"Devo fare un salto da Rose per un momento" gli dico. "Vuoi venire anche tu?"

"Aspetterò qui" dice Fluffster, sicuramente al ricordo di Lucifera, la gatta di Rose.

Mi dirigo verso la porta di Rose.

Quando mi apre, ha come sempre un trucco impeccabile. Porta anche dei nuovi orecchini e un abito estivo alla moda, che lascia molto scoperta la pelle... una pelle che sembra abbastanza bella, da appartenere a una donna con la metà dei suoi anni. O degli anni che ipotizzavo di darle, quando la credevo umana.

La gatta viene tranquillamente a gironzolare, per vedere chi c'è alla porta. Con un'aria enormemente delusa sul muso piatto e peloso, si degna di notare la mia esistenza, poi corre via in salotto.

"Entra" dice Rose, guidandomi dentro. "Lascia che ti offra il caffè."

La gatta è sdraiata in mezzo al tappeto del salotto, perciò le cammino accanto per sedermi sul divano.

Rose esce e, con mio totale sgomento, Lucifera si alza, salta sul divano vicino a me, e si accoccola contro la mia gamba, facendo proprio le fusa.

"Stanno per volare gli asini?" chiedo alla gatta. "O è perché ti ho salvato la vita?"

Mi rivolge una fredda occhiata, che sembra significare: "Sei calda, e Sua Maestà aveva bisogno di rannicchiarsi contro *qualcosa*. Non montarti troppo la testa di punto in bianco."

Rose torna e mi porge una tazza di caffè caldo, che sorseggio nel ripetere il mio racconto... questa volta partendo dagli incidenti con gli orchi, e finendo con la loro carne trasformata in poltiglia.

"Devi andare ancora più indietro, credo" dice Rose, appoggiandosi alla sua poltrona. "Non mi hai mai detto come ti sei unita ai Conoscenti, e come sei diventata la Pupilla di Nero."

"Te lo racconterò un'altra volta." Massaggio distrattamente Lucifera sotto il mento... e, dato che non mi mangia il dito, significa che le piace. "Tra un momento devo scappare."

Rose solleva un sopracciglio perfettamente curato, e mi chiedo quanto sia difficile portare a termine questo gesto, con tutto quel Botox.

Visto che continua a fissarmi, le spiego rapidamente

come la ricerca dei miei genitori biologici mi abbia condotta all'imminente incontro con Baba Yaga.

Rose ascolta attentamente la mia storia. Magari, in qualità di strega, trova affascinante il progetto di ripristinare la memoria di Fluffster?

"Devi fare attenzione, quando si tratta di Yaga" dice alla fine. "Le streghe, come ti ho detto, possono essere pericolose, e a maggior ragione con lei."

"Beh" rispondo, mentre un improvviso guizzo di speranza mi accende una lampadina sopra la testa. "*Tu* pensi di poter ripristinare la memoria del mio domovoi?" Bevo un sorso di caffè. "Se sì, non avrei bisogno di vederla."

"Purtroppo no" dice Rose, con gli occhi azzurri dal mascara pesante, rivolti verso il basso. "La mia specialità è la manipolazione del potere. Se tu mi chiedessi di rendere più forte il tuo domovoi per un lasso di tempo, o più protetto, saprei accontentarti, ma quello che cerchi rientra tra le competenze di Baba Yaga." Appare pensierosa per un istante, poi continua: "Penso, però, di poter fare qualcosa per te." Si toglie un anello dal mignolo e me lo porge. "Indossa questo."

Mi metto l'anello. È una semplice fascetta d'argento con un piccolo gioiello sopra.

Un gioiello che, mi rendo conto, ha un'aria familiare.

È un minuscolo cugino della pietra che Nero ha trasformato in poligrafo, quando il Consiglio mi ha interrogato... la pietra presente anche sulla collana che ho indossato alla Grande Festa, e che tengo ancora nascosta nella mia stanza.

"Inspira profondamente" dice Rose, e punta l'indice verso l'anello.

Faccio un respiro ben distinto, e in questo istante un flusso roseo di energia, emanato dal dito di Rose, entra nel piccolo anello.

Il respiro trattenuto fuoriesce violentemente dai miei polmoni, mentre l'energia si diffonde nel mio corpo con un formicolio, lasciandomi incredibilmente rinvigorita... anche se ciò potrebbe essere dovuto all'effetto del caffè.

"Che cos'è, questo?" Studio l'anello.

"Protezione" risponde Rose, alzandosi dalla poltrona. "Ora ti conviene andare. Meglio non far aspettare una come Baba Yaga."

Trattengo una decina di domande e, dopo aver spostato di lato Lucifera con cautela, mi alzo.

"Non firmare alcun contratto, indipendentemente da cosa succede" dice Rose. "I contratti, nel nostro mondo, tendono ad essere piuttosto vincolanti."

Annuisco, e nel frattempo suonano al campanello.

Le labbra di Rose si curvano in un sorriso consapevole. "Vieni. Ti accompagno fuori e lo faccio entrare."

Ci dirigiamo verso la porta e, quando la apre, non mi stupisco di vedere Vlad.

Il suo sguardo scivola su di me, quasi senza accorgersene, poi si concentra, pieno di apprezzamento, su Rose.

La perfezione del suo solito aspetto cupo e meditabondo è segnata da un lieve sorriso, sfuggente come quello della Gioconda.

Entra con passo tranquillo e, prima che io possa dire ciao e ci vediamo, le sue mani pallide cingono Rose in uno stretto abbraccio.

Prendo l'uscita come se l'appartamento stesse andando a fuoco, però lo vedo comunque baciarla.

Con passione. Sulla bocca.

Non riesco a non fissarli, sbalordita.

Già, a livello intellettuale so che Rose e Vlad fanno coppia fissa, ma è scioccante lo stesso assistere a questa pubblica dimostrazione d'affetto... è come vedere i genitori che fanno sesso.

"Mi conviene scappare" mormoro, poi vedo le lingue entrare seriamente in azione, e vado dritta a prendere Fluffster nel mio appartamento, il più velocemente possibile.

Gabbia in mano, esco, salgo nell'auto di Ariel, e racconto alla mia coinquilina tutto quello che ho appena visto.

CAPITOLO VENTITRÉ

IL FATTORINO vicino all'Izbushka ci dice qualcosa in russo. Ariel gli sorride incomprensibilmente e gli porge le chiavi.

Afferrata la gabbia di Fluffster dal retro, dico: "Se vengo a Brighton Beach ancora una volta questa settimana, mi regaleranno una bottiglia di vodka."

Saliamo i gradini e Ariel mormora qualcosa d'incomprensibile, fissando l'armamentario delle zampe di gallina vicino all'entrata.

Un buttafuori grande come un orco (ma chiaramente umano) ci apre le pesanti porte e anche lui dice qualcosa in russo. Lo ringraziamo in inglese ed entriamo furtivamente nel ristorante.

Dentro, la capanna è tutt'altro che rustica. Ci sono marmo e cristallo dappertutto, e mi ricordano il Metropolitan Opera... soprattutto, se qualcuno l'avesse ricreato da qualche parte a Las Vegas, calcando la mano con i gioielli.

Su un palco al centro della stanza si sta svolgendo uno spettacolo in stile cabaret. Per quanto la musica dal suono russo sia allegra, non si può dire lo stesso della clientela.

Odio gli stereotipi, ma solo due parole mi frullano in testa, osservando la serie di loschi tizi tatuati con le accompagnatrici potenziate dal silicone.

Mafia russa.

"Tu devi essere Sasha" dice una voce familiare.

Mi giro. Sebbene, a sentire la voce di persona, sembri ancora più scheletrico, Koschei non è come me l'ero immaginato... cioè un vecchio emaciato, ma è snello, giovane e pericolosamente bello. Ha i capelli corvini lunghi fino alle spalle, e nei suoi occhi verde marmo brilla una luce maliziosa, mentre ci fissa da sotto le sopracciglia blu-nere.

"E tu sei?" chiede ad Ariel, con un mezzo sogghigno che gli compare sul viso.

"Qui per accertarmi che nessuno molesti la mia amica" risponde lei con un sorriso, che a malapena nasconde la minaccia nella voce.

"Solo alla veggente è concessa udienza. Dovrai aspettare qui." Indica un tavolino.

Ariel mi guarda, incerta, e quando annuisco, si accomoda al posto offertole.

Koschei fa un gesto ad un cameriere, poi si gira verso di me. "Seguimi" dice.

Si addentra nel ristorante senza più voltarsi indietro.

Ogni volta che un gangster intralcia la strada a

Koschei, l'uomo magro si limita a guardare il criminale, e uno dopo l'altro, i grossi tizi tatuati sgattaiolano via, come se fosse il triplo di loro.

Koschei, chiaramente, gode di una certa fama.

"Qui dentro" dice, quando ci avviciniamo ad una porta sul retro.

Tendo la mano verso la maniglia, notando che questa entrata sembra proprio la porta in una semplice capanna di legno... che stona completamente con l'eleganza dell'ambiente circostante.

La porta si apre con il cigolio di vecchie montagne russe di legno.

"Ciao, cara" dice qualcuno all'interno, con un marcato accento russo. La voce androgina sembra appartenere ad una persona vecchissima.

Infilo dentro un piede con cautela ma, prima di oltrepassare la soglia, Koschei mi dà una lieve spinta sulla schiena. Inciampo nella stanza e lui sbatte la porta dietro di me.

Ripreso l'equilibrio, studio la stanza e la sua occupante.

Questo posto, con le pareti, il pavimento e il soffitto di legno, sembra la copia di una capanna in una foresta. Yaga dev'essere fissata con il legno, poiché perfino la terrina e i cucchiai sono di legno... decorati con lo stile vivace e colorato delle matrioske.

Beh, almeno non vedo nessun contratto che devo evitare di firmare.

La padrona di casa (sempre se questa è Baba Yaga in persona) sembra addirittura più vecchia, di quanto facesse presumere la voce. Alcune rughe sulla sua fronte hanno le loro rispettive rughe. In effetti, sembra così anziana, che avrei potuto scambiarla per un vecchio. Solo la sua pettinatura, a forma di dente di leone, conserva qualcosa di femminile. I suoi abiti sembrano perfino più vecchi di lei, e consistono in una specie di stoffa grossolana con dentro dei buchi. Un sacco per le patate, forse?

Nonostante tutto ciò, i suoi occhi non sono lacrimosi, ma brillano di viva intelligenza e forza.

"Sasha?" Pronuncia il mio nome come i genitori di Felix.

"Ciao" dico. "Baba Yaga, giusto?"

"Sei una veggente?" chiede con accento più spiccato. Annuisco.

"I veggenti sono creature utili." Alzandosi con energia dalla sua sedia di legno, Yaga protende la mano e mormora qualcosa sottovoce.

"Scappa" dice Fluffster nella mia mente. "Ti sta lanciando un incantesimo."

Prima che possa comprendere appieno le parole del mio animale domestico, per non parlare di passare all'azione, una luce nera viene sprigionata dalle dita della strega e mi colpisce dritta in fronte.

Un dolore straziante mi trafigge il cervello, confondendo i miei pensieri.

"Sta cercando di rubare la tua volontà" avverte Fluffster. La sua voce mentale sembra provenire da lontano. "Non rientra nella mia sfera di competenza, quindi non posso fermarla. Mi dispiace tanto."

CAPITOLO VENTIQUATTRO

IL DOLORE nel cervello cambia leggermente... come se una calamita spostasse l'ignobile energia dalla testa al corpo.

L'agonia passa dalla spalla alla mano.

È così intensa, che per poco non mi cade il trasportino di Fluffster.

Poi vedo l'elettricità nera diventare rosa vicino all'anello di Rose e il dolore svanisce pacificamente, con la stessa rapidità con cui è apparso, proprio mentre l'anello si spezza a metà.

"L'incantesimo non è riuscito" m'informa eccitato Fluffster. "Dovremmo uscire di qui, prima che ne lanci un altro."

Non sapendo come comunicare telepaticamente con Fluffster, non gli dico che uscire da una stanza chiusa, sorvegliata dall'altro lato da Koschei, potrebbe non essere facilissimo.

Poi ho un'illuminazione.

L'anello di Rose mi ha protetto.

Solo che adesso è rotto, e la protezione è sparita.

Agendo per puro istinto, fingo di spostare la gabbia di Fluffster da una mano all'altra e, sfruttando il principio di magia di un movimento più grande che ne nasconde uno più piccolo, ruoto l'anello finché la pietra non è rivolta verso il palmo della mano.

Come speravo, Baba Yaga non sembra avermi visto trafficare con l'anello.

Sembra invece sbigottita, per il fatto che riesca ancora a muovermi.

La guardo di traverso.

Quando incrocia il mio sguardo, sfrutto la sua distrazione per piegare la mano, come se ci nascondessi una carta. Così, non potrà vedere le condizioni dell'anello, anche se io spero che non lo consideri nemmeno.

"Hai appena cercato di prendere il controllo della mia mente?" le chiedo in tono colloquiale, come se molte persone ci avessero provato ma senza successo.

Mi fissa. "A quanto pare, hai degli amici potenti." Di colpo, il suo accento è molto meno marcato. "Sembra che io non possa ricorrere a scorciatoie, oggi. Per il bene di tutti, davvero. Mi ci vorrebbe un po' di pratica nel contrattare alla vecchia maniera." Mi guarda, come se fosse la prima volta. "Che cosa volevi, cara?"

Per quanto sia molto tentata di rispondere che non voglio assolutamente nulla, l'intuito mi sconsiglia di optare per questa linea di condotta. "Il mio domovoi" dico pacatamente, e sollevo più in alto la gabbia. "Voglio ripristinargli la memoria."

Vorrei che Nero fosse qui, così potrei dirgli di aver appena seguito l'intuito senza ripensamenti. È chiaro che mi stia fidando ciecamente di lui, cominciando a credere nei miei poteri. E poi, se Nero fosse qui, scommetto che la strega non avrebbe osato nuocermi.

"Un domovoi?" Baba Yaga studia, interessata, la gabbia. "Come hai fatto a procurartelo?"

"È quello che speravo di scoprire." Dominando il nervosismo, faccio un passo verso la vecchia e avvicino Fluffster al suo naso rugoso. "Non ricorda nulla di quanto è successo, prima di assumere questa forma animale."

Chiude un occhio e osserva i baffi di Fluffster come un gioielliere. "Non ricordano mai. Mettilo qui." Indica il tavolo di legno con un dito deforme.

Poso delicatamente la gabbia su di esso e la apro.

Baba Yaga si avvicina a Fluffster e tende la mano verso di lui.

Senza un attimo di esitazione, Fluffster le morde il dito.

"Com'è aggressivo." Yaga stacca il dito dal cincillà e, guardandolo con severità, dice a bassa voce: "Dimentichi di non essere nel tuo territorio. Qui, nel mio, sei esattamente ciò che sembri: un ratto con il pelo."

"Fluffster" dico, mossa ancora dall'istinto, che mi dice che il mio amico corre un grave pericolo. "Sii gentile con la signora. Sta cercando di aiutare."

Con il dito in bocca, Baba Yaga va nell'angolo della stanza, dove c'è un mortaio gigante vicino a una grossa scopa. "Potrei provare a ripristinare i suoi ricordi. L'ho fatto con altri della sua specie, anche se meno testardi. Potrebbe ricordare solo un barlume della sua ultima incarnazione, oppure ricordarle tutte nei dettagli... non ci sono garanzie in queste faccende."

"Però lo puoi fare" confermo.

"Potrei" risponde e, quando sogghigna, sono pochi i denti puntuti che conto nella sua bocca, altrimenti vuota.

"Allora." Mi sforzo di rimanere calma. "Lo farai? Per favore?"

"Sei così carina, quando supplichi." Il sorriso di Baba Yaga si allarga ancora di più, e una grande fossetta rugosa le compare sulla guancia. "Lo farò. Ma un giorno, e non arrivi mai quel giorno, ti chiederò di ricambiarmi il servizio. Ma fino a..."

"È una citazione del *Padrino*?" chiedo, talmente incredula, da mettermi a ridacchiare istericamente.

"E se avessi detto 'occhio per occhio'?" Il sorriso di Baba Yaga diventa predatorio. "O forse, 'ci scambieremo i favori'?"

"Non mi fido di lei" dice Fluffster con urgenza nella mia mente. "Di sicuro ti chiederà quel favore nei prossimi cinque minuti, e non ti piacerà."

Di nuovo, vorrei potergli rispondere mentalmente. Così gli direi che, senza ulteriori protezioni di Rose, mi trovo in una posizione alquanto vulnerabile. Se Baba Yaga volesse disperatamente qualcosa da me, potrebbe ritentare con l'incantesimo di prima, e stavolta funzionerebbe facilmente.

Cosa potrebbe volere da me, in ogni caso? Visto il dramma che ha fatto per la storia della veggente, l'ipotesi più probabile è che desideri una profezia... o almeno, questa è la migliore a cui il mio cervello stanco per la tirata notturna, e saturo di adrenalina, riesca a pensare.

Forse, se avessi schiacciato il mio pisolino di bellezza, riuscirei meglio a capirlo.

"Non farò alcunché d'illegale per te" dichiaro, dopo una pausa così densa di significato, che se fosse un lago ci si potrebbe galleggiare dentro. "Con questo, intendo dire che non infrangerò le leggi degli umani, né le regole scritte o non scritte dei Conoscenti."

"C'è altro?" chiede, con un po' troppa allegria. Le piace davvero contrattare, oppure sta solo giocando con il cibo?

"Il favore deve rientrare tra le mie capacità al momento della richiesta" dico. Se dovesse chiedermi una profezia nei prossimi quindici minuti, immagino, potrei rispondere in tutta onestà che non so controllare i miei poteri, e che non posso accontentarla. "Non puoi usare il favore per chiederne altri" aggiungo, pensando a tutte le storie sui ginn.

"Accordato." Baba Yaga si sputa sulla mano e la tende verso di me.

Osservo la stanza alla ricerca di una contenitore di legno di Purell, ma non ne trovo e tendo riluttante la mano per farmela stringere.

Quantomeno, è un accordo verbale: temevo che mi chiedesse di firmare qualcosa.

"L'incantesimo, o quello che è, può essere pericoloso per lui?" Guardo Fluffster, preoccupata, dopo aver ritratto la mano e, con la furtiva abilità di un'illusionista, la sfrego sui pantaloni.

"No" risponde Baba Yaga. "Subito dopo il trattamento, potrebbe sentirsi debole, ma quando l'avrai riportato nel suo territorio, sarà come nuovo."

"È l'ultima occasione per ritirarsi" gli comunico.

"Sono preoccupato per te, non per me" replica mentalmente Fluffster. "Non voglio che tu debba qualcosa a questa creatura per colpa mia."

"Lo sto facendo per me" gli ricordo ad alta voce. Non m'interessa se Baba Yaga mi sente, non è chissà che segreto da sfruttare.

"Bene" dice Fluffster. "In questo caso, sono pronto."

"Fallo." Guardo Baba Yaga con una sicurezza che non provo. "Affare fatto."

Con il viso teso dalla concentrazione, Baba Yaga allunga le mani nodose verso Fluffster, e sottili flussi di energia nera scorrono dalle sue dita nel pelo del cincillà.

CAPITOLO VENTICINQUE

FLUFFSTER URLA.

Non pigola, né stride, come i suoni normali dei cincillà, ma leva un lamento che non sapevo potesse essere emesso dalla sua piccola gola.

Poi comincia a tremare come per un attacco epilettico... oppure è più consono dire, come se lo stessero mettendo a morte sulla sedia elettrica.

"Ferma! Così lo ucciderai!" Scruto la stanza, alla ricerca di un oggetto pesante con cui colpire in testa Baba Yaga.

"Starà bene" replica la strega a denti stretti. "È solo un antico e forte esemplare della sua specie, tutto qui."

L'energia continua a scaturire dalle sue dita, e il pelo di Fluffster è ritto in ogni direzione, come se si fosse trasformato in un porcospino.

Un istante dopo, le scosse s'interrompono e lui crolla di lato.

L'energia di Baba Yaga gli trafigge per un momento il corpo, apparentemente privo di vita, poi si ferma.

La strega è pallida in viso, mentre si aggrappa al tavolo con una mano tremante.

"Ti conviene esserne all'altezza, ragazza" dice in un sussurro a malapena comprensibile. "Non consumavo così tante energie da cinquant'anni."

Ignorando la strega, mi chino su Fluffster e appoggio una mano sul suo petto.

Il cuore batte lentamente e ha il respiro corto, ma è chiaramente vivo... e significa che anche Baba Yaga vivrà, anche se il modo in cui l'avrei potuta uccidere per vendicarmi rimane un rompicapo interessante.

"Amico" dico al domovoi. "Stai bene?"

Non risponde.

"Ti conviene portarlo nel suo territorio." La strega si abbandona stancamente su una sedia, con movimenti ora più consoni alla sua età. "Il suo territorio è casa tua, nel caso in cui tu non lo sappia."

"Grazie." Sono necessarie tutte le mie abilità di recitazione, per non schiaffeggiare la sua faccia rugosa. "Lo faccio subito."

Cullando il corpicino di Fluffster contro il petto, mi dirigo verso la porta, lasciando il trasportino a Baba Yaga come souvenir.

Koschei apre la porta di legno in quel preciso istante, come se fosse lui il sensitivo, e non io.

Gli passo davanti senza rivolgergli una seconda occhiata, e vado svelta verso il tavolo di Ariel.

"Che succede?" chiede lei, non appena mi vede. Poi le cade l'occhio sulle mie mani. "Fluffster sta bene?"

"Sarà meglio. Deve andare a casa, al più presto possibile."

"Ma certo." Scatta in piedi. "Andiamo."

Con la sua forza soprannaturale, Ariel ci fa strada tra la folla. Con mio sollievo, i gangster che lei praticamente aggredisce si comportano come se fossimo diventate invisibili.

"La macchina. Subito" grido al fattorino, non appena usciamo. Ariel prende venti dollari, per marcare le mie parole, e glieli ficca in mano.

Il fattorino sgattaiola dietro l'angolo e, dopo alcuni lunghi secondi, esce sulla nostra strada in retromarcia con l'Hummer di Ariel.

"Schiaccia l'acceleratore" le dico, una volta salite in macchina.

Lei obbedisce e gli pneumatici stridono, quando partiamo come un siluro.

Ariel deve aver imparato la guida aggressiva nell'esercito. L'Hummer fende il traffico come un carro armato e tutti, perfino i taxi gialli, ci lasciano il posto e si spostano dalla strada.

Per distrarmi da un imminente attacco di panico, causato dalla guida di Ariel, le racconto cos'è successo nell'ufficio di legno di Baba Yaga, in ogni minimo dettaglio.

"Grazie al cielo, avevi la protezione di Rose" dice Ariel. "Se Yaga fosse riuscita con il suo incantesimo, avrebbe avuto il controllo completo su di te. È anche peggio del legame con il sire."

Reprimo un brivido e accarezzo il corpo moscio di Fluffster. "Che cos'è un legame con il sire?"

Ariel derapa in autostrada e le gomme dell'auto si lasciano dietro una striscia nera. "Se un pre-vampiro beve il sangue di un vampiro maturo prima di morire, il vampiro donatore diventerà il suo sire... e il nuovo vampiro dovrà obbedire ai suoi ordini per dieci anni."

"Wow. E perché un pre-vampiro dovrebbe bere il sangue, date le conseguenze?"

"Perché per lui è l'unica via sicura per trasformarsi." Senza segnalare le proprie intenzioni, Ariel si sposta nella corsia centrale... proprio davanti ad un autobus espresso. "Se un pre-vampiro non è abbastanza potente, potrebbe non trasformarsi dopo la morte. Potrebbe morire per davvero... e l'unico modo per scoprirlo è proprio morire, senza bere il sangue di un altro vampiro. La maggior parte preferisce la certezza del legame con il sire all'incertezza della libertà con il rischio di morire."

Rifletto su questo tipo di decisione, mentre ci spostiamo nella corsia veloce ed acceleriamo, per triplicare il limite di velocità.

Il respiro e il battito di Fluffster, a differenza dei miei, non sono cambiati... ma dovrei essere lieta che le cose non siano andate peggio.

Il resto del tragitto è offuscato dall'adrenalina per me. Lascio andare solo un respiro spaventato quando arriviamo a Battery Park e Ariel schiaccia il freno per la prima volta, da quando abbiamo abbandonato il ristorante.

Con uno strattone così violento, che la spalla lesionata ricomincia a farmi male, ci fermiamo.

Tengo Fluffster con la mano sinistra, mentre apro la portiera con la destra, respirando l'odore di gomma bruciata degli pneumatici.

Il telefono di Ariel trilla per l'arrivo di un messaggio.

Lo guarda e fa una smorfia. "Devo andare. Tornerò più tardi. Puoi scrivermi, appena Fluffster si sente meglio?"

Annuisco e corro verso il nostro palazzo.

Se non avessi avuto fretta, avrei chiesto ad Ariel di cosa si trattasse, ma nutro comunque dei sospetti. Probabilmente, era un altro appuntamento per fare sesso da parte di Gaius. O un appuntamento per il collo o per il sangue, se l''amico' è un vampiro?

Forse sarà la mia immaginazione, ma il cincillà è più caldo al tatto quando entriamo nell'edificio, e il suo respiro più regolare quando esco dall'ascensore sul nostro piano.

Tiro fuori le chiavi, apro la porta dell'appartamento e vado in cucina. Messo Fluffster sul tavolo, lo esamino a fondo.

Il suo respiro adesso è normale e il battito cardiaco stabile, tuttavia non mi risponde ancora quando lo chiamo.

"Ti riprenderai" dico al cincillà privo di sensi.

"Lasciami togliere le scarpe sporche e spegnere la luce vicino alla porta d'entrata."

Spero di ottenere una reazione da lui, alla prospettiva di risparmiare sull'elettricità, ma non sono fortunata.

Nel tornare verso la porta, vedo che c'è un pacco. Deve averlo portato dentro Felix prima, quindi dev'essere a casa.

Guardandomi intorno, vedo che ci sono anche le sneaker preferite di Felix.

Ma se è a casa, è strano che non sia venuto a salutarmi. E se avesse le cuffie?

Poi scorgo un raffinato paio di scarpe col tacco a spillo, che non sono né mie, né di Ariel.

A meno che Felix non abbia deciso di provare a fare la drag queen, dev'essere nel bel mezzo di un vero giro di giostra.

Mi tolgo le scarpe e mi cade ancora l'occhio sul pacco.

Porta il logo di eBay, perciò dev'essere l'acquisto del videoregistratore... di cui mi ero completamente dimenticata, tra una disavventura e l'altra.

Noto poi il nome del mittente, e gli occhi rischiano di schizzarmi fuori dalle orbite.

"Come?" mormoro, nel rileggerlo.

Il pacco viene da Darian.

Avrebbe dovuto inserire il videoregistratore nell'elenco al momento giusto e al prezzo giusto, per farmelo comprare quando dovevo. Ma perché preoccuparsi di questa farsa? Prima mi manda la videocassetta, poi mi vende il dispositivo necessario per guardarla.

Se non fossi preoccupata per Fluffster, squarcerei il pacco in questo istante, invece ritorno in cucina... e allora, finalmente, mi accorgo del profumo.

Un profumo delizioso che ho sentito ancora, durante la mia relazione quasi fatale con Harper l'Incubo, all'Earth Club di Nero.

Al solo ricordo di quell'incontro, mi si rizzano i peli sulla nuca... proprio come la magia dell'odore esercita il suo effetto afrodisiaco su altre parti del mio corpo.

Come un segugio, lascio che il naso mi guidi, e il profumo diventa più forte nell'avvicinarmi alla stanza di Felix.

Quando l'ho quasi raggiunta, un forte senso di premonizione mi costringe a fermarmi, e inspiro per calmarmi.

Ma respirare profondamente si rivela una pessima idea.

Aumenta la quantità di magia dell'incubo che mi finisce nei polmoni.

La mia mente sta per andare in confusione totale, ma per un mero sforzo di volontà, tengo alla larga l'eccitazione sgradita.

Perché sta succedendo questo?

Perché sento l'odore di Harper?

Vorrei come non mai che i miei stupidi poteri funzionassero.

Nero ha detto che devo credere in me stessa, ma la cosa frustrante è che, in questo momento, sto credendo ciecamente e completamente nei miei poteri... peccato che sembra non servire a niente.

L'odore diventa più forte, senza lasciarmi dubbi sulla sua provenienza: la stanza di Felix.

È a questo punto che l'odore, o la tensione dettata da esso, genera la sensazione più strana in assoluto.

Sprazzi di luce esplodono davanti ai miei occhi.

Ho appena picchiato la testa?

L'effetto fulmini sembra fluire direttamente dalle mie mani ai bulbi oculari.

Tanto improvvisamente quanto è arrivata, l'illusione visiva scompare, lasciandomi davanti alla porta di Felix.

Un gemito mi arriva da sotto la porta. È difficile stabilire se sia un gemito di dolore o di piacere... ma con i poteri di Harper, nessuno dei due è positivo.

Con il corpo che si muove meccanicamente, raccolgo tutta la mia forza e sfondo la porta con un calcio.

CAPITOLO VENTISEI

LA PORTA gira sui cardini con uno schianto, ma nessuno sembra accorgersi del mio arrivo.

Fisso il letto di Felix e i miei occhi si rifiutano di credere a ciò che vedono.

Harper è qui, seduto sopra un Felix pallido e nudo.

Ma l'incubo non ha il suo solito aspetto.

La parola chiave è proprio la questione del 'maschile'.

Harper è una vera e propria *lei*.

Il suo corpo nudo non lascia spazio a dubbi sulla sua letale femminilità. I suoi seni sono audaci e sodi, e tra le gambe non ha proprio niente che non sia anatomia femminile. Il trucco mette in risalto i bei lineamenti che già spiccavano nel locale, e mi chiedo come abbia potuto vedere qualcosa di diverso da una donna, quando ho guardato questa creatura.

"Una donna sexy e deliziosa" mi sussurra una parte

di me, allettante, ma scuoto la testa e faccio del mio meglio per ignorare quel bisbiglio traditore.

Guardo sotto Harper e sembra che, nei pochi istanti da quando ho aperto la porta, il tremolante ammasso di carne che è Felix sia diventato più pallido e più debole.

Le labbra di Harper sono sospese vicino alle parti intime di Felix, la cui erezione sembra il risultato di venti boccette di Viagra.

"Allora sei un succubo" dico ad alta voce, sperando di spezzare qualunque incantesimo stia avendo effetto su Felix. "Nel locale, pensavo che fossi un incubo."

L'attenzione di Harper si sposta da Felix a me.

Il suo bel viso si trasforma in uno spaventoso sorriso. "Hai ucciso la mia fidanzata" dice, ora con voce chiaramente femminile. "Adesso io ucciderò te e il tuo fidanzato."

"Quale fidanzata?" voglio dire, ma prima di avere anche solo la possibilità di aprire bocca, Harper apre le labbra imbronciate, inspirando profondamente, e una specie di energia blu schizza dall'inguine di Felix verso di lei... lasciandolo come un involucro avvizzito.

Di fronte alla mia espressione inorridita, Harper immerge la mano nel petto di Felix, come se fosse una vasca piena d'acqua calda, gli strappa il cuore rinsecchito, e lo getta ai miei piedi con un ciac.

Fisso il cuore insanguinato, poi Harper. Il mio cervello non riesce a stare al passo con le informazioni inviate dagli organi di senso.

Harper, con un balzo, atterra sul pavimento vicino

al letto con uno schiocco dei piedi nudi... uno dei quali finisce sul cuore di Felix e lo spiaccica.

Poi mi guarda in faccia.

La puzza del succubo fa brillare l'aria intorno a lei e, nonostante i miei tentativi di non respirare, il suo viso diventa così bello e allettante, che una parte di me desidera gettarsi tra le sue braccia tese.

Mi costringo ad abbassare lo sguardo sul corpo morto di Felix.

L'ha fatto.

L'ha ucciso.

Mentre la furia mi pulsa nelle tempie, permettendomi di respingere il fatale fascino di Harper, il mostro sembra accorgersene, poiché rinuncia ad ogni tentativo di seduzione e la sua faccia si contrae in una maschera di collera.

Stringo i pugni, le unghie che scavano dolorosamente nei palmi.

La gola di Harper emette un grido inumano, poi lei mi salta addosso.

CAPITOLO VENTISETTE

TIRO UN PUGNO dove penso si trovi la faccia di Harper, ma lei si muove troppo velocemente e il mio colpo va a vuoto.

Poi mi spinge e, mentre finisco addosso alla TV da sessantacinque pollici di Felix, mi sento come se mi fossi scontrata con una macchina.

Sbatto contro lo schermo e l'aria mi si svuota dai polmoni, mentre un dolore lancinante mi esplode nella scapola.

Lo spigolo appuntito dei resti di una console per videogiochi mi ha trapassato la schiena: lo capisco, mentre qualcosa di caldo gocciola verso il basso, come in un sacrificio di sangue al Nintendo.

Harper incombe su di me.

Non le piace vedermi aggrappata al bordo del mobile per la TV, perché mi pesta il braccio... e il dolore di prima diventa un lontano ricordo, mentre le ossa dell'avambraccio si spezzano come cracker senza glutine.

Le stelle mi esplodono davanti agli occhi, e la mia gola butta fuori un grido tale da lacerare le corde vocali.

Harper fa un sorriso sadico di fronte alla mia espressione tormentata, e mi pesta la mano così forte, da frantumarne tutte le ossa.

Stavolta, mi esce un urlo animalesco e rauco. Parte della mia sanità mentale scompare insieme alla mia voce, e per poco (non del tutto, purtroppo) non perdo i sensi. È come se la mia mente si ritirasse dal dolore in una piccola stanza nel cervello, dove le mie capacità di pensiero sono diminuite ma non completamente scomparse.

In questo ridotto stato mentale, la mia preoccupazione più grande è di non essere più in grado di fare il mio gioco di destrezza preferito con le carte, dato che nessun chirurgo, per quanto capace, è in grado di guarire adeguatamente il mio braccio.

Il seguente calcio di Harper viene assestato sulla mia spina dorsale, e lì qualcosa si spezza con uno scricchiolio apocalittico. Mi dà un altro calcio, e l'oceano di dolore se ne va completamente... mentre mi sforzo di non pensare a cosa significhe.

La mia nemesi agguanta il mio corpo, simile ad una bambola di pezza, e si avvicina alla finestra.

Con un forte spintone, mi scaglia attraverso il vetro.

Cado, meravigliandomi di come le schegge di vetro rotto mi feriscano solo la faccia e nient'altro.

Morbosamente, mi chiedo se allora, atterrando con qualcosa che non sia la testa, non sentirò l'impatto... poi il mio corpo si schianta al suolo.

CAPITOLO VENTOTTO

HO ANCORA UNA COSCIENZA, però non sento niente.

Sono paralizzata?

No.

Sono priva di corpo e fluttuo nella stanza di Felix, osservando Harper che guarda giù dalla finestra, verso il mio corpo spezzato sotto di lei.

"Questo è per Beatrice" dice severamente, e sputa sui miei resti.

Qualcosa si muove dietro di lei...

———

TORNO DAVANTI alla porta di Felix.

Dove mi trovavo, quando gli strani fulmini emessi dalle mie mani mi hanno colpito agli occhi.

Mi passano per la testa molte spiegazioni semi-razionali, dall'insorgenza di una crisi focale, a qualcuno che ha messo di nascosto un fungo nella mia colazione di stamattina.

Le scarto tutte.

Quello che si è appena verificato è proprio come una delle visioni nei sogni... solo che è successa mentre ero sveglia.

Certo.

La mia primissima visione ad occhi aperti.

Le pesanti macchinazioni di Nero, e/o la mia crescente fiducia nei miei poteri, devono avermi finalmente spinta a superare questo ostacolo. In effetti, giusto prima che i fulmini mi colpissero agli occhi, stavo riflettendo su quanto credessi in me stessa.

Ovviamente, se ho appena avuto una visione, vuol dire che Harper è lì, dietro questa porta, a risucchiare la vita da Felix.

Harper, che è una donna, e non uno sconosciuto carino quanto un membro di una boy band, con cui ho quasi iniziato una relazione.

Harper, che sembra essere stata la fidanzata della negromante Beatrice... e questo spiega perché sia alle mie calcagna.

Vuole vendicare la morte violenta di Beatrice.

Ha tentato di arrivare a me direttamente nel locale... e poi mi si è avvicinata tramite Felix. Forse è per questo che mi sono sentita a disagio, nel sapere dell'appuntamento di Felix. Era il mio senso di ragno da veggente che pizzicava, non una specie di strana gelosia...

Mi arriva alle orecchie un gemito familiare... una

prova che tutto stia procedendo secondo la mia visione.

La bozza di un piano prende forma nella mia testa, e anche se ogni fibra del mio corpo mi urla di correre a salvare Felix in questo preciso istante, so anche che questa imprudenza ci porterà entrambi a morire.

No.

L'unica possibilità di salvare Felix si trova nella stanza di Ariel.

Mi precipito lì dentro, pregando che la mia coinquilina non si sia portata dietro la pistola, nell'accompagnarmi da Baba Yaga.

Le mie preghiere non vengono esaudite.

La pistola non c'è da nessuna parte.

Per fortuna, Ariel non si porta dietro il suo caro coltello dell'esercito, perciò lo afferro e mi precipito verso la stanza di Felix.

Mentre corro, infilo la mano nella tasca sinistra, dove trovo un grande rotolo di carta lampo, e lo infilzo con la punta del coltello, creando un kebab di carta.

Tenendo il coltello davanti a me, prendo un accendino dalla tasca e mi preparo ad accenderlo, mentre sfondo di nuovo la porta con un calcio.

La porta gira sui cardini.

Chiudendo gli occhi, attivo l'accendino.

Perfino attraverso le palpebre chiuse, riesco a vedere la carta lampo prendere fuoco con la solita luminosità.

Spero che la luce accecante generi quell'effetto da

granata stordente, su cui le squadre SWAT fanno così spesso affidamento nei film.

Con il coltello proteso, mi lancio verso il letto e riapro gli occhi.

Intravedo una liscia pelle femminile e pugnalo Harper in mezzo ai seni perfetti.

Invece di raggiungere il suo cuore, la lama taglia la spalla di Harper, che si sta già muovendo.

Stringendo la presa sul coltello, l'agguanto e lei atterra sulla schiena.

La tengo inchiodata come una lottatrice di wrestling, sollevando il coltello per colpire di nuovo.

Felix geme dietro di noi. Spero che sia perché resterà in vita.

Il tempo sembra rallentare.

Gli occhi di Harper fissano i miei e, se si potesse uccidere con uno sguardo, il suo probabilmente mi ribalterebbe da capo a piedi.

Il mio coltello fende verso il basso.

Con la mano che si muove come un cobra, lei lo afferra per la lama, tagliandosi il palmo, ma evitando il colpo letale.

In un violento strattone che deve tagliarle la mano fino all'osso, mi strappa di mano il coltello e lo getta sotto il letto, lasciando una scia di sangue.

Le do un pugno in faccia.

Mi rivolge un ghigno. Il pugno non le ha neanche fatto il solletico.

Poi mi colpisce... e vengo scagliata dall'altra parte della stanza.

Con un orribile senso di déjà-vu, finisco addosso alla TV di Felix.

Il dolore non è così serio come nella mia visione. Penso che una parte di me abbia imparato a rendere l'impatto un po' meno forte... oppure il colpo di Harper non aveva troppo impeto, dal momento che giace a terra supina.

L'aria, tuttavia, mi fuoriesce dai polmoni, e rifletto su quanto sia frustrante che il futuro racimolato in una visione cerchi testardamente di ripetersi, come se avesse una testa propria.

Mentre obbligo l'ossigeno a tornarmi nei polmoni, non riesco a pensare che al probabile proseguimento della lotta da qui in poi... ossa rotte, seguite da paralisi e morte.

Mi aggrappo al supporto della TV, sperando stavolta di riuscire a rimettermi in piedi prima che lei mi spezzi il braccio.

Harper balza in piedi, atterrando vicino a me, e solleva il piede.

Felix si getta su di lei con il coltello... infilzandole la coscia.

Gemendo di dolore, lei lo colpisce con il dorso della mano, come se fosse una fastidiosa zanzara.

Il coltello sbatte per terra con un rumore metallico, e Felix finisce raggomitolato e nudo vicino al letto.

Un calcio di Harper spedisce di nuovo l'arma sotto il letto, mentre barcollando mi rimetto in piedi.

Riesco a sentire il respiro corto di Felix, perciò è

vivo, anche se non si muove. Spero che sia incosciente, o abbastanza saggio da fingersi tale.

Harper segue il mio sguardo e, per un secondo, sembra combattuta su chi di noi voglia far fuori per primo.

Sfrutto questa distrazione per darle un calcio nello stinco.

Ma dato che trabocca dell'energia sessuale di Felix, non batte ciglio per il dolore. Mi agguanta invece per le spalle e mi solleva in aria, ignara dei miei piedi che le assestano altri colpi in tutto il corpo.

Le sue intenzioni sono chiare.

Mi sta per lanciare dalla finestra... proprio come nella visione.

Poi scorgo un movimento alle sue spalle... quello che ho intravisto alla fine della visione.

È Fluffster.

Si precipita nella stanza con un ringhio innaturale sul muso.

"Fermati!" Il messaggio mi colpisce la mente come un missile balistico telepatico. È come se la normale modalità di comunicazione di Fluffster fosse stata amplificata con energia sufficiente, ad alimentare New York per un anno. La sua forza mi fa provare il desiderio di rannicchiarmi in un angolo buio a rabbrividire.

L'aggressione mentale fa chiaramente effetto su Harper, che mi lascia andare e si afferra le orecchie... come se il grido di Fluffster non fosse entrato direttamente nella sua mente.

Cado su mani e ginocchia, allontanandomi goffamente da Harper il più possibile.

Ignorandomi del tutto, il succubo affronta Fluffster.

Gli occhi del cincillà, ora non più quelli di un roditore, si socchiudono, e comincia a diventare più grosso.

CAPITOLO VENTINOVE

MENTRE CRESCE, il domovoi non assomiglia ad un cincillà gigante... che sarebbe stato un'immagine così carina, da poterla usare come arma.

Si trasforma invece in una creatura da incubo... un miscuglio di denti, artigli, e un aculeo al posto della coda, simile a quello di uno scorpione. Tentacoli prendono il posto dei baffi, e intravedo delle spine mortali sulle punte.

Un altro grido mentale si sprigiona dalla creatura, e io e Felix ci afferriamo la testa per il dolore. Sembra death metal russo, suonato al contrario al massimo volume e trasmesso da tutti gli altoparlanti della Terra.

Harper grida e indietreggia di un passo.

Con un movimento quasi invisibile, in grado di competere con la rapidità di Nero, Fluffster si getta su di lei... azione subito seguita da una pioggia di parti del corpo di Harper che esplodono come in un infernale gioco della pentolaccia.

Per la seconda volta in una notte, mi ritrovo coperta di sangue.

No, non solo sangue, mi rendo conto nel guardare giù.

Ci sono anche pezzi di intestino.

Resistendo alla nausea, mi rimetto in piedi con una spinta e mi guardo intorno.

È addirittura peggio del vicolo pieno di sangue. Ci sono parti di Harper che scivolano dalle finestre, e grandi pezzi del suo corpo che coprono il soffitto, la scrivania con il computer, e il letto di Felix. Il suo poster preferito di Matrix sembra essere stato scambiato con quello di un film horror, e la TV è crepata e imbrattata di sangue.

Cercando di non scivolare sui resti di Harper, zoppico verso Felix. Mi sento stranamente intera, nonostante quello che mi è successo nella visione del sogno. La spalla, già ammaccata, adesso fa più male, e sento dolore in cima alla schiena, ma per il resto sono a posto.

Fluffster, tornato nella sua forma normale, si trova sulla mia strada e ha un'aria estremamente mogia. "Ha violato il mio territorio." Anche la sua voce mentale è tornata normale... ma sembra timido, in mancanza di un termine migliore.

Lo fisso, con le immagini dei tentacoli e degli artigli incise nelle retine.

Il cincillà è appoggiato sulle cosce e si pulisce i baffi con un gesto distratto e simpatico.

"Era quello il tuo vero aspetto?" chiedo, deglutendo

in modo udibile... e subito me ne pento, appena sento il sapore metallico.

"Non so che aspetto avessi, quando l'ho fatto." Studia solennemente la stanza. "E non so quale sia il mio vero aspetto. Ero solo arrabbiato, perciò ho reagito. Forse ho avuto una reazione esagerata. Sostituire tutta questa roba ci costerà una fortuna."

Sentirlo preoccuparsi di questioni finanziarie mi strappa una risata isterica. Poi lo vedo guardarmi, perplesso, e mi accorgo di essere una pessima amica.

"Come stai?" domando. "Baba Yaga..."

"Mi sento come nuovo" risponde Fluffster e gonfia la coda verso l'alto. "Ho ripreso i sensi in cucina e, avendo sentito un rumore, sono venuto a indagare..."

"E mi hai salvato la vita" dico fermamente, scacciando il più possibile le immagini nella mia testa. "Assumi pure quella forma, in futuro, se qualcuno cercasse di ucciderci."

Fluffster annuisce e sgattaiola fuori dalla stanza... di certo per farsi un bagno di polvere.

Noto che ho dimenticato di chiedergli se gli sia venuto in mente qualche ricordo, ma per questo bisognerà aspettare.

Soffocando un altro attacco di nausea, mi faccio strada fino a Felix.

A parte lo strato di sangue di Harper, e la sua virilità ancora incredibilmente eretta dopo tutta questa violenza, sembra che Felix stia bene.

Ha il respiro regolare e, a quanto pare, niente di

rotto... ma ovviamente non sono un medico professionista, che è quanto gli serve adesso.

Prendo il telefono per comporre il 911.

"Non farlo" dice, con voce poco più alta di un sussurro. "Potrebbe essere molto difficile spiegare le condizioni di questa stanza alla polizia."

Ripongo il telefono. "Stai bene?" Mi abbandono sulle cosce vicino a lui. "Niente di rotto?"

Felix si solleva sui gomiti e, abbassando lo sguardo sulla propria nudità, arrossisce a tal punto, che la sua faccia si confonde con il sangue sbavato su di essa.

Si alza a sedere, coprendosi poi con le mani. "Sì, sono intero" dice con la voce di una fanciulla vergine. "Non è che potresti darmi un momento?"

"Certo" dico, guardando ovunque tranne verso le sue mani. "Se sei sicuro di star bene, vado a fare la doccia per prima."

Anche se non sto guardando lì direttamente, potrei giurare che qualcosa sotto le sue mani si è contratto, e il suo rossore diventa più intenso nello spettro elettromagnetico.

Lasciando impronte insanguinate sul pavimento, fuggo in bagno, prendo il telefono e mando un messaggio ad Ariel, per dirle che Fluffster sta bene, e che si è persa 'alcuni momenti divertenti che le racconterò quando torna'.

Poi cerco il numero di Pada tra i contatti e lo chiamo.

"Salve" biascica una voce maschile.

"Pada, sono Sasha. Grazie ancora per il passaggio che mi hai dato oggi."

"Sasha. Non mi aspettavo di sentirti così presto."

Osservo il mio riflesso, inzuppato di sangue, nello specchio. "Temo di avere bisogno del tuo aiuto nel mio appartamento."

"Che livello di assistenza?" Come al solito, sembra quasi stordito alla prospettiva di raccapriccianti pulizie.

"Qualcosa di simile a quello che è successo prima." Rabbrividisco. "Ma un solo, piccolo ordine" aggiungo, ricordando l'eufemismo di Nero.

"Quel livello di pulizia ti costerà diecimila" dice Pada in modo pratico. "Ti offro una tariffa da cliente abituale... anche se, strettamente parlando, è solo il tuo secondo ordine diretto."

Ottimo. Ho sempre voluto un beneficio del genere: una tariffa da cliente abituale per un servizio di smaltimento corpi. Quale sarà il prossimo, un Groupon per l'organizzazione di funerali?

"Va bene" rispondo. Vorrei tanto non aver appena perso il mio regolare assegno paga. "Spero che tu possa venire qui alla svelta."

"Al momento sono a casa, perciò sei fortunata."

È vero. Abita vicino a noi... un altro dubbio colpo di fortuna.

"Grazie, Pada" concludo. "A presto."

Interrompo la chiamata e, dopo aver posato il telefono sul bordo del lavandino, mi spoglio e ripeto la decisa routine del sapone di oggi.

Cosa si può pensare della mia vita, se sto diventando così brava a lavarmi via il sangue dai capelli?

Alla fine, ho la pelle scorticata a forza di sfregarla, perciò mi cospargo di lozione. Avvolgendomi in una salvietta, prendo il telefono, scavalco gli stracci insanguinati sul pavimento, e a piedi nudi vado a recuperare le ciabatte nel loro posto vicino alla porta d'entrata.

Grido poi verso la stanza di Felix: "La doccia è tua, se ne hai bisogno."

"Grazie" grida lui, "Potresti andare nella tua stanza per qualche minuto?"

Vado, invece, in cucina. Raggiungendo la dispensa dove Ariel tiene le nostre scorte di medicinali, tiro fuori i cerotti e li incollo su tutti i tagli e i graffi che riesco a trovare sul mio corpo.

Finito questo, prendo dal freezer uno degli ultimi pacchetti di piselli congelati.

Seduta a tavola, applico l'impacco freddo sulla spalla, chiudo gli occhi e faccio qualche respiro rilassante.

Devo essermi distratta per qualche minuto, poiché Felix entra in cucina con indosso una salvietta. D'altra parte, è possibile che per la ripulita non ci abbia impiegato tanto quanto me; le sue docce molto brevi sono uno dei tanti benefici dell'averlo come coinquilino.

"Stavo guardando il filmato della videosorveglianza dalla mia camera e il corridoio."

Felix gesticola con il telefono. "Questo è allucinante."

Sarà perché è un tecnomante, o un paranoico, o entrambe le cose, ma gli aggeggi per la sorveglianza sono la sua passione... addirittura più degli altri gadget. Ha installato un sistema di allarme con videoregistrazione, non appena ci siamo trasferiti nell'appartamento. La sua è l'unica camera da letto che gli abbiamo permesso di equipaggiare, ma il corridoio, il soggiorno e la cucina vengono registrati regolarmente e le registrazioni sovrascritte, in modo tale che, se qualcuno s'intrufola in casa, scatta l'allarme con tanto di prove pronte per la polizia.

Ovviamente, quando io ed Ariel abbiamo acconsentito a questo allestimento, non sapevamo di avere già in casa un sistema molto più valido (anche se leggermente caotico): Fluffster.

"Da' un'occhiata" dice Felix, mostrandomi lo schermo. "Penso che sia successo giusto prima che corressi nella stanza di Ariel, a prendere il coltello."

Fisso lo schermo.

Nella registrazione, sto camminando lungo il corridoio. Poi mi fermo, e fulmini blu si sprigionano dalle mie mani fino ai miei occhi.

Ma invece di ustionarmi, i miei occhi diventano semplicemente vitrei, e rimango lì come una statua, finché non riprendo i sensi e mi precipito nella camera di Ariel.

"Pensavo che la storia dei fulmini fosse solo un'illusione nella mia mente" mormoro. "Non posso credere che siano stati davvero quelli, a causarmi la visione ad occhi aperti."

Spiego a Felix come ho combattuto Harper due volte, e lui ascolta con la bocca così spalancata, che sono tentata di lanciarci dentro i piselli surgelati.

"Mi chiedo se succeda la stessa cosa durante le tue visioni nei sogni" dice, poi arrossisce, senza dubbio immaginandosi in piedi, vicino a me, mentre dormo.

"Ti conviene sederti" lo informo, vedendo il sangue sgorgare da un paio di tagli sul suo torace. "Lascia che me ne occupi io."

Felix mette il telefono sul tavolo e si siede. Gli passo l'impacco freddo, da tenere premuto contro la fronte, poi prendo gli aggeggi del pronto soccorso e svito il tappo del Neosporin.

"L'ho conosciuta al bar" dice Felix, abbassando lo sguardo mentre gli spalmo uno strato di antisettico sui tagli. "Le ragazze non attaccano mai bottone con me. Mi dispiace tanto..."

"Semmai, questa è colpa mia." Prendo la scatola dei cerotti e ne preparo uno.

Incredibilmente, anche con il resto di Harper spalmato per tutta la sua stanza, la magia ai feromoni del succubo sembra ancora scorrermi nelle vene. Ogni volta che mi avvicino alla pelle di Felix, divento estremamente consapevole del suo torso nudo... che sembra avere una muscolatura, che non avevo mai notato prima.

Inspirando profondamente, applico la prima benda proprio sopra la sua clavicola. Senza volerlo, gli accarezzo il collo con le dita, e lui rabbrividisce vistosamente al mio tocco.

Immagini pornografiche su Felix si alternano nella mia mente e, a giudicare dall'improvvisa vitalità della sua salvietta, la testa di Felix (entrambe) si trova sulla stessa, inopportuna lunghezza d'onda.

"Sasha." Ha la voce roca ed è di nuovo arrossito, più che mai. "Penso che dovrei mettermi da solo il resto di questa roba."

"Sei sicuro?" chiedo con la voce rauca, opponendomi al folle desiderio della mia mano di strappare via entrambe le nostre salviette, come un illusionista che rivela un numero portato a termine. "È meglio che tu lo faccia da solo?" Mi fermo, leccandomi le labbra improvvisamente secche. "Posso aiutarti." Gli tolgo di mano la borsa del ghiaccio fatta in casa, e la metto da parte.

Suonano al campanello.

La faccia di Felix impallidisce.

"È Pada" spiego. "Si occuperà di quel macello."

Felix esala un respiro tormentato, poi annuisce.

Mentre mi avvicino alla porta, vorrei avere addosso dei vestiti... soprattutto se Pada si è portato dietro i colleghi.

Ma con mio sollievo, Pada è da solo, e se nota che sono seminuda, di certo non lo dà a vedere.

Dedito al lavoro, indossa un paio di stivaletti da ospedale e comincia con le pulizie, partendo dalle impronte insanguinate che conducono in bagno.

Dovrei tornare in cucina?

Ora che Felix non è nudo di fronte a me, mi rendo conto che abbiamo corso il rischio di alleviare la tensione indotta da Harper proprio lì, sul tavolo della cucina. Sarebbe stato orribile per qualunque motivo, ma soprattutto perché, battute di Ariel a parte, *esiste* la possibilità che Felix sia ancora vergine.

E se non fosse mai stato così vicino a farsi scopare, come oggi?

Non posso davvero assumermi la responsabilità di essere la sua prima volta, né dovrei interrompere il mio lungo periodo di astinenza proprio con Felix.

E poi, è *Felix*. Che cosa mi è passato per la testa, in cucina? Harper si è davvero meritata quello che le è successo. Quel potere è tossico e dovrebbe essere proibito... come le armi chimiche e biologiche, e immagino che quel delizioso odore possa essere considerato tale.

Mi cade l'occhio sul pacco, e lascio che la curiosità prenda momentaneamente il sopravvento sulla libido: prendo la scatola di cartone, la apro con uno strappo, e porto il videoregistratore in camera mia.

Impiego qualche minuto a connetterlo alla mia piccola TV e ad infilarci dentro la cassetta.

Sullo schermo compaiono i bei lineamenti di Darian e nei suoi occhi verdi brilla una luce maliziosa.

"Innanzitutto" dice, con un accento britannico più marcato del solito, "volevo dirti che mi dispiace tanto di essere stato partecipe della follia di Nero. Gli dovevo un favore, capisci, perciò, quando mi ha chiesto una visione su questa stupidaggine degli orchi, l'ho dovuto accontentare malvolentieri. Per quel che vale... nonostante le tue emozioni di questo preciso istante... di tutti i futuri che ho racimolato su di te, questo è stato paradossalmente lo scenario migliore."

Metto in pausa la cassetta e resto seduta lì, a fissare la faccia sgranata di Darian.

Lo scenario migliore?

Tutto quello che ho appena passato?

Allora, qual era l'alternativa? Essere mangiata viva da cannibali con i denti smussati?

A meno che... non si riferisca a se stesso? Uno scenario migliore per Darian potrebbe anche includere me che rompo con Nero...

"Ciao" dice Fluffster nella mia mente, e lo vedo seduto vicino al bagno di polvere, con un'aria troppo pensierosa per un cincillà.

"Vuoi che ti cambi la polvere?" chiedo, notando una sfumatura rosso chiaro della polvere all'interno.

"Sì, grazie" risponde Fluffster con gratitudine.

La sostituisco, assicurandomi di mettere il sacchetto di plastica con la vecchia polvere nel corridoio, così Pada può portarselo dietro, mentre raccoglie il resto delle prove.

Tornata sul letto, mi corpo i piedi improvvisamente freddi con la coperta. "Allora" dico, studiando attentamente Fluffster. "Ha funzionato l'incantesimo di Baba Yaga? Ti ricordi del tuo passato?

"Sì." Si arrampica sulla struttura del letto e si siede vicino a me. "Riesco solo a ricordare frammenti e pezzi della mia ultima incarnazione, però potrebbero tornarti utili." Fa una pausa, come se dovesse riprendere fiato (cosa forse stupida, visto che comunica telepaticamente). "Ero un gatto siberiano e..."

Scoppio a ridere. Non riesco a trattenermi.

Ecco perché gli piacciono i video sui gatti.

"Mi chiamavo Murzik" continua, deciso. "Ricordo la Russia, ma molto tempo fa... prima della rivoluzione che ha posto fine alla monarchia. Ricordo scorci di casa mia... e del mio ultimo proprietario." Si ferma, come per creare tensione emotiva, e soffoco a stento l'impulso di scuotere il suo piccolo corpo, per strappargli quell'informazione. "Si chiamava Grigori" annuncia finalmente Fluffster, trionfante. "Grigori Rasputin."

Guardo il cincillà, che mi guarda a sua volta con ingenuità.

"Non è uno scherzo?" domando. Le espressioni sui volti dei roditori sono difficili da leggere, quindi magari ha deciso di cimentarsi con l'umorismo nel momento più inappropriato della storia. "L'uomo che ti teneva prima della rivoluzione russa... cioè all'inizio del ventesimo secolo... si chiamava Grigori Rasputin, quello che compare in quel momento storico?"

"Lo conoscevo solo come Grigori" dice Fluffster. "Ricordo solo degli sprazzi di lui, in quei rari giorni in cui tornava a casa e mi prendeva in mano, intendo."

Balzo in piedi e cerco Rasputin su Google con il portatile.

Mostrando a Fluffster l'immagine dell'uomo con la

barba sulla pagina di Wikipedia, chiedo: "Era questo il suo aspetto?"

"Sì" risponde, eccitato. "È lui."

Leggo insieme a Fluffster i dettagli sulla pagina. Rasputin, che morì nel 1916, fu 'un mistico russo, autoproclamatosi santone, che strinse amicizia con la famiglia dello zar Nicola II, l'ultimo imperatore di Russia, ed ebbe una notevole influenza nella tarda Russia imperiale'.

"Non ricordi nulla tra il gatto di Rasputin e questa forma?" chiedo a Fluffster, sforzandomi di non mostrare la delusione che provo. "Questi ricordi risalgono a più di cent'anni fa."

"È tutto ciò che ricordo" risponde timidamente Fluffster. "Forse ne arriveranno altri, col tempo?"

"Lo spero" dico, rassicurandolo con una carezza sulla testa.

Non c'è molto su cui basarsi. Al massimo, Rasputin può essere stato il mio bis-bisnonno, o qualcosa di simile. Da una rapida ricerca su internet, aveva avuto dei figli, perciò è possibile che...

Qualcuno si schiarisce la voce e bussa delicatamente alla porta.

Mi alzo, sistemo la salvietta e vado ad aprire.

"Ho finito." Pada indica il corridoio immacolato. "Paghi ancora con la carta di credito?"

"Sì." Prendo una carta dalla mia scrivania. "Ecco qua." Lottando contro un senso d'irrealtà, faccio scorrere la carta attraverso un aggeggio che Pada collega al telefono.

Approva con un cenno del capo e si dirige verso la porta.

"Forse è meglio andarci piano per qualche giorno." Apre la porta d'entrata ed esce. "Sono pieno di lavoro. Non occorre che tu mi offra singolarmente un lavoro sicuro."

"Farò del mio meglio per tenermi fuori dai guai" dico in tono aspro. "Grazie ancora."

"Nessun problema" dice, e va verso l'ascensore.

Chiudo la porta e mi volto.

Fluffster è vicino alla scarpiera, con la testa inclinata di lato.

"Ehi, amico" sussurro. "Puoi andare in cucina e tenere compagnia a Felix?"

"Certamente" risponde nella mia testa. "Probabilmente, gli verrà un colpo, nel vedere le pareti nude rimaste in camera sua."

"Sei il migliore." Gli sorrido, poi torno nella mia stanza.

Dopo aver chiuso la porta a chiave dietro di me, torno sul letto e sbadiglio, guardando meditabonda il cuscino. Tuttavia, prima decido di avviare la videocassetta... sono spossata, ma potrei non addormentarmi, se prima non sento il resto del discorso di Darian.

"Quindi" dice Darian con un sorriso. "Ora che hai rifiutato il ruolo di Mentore di Nero e hai avuto la tua prima visione ad occhi aperti, posso finalmente consegnarti il mio regalo per la Grande Festa: una tecnica che, se padroneggiata, ti dovrebbe permettere d'invocare le visioni da veggente a tuo piacimento."

Metto in pausa la videocassetta e fisso lo schermo a bocca aperta.

L'ho avuta per tutto questo tempo, perciò significa che lui deve aver previsto già allora che avrei rinunciato al ruolo di Mentore di Nero. Oppure lui ha contribuito a determinare questo corso degli eventi? In ogni caso, è un fatto misterioso e impressionante.

Sa anche della mia visione ad occhi aperti. Significa che sapeva dell'attacco di Harper? Allora perché il bastardo non mi ha avvertito?

Poi ricordo le sue parole: 'di tutti i futuri che ho racimolato su di te, questo è stato paradossalmente lo scenario migliore'.

Forse, comincio a capire da dove provenga questo atteggiamento negativo nei confronti dei veggenti.

Con un sospiro profondo, avvio di nuovo la cassetta.

"In parole povere, devi imparare un tipo particolare di meditazione" dice Darian. "In parte, essa consiste nell'azzerare la tua mente; un'altra parte riguarda il credere nei tuoi poteri senza ombra di dubbio. Non mi aspetto che tu impari a padroneggiarla in tempi brevi, e non ci proverei nemmeno, nel tuo attuale stato di deprivazione del sonno. Per cominciare, devi imparare ad inspirare ed espirare, contando fino a cinque."

Da qui, Darian prosegue descrivendo la tecnica di meditazione in questione... e ha ragione. Solo a guardarne la descrizione, quasi mi addormento in posizione seduta.

Una volta finito con le istruzioni, Darian si limita a stare seduto a fissarmi.

"Meglio che vada a dormire, e riavvolga la cassetta" dico al Darian sullo schermo. "Ma tu, probabilmente, lo sapevi già ancor prima che ci conoscessimo."

"Sì" dice Darian dallo schermo proprio al momento giusto. "Lo sapevo."

Scuotendo la testa, spengo la TV, mi sbarazzo della salvietta, e adocchio il cassetto con dentro Copperfield, riflettendo.

A fermarmi è principalmente la sensazione che Darian stia osservando ogni mia mossa... il che è da pazzi. O meglio, la verità è addirittura più folle.

Qualunque cosa io faccia, lui mi ha già visto, perciò potrei farla oppure no. Semplicemente, non importa.

La mia carne debole ha la meglio, quindi tiro fuori Copperfield e mi occupo delle mie faccende... e penso a Nero solo per un momento verso la fine.

Sfinita in ogni senso della parola, appoggio la testa sul cuscino, tiro su la coperta e chiudo gli occhi.

Mentre scivolo nel sonno, mi chiedo se arriverò al mese di anniversario come Conoscente... e se Darian sappia già se ci riuscirò oppure no.

RINGRAZIAMENTI

Grazie per aver letto questo libro! Spero che la storia di Sasha ti piaccia! Le sue avventure continuano in *La Sensitiva Riluttante* (Serie di Sasha Urban: Libro 3).

Vorresti leggere altri miei libri? Puoi dare un'occhiata a:

- ***Le dimensioni della mente*** - le avventure urban fantasy ricche di azione di Darren, che può fermare il tempo e leggere la mente

E adesso, gira la pagina per l'anteprima riservata del Capitolo 1 de *La Sensitiva Riluttante* e un brano tratto da *I lettori di pensieri* (Le dimensioni della mente: Libro 1).

IN ANTEPRIMA RISERVATA: LA SENSITIVA RILUTTANTE

Descrizione

La vita da veggente non è così bella come dicono. Soprattutto se sei disoccupata, e il tuo ex capo ti mette ovunque sulla lista nera.

O se una leggendaria strega russa, a cui devi un favore, ti chiede cose inconcepibili.

Quando il pericolo incombe su tutti coloro che mi circondano, c'è solo un uomo a cui posso rivolgermi... e potrebbe non essere quello che sembra.

Capitolo 1

Un baccano infernale mi strappa dalle gradite braccia del sonno.

Con il cuore che batte forte, scatto in posizione seduta.

Mi ci vuole un momento per individuare la fonte del rumore fastidioso.

È il mio telefono.

Agguanto bruscamente il funesto dispositivo e fisso il nome di chi mi chiama.

Invece di un numero, c'è scritto 'Privato'.

"No" dico all'ignoto addetto al telemarketing... o chiunque sia il rompiscatole. "Non rispondo, se non so chi mi stia chiamando."

Il telefono continua insistentemente a squillare, perciò tocco lo schermo per rifiutare la chiamata e aspetto di vedere se lasciano un messaggio vocale.

Non lo lasciano.

Poi vedo che ore sono, e mi arrabbio a tal punto, che quasi scaglio il telefono contro la parete. È l'ora in cui di solito mi alzo per andare al lavoro, ma oggi non devo farlo... Uno dei pochi pro del lasciare un lavoro ben pagato.

A peggiorare le cose, c'è la mia estrema sensazione d'intontimento. Chiaramente, devo ancora concedermi del sonno dopo quella tirata notturna per Nero.

Il bastardo manipolatore.

Mi brontola lo stomaco.

Se sono sveglia, tanto vale che mi prenda qualcosa da sgranocchiare.

Mi alzo in piedi, indosso dei pantaloni della tuta e una comoda t-shirt per festeggiare la disoccupazione, e a passo pesante vado in bagno per fare le mie cose.

Il livido sulla spalla, causato dall'orco, è giallo violaceo nello specchio del bagno, ma non fa molto male... senza dubbio, per gentile concessione degli impacchi di piselli surgelati.

Profumi deliziosi arrivano dalla cucina, e il naso mi trascina fin lì per indagare.

"Non sono solo sciocchezze" dice Felix a Fluffster, il cui piattino con i chicchi d'avena è vicino ai pancake di Felix. "Sono quasi stato ucciso."

"Buongiorno." Vado dritta al bancone, prendo un piatto e ci metto sopra dei pancake. "Come va?"

"Felix è depresso" risponde mentalmente Fluffster, e l'espressione sulla faccia del mio cincillà/domovoi è la versione da roditore più simile ad un sogghigno. "Prima, si è lamentato per aver dormito sul divano del salotto, poi ha detto che non riuscirà mai ad avere una donna, e adesso è agitato perché..."

"Era una conversazione privata." Felix punta minacciosamente la forchetta verso il corpo peloso di Fluffster.

Guardo la forchetta, incredula. Felix si è dimenticato di ieri sera, quando Fluffster ha trasformato un succubo inebriato dal sesso in un frullato sanguinolento?

"Sasha sa cos'è successo" replica Fluffster, come se non avesse vicino una forchetta. "Allora, perché la definisci privata?"

"E penso che tu *avrai* una donna, Felix" dico, sedendomi con i pancake. "Prima o poi" aggiungo con una strizzatina d'occhio, infilzando con la forchetta la bontà carica di carboidrati. "Soprattutto, se le parole 'avere' e 'donna' hanno una definizione molto vaga."

La porta d'entrata si apre con uno schianto, interrompendo la confutazione di Felix. Guarda il telefono, probabilmente per controllare le riprese della sicurezza, e ci informa: "È Ariel."

"Finalmente" dice Fluffster nella mia testa, e provo una fitta d'invidia per la sua capacità di essere così eloquente, con la bocca piena di avena. "Non è mai tornata a casa, ieri sera."

"Siamo in cucina" grido, per assicurarmi che Ariel non pensi di sgattaiolare in camera sua, fingendo che vada tutto bene. "Ci sono i pancake."

Metto finalmente un boccone di pancake in bocca, e l'esplosione di sapori mi strappa un mugugno di apprezzamento.

"Sono fatti di patate" spiega arcignamente Felix, e la sua espressione imbronciata si allenta. "È un piatto tradizionale russo." Più cupo, aggiunge: "Dopo essere quasi stato ucciso, mi è venuta voglia di mangiare qualcosa che mamma mi avrebbe preparato da piccolo."

"Ciao a tutti" dice Ariel con l'entusiasmo di un bambino iperattivo, drogato di cioccolato e anfetamine. "È bello vedere che Fluffster sta benone. Come state voi?"

Indossa i vestiti di ieri sera, ma deve aver fatto qualcosa con il trucco, poiché sembra avere una luce dentro di sé.

"È una lunga storia" risponde Felix, scambiando con me un'occhiata confusa.

Se sta pensando quello che sto pensando io, ha tutti i diritti di sentirsi confuso. È il comportamento da 'sfilata della vergogna' più strano che abbiamo mai visto.

E se Ariel e Gaius fossero innamorati? Dopotutto, secondo i film, quando uno si trova in questa condizione, assume dei comportamenti bizzarri.

Oppure sta provando qualcosa di nuovo come automedicazione per il disturbo da stress post-traumatico?

Come per sottolineare le mie riflessioni, Ariel vortica per la cucina come un tornado... senz'altro usando i suoi poteri da Conoscente per muoversi così velocemente. Prima che io possa dire chinetosi, si sta già sedendo a tavola con un piatto pieno di pancake, una forchetta, un coltello e un'espressione affamata sul viso perfetto.

"Raccontami cos'è successo" dice, eccitata, e si ficca in bocca un pancake alle patate. Perfino la sua masticazione sembra aver messo il turbo.

Mi schiarisco la gola. "Allora, ti ricordi di Harper... La cosa che ha usato il sesso per cercare di uccidermi all'Earth Club? Beh, lui... o com'è poi saltato fuori, *lei*... era qui ieri sera."

Ariel mi guarda a bocca aperta, e ingoia rumorosamente il terzo pancake. "Sapevo che era una *lei*. Ma cosa ci faceva, qui?"

"Sapevi che era una *lei*, e non me l'hai detto?" Taglio energicamente a metà un pancake alle patate con la forchetta.

"Non sapevo che non lo sapessi." Ariel si stringe nelle spalle. "Per me, era ovvio che cosa fosse."

"Non importa." Felix risistema il proprio piatto. "Il fatto importante è che ieri sera ha cercato di ucciderci. E ci è quasi riuscita, addirittura, ma Fluffster ha salvato la situazione."

Fluffster gonfia fieramente la coda verso l'alto e si siede più dritto, il che lo fa assomigliare ad un suricata peloso, invece di donargli l'austerità che probabilmente cercava.

Ariel lascia cadere la forchetta e fissa me e Felix con diversi tipi di espressione accusatoria. "Siete usciti di casa, dopo che ti ho accompagnato qui? Ma allora come ha fatto Fluffster..."

"No" dico. "Lei era *qui*, nell'appartamento, subito dopo che mi hai accompagnato."

Ariel impallidisce. "Come può un succubo essere stato invitato..." Guarda Felix e si dà una pacca in fronte. "Era il tuo appuntamento?" La sua voce diventa più alta. "Hai invitato un succubo a casa nostra?"

"Non sapevo nemmeno che fosse una Conoscente di qualche tipo" replica Felix. "Non aveva l'aura. Come potevo saperlo?"

"Dall'odore" diciamo io ed Ariel all'unisono.

"Quale odore?" Felix annusa l'aria, come se il profumo di Harper potesse essere ancora presente. "Vi riferite al suo profumo? Era incredibilmente buono, ma..."

"Lascia stare" dice Ariel, e le sue spalle si accasciano così tanto, che mi aspetto di vederle cadere fino alle caviglie. "Tu non frequenti i locali, perciò non hai mai incontrato un membro della loro specie. È tutta colpa mia. Avrei dovuto essere qui." Si nasconde la faccia con le mani. "Mi dispiace così tanto."

"Senti" la consolo, sentendomi a disagio per il suo repentino cambiamento di umore. "Stiamo bene. Con Fluffster intorno, non ci può accadere niente di male. Non in questo appartamento."

La coda di Fluffster si gonfia a tal punto, da diventare più grossa del resto del corpo.

"Raccontami esattamente cos'è successo." Ariel abbassa le mani, ma il suo viso è ancora insolitamente pallido. "Ogni più piccolo dettaglio."

Io e Felix facciamo a turni con le spiegazioni. Lui comincia da quando ha conosciuto Harper, si è preso una cotta, e l'ha invitata per un giro di giostra, 'seguendo il consiglio stesso di Ariel'. Poi le racconto di quando sono entrata nell'appartamento e ho tentato di combatterla, dopo aver sentito l'odore del nemico... e di come Fluffster abbia concluso l'affare.

"Mi dispiace tantissimo" ripete Ariel, quando abbiamo terminato. "Avrei dovuto essere qui. Non è perdonabile. Se le cose fossero andate in un altro modo, io..."

Smette di parlare e una vera lacrima le riga la guancia.

Io e Felix ci scambiamo delle occhiate estremamente preoccupate. Probabilmente, come me, era convinto che i condotti lacrimali di Ariel avessero smesso di funzionare molto tempo fa.

"Potrebbe avere un disturbo bipolare, o simile?" chiede Fluffster... presumibilmente, solo nella mia testa. Il piccoletto è chiaramente sulla stessa lunghezza d'onda. "Ho visto qualcosa a proposito di questa malattia su YouTube."

Mi stringo nelle spalle davanti al cincillà.

"Mi dispiace" mormora di nuovo Ariel, poi si riempie la bocca di pancake.

"Io, in realtà, ho una domanda" dico, per assicurarmi che non ricominci a scusarsi. "Possiamo avere dei guai con il Consiglio, per la fine che ha fatto Harper?"

Ariel deglutisce il cibo. "Era per legittima difesa. E cosa più importante, lei non aveva l'aura, perciò non era protetta dal Mandato." La sua voce è un po' più ferma. "Infatti, se le autorità degli umani venissero a ficcare il naso, potremmo rivolgerci al Consiglio, per far chiudere un occhio alla polizia."

"Eh?" Inarco un sopracciglio.

"Immagina, se un Conoscente di una certa età fosse condannato all'ergastolo" s'intromette allegramente Felix. "La lentezza del loro invecchiamento, dopo un po', verrebbe notata... per non parlare di cosa succede, quando la condanna in prigione si protrae per un anomalo numero di anni."

"Ma questa non deve diventare una scusa per violare le leggi degli umani." Ariel corruga la fronte. "Per esempio, se violi il database di una banca importante" lancia un'occhiata significativa a Felix, "il Consiglio potrebbe anche decidere di lasciarti marcire in prigione per un po', specialmente se non hai dei poteri appariscenti che..."

"Perché tutti spifferano segreti, oggi?" brontola Felix. "Io te lo racconto una volta..."

"Ti vanti sempre di essere un hacker" replico in difesa di Ariel. "Solo l'altro giorno mi dicevi di essere entrato nel DMV."

Felix mi scocca un'occhiata irritata, poi anche lui si riempie la bocca di pancake.

"Perché Harper non era sotto il Mandato?" domando. "Non sembrava troppo giovane per questo. Quelle della sua specie sono persone non gradite, come le negromanti?"

"No" dice Ariel. "Lo sono pochissimi tipi di Conoscenti."

Felix si schiarisce la gola. "È probabile che siano venuti qui entrambi dalle Altre Terre. Quando mi hai parlato della visione sulla conversazione tra Chester e Beatrice, lui aveva detto qualcosa sul 'qui' e sugli 'atteggiamenti liberali', quindi mi chiedo se i nostri cattivi non provengano da un mondo antecedente al Mandato. In quei luoghi, a volte, non vedono di buon occhio gli accoppiamenti tra tipi diversi di Conoscenti, e a volte, come qui nelle società più conservatrici, le relazioni omosessuali."

Provo una fitta di compassione per Beatrice e Harper. Se Felix ha ragione, loro volevano soltanto stare insieme in pace, ma Chester se n'è approfittato, indirizzando Beatrice verso un destino fatale.

D'altro canto, essere vittima di pregiudizi in un

mondo lontano non è una ragione per accordarsi sull'uccidere *me*. Questa scelta, qualunque sia il motivo, ha determinato la morte di Beatrice. Idem per Harper, anche se devo ammettere che le sue azioni sono ancora più facili da comprendere.

Se avessero ucciso una persona che amo, non desidererei la vendetta?

Anche Felix sembra cupo, quando prosegue. "Oppure, se provenivano da questo mondo, Harper può non essere andata avanti con il Mandato a causa della fidanzata, a cui, essendo una negromante, esso non era consentito."

Ariel appare pensierosa. "Ha senso."

"Davvero?" domando.

"Immagina di avere un amante, ma di non poter parlare con lui della cosa più importante della tua vita" dice Felix.

Annuisco, ricordando che Ariel aveva perso sangue da naso, occhi e orecchie, quando le avevo fatto delle domande esplicite sul mondo dei Conoscenti, prima di assoggettarmi al Mandato.

Il telefono di Ariel trilla, rompendo il momentaneo silenzio.

Ci dà un'occhiata, poi solleva uno sguardo colpevole. "Devo scappare."

"È per lavoro?" chiedo con la massima noncuranza. "O..."

"Ci vediamo più tardi, ragazzi" dice, come se non avesse sentito. Poi ripete l'interpretazione del Diavolo della Tasmania, mettendo in ordine le sue cose e abbandonando la cucina ad una velocità tale, che potrebbe violare i limiti di un'autostrada.

Io e Felix mangiamo in silenzio, finché non sentiamo sbattere la porta della stanza di Ariel... Spero significhi che si sia solo cambiata i vestiti. Poi si chiude di botto la porta d'entrata, seguita dal rumore delle chiavi nella serratura.

Guardo Felix. "È solo un'impressione mia, o gli andirivieni di Ariel sono un po' strani? Non si è nemmeno fatta la doccia."

"Di solito, a quest'ora, va in ospedale, perciò può essere questo" risponde in modo poco convincente.

"Sono preoccupato" dice telepaticamente Fluffster, riassumendo le mie emozioni alla perfezione.

"Teniamola d'occhio." Dopo aver finito gli ultimi bocconi, Felix dice: "Adesso devo scappare anch'io. Nel mio caso, è decisamente per lavoro."

"Allora riordino io." Con l'appetito rovinato, infilzo l'ultimo pancake senza pensare. "Grazie per aver preparato la colazione."

"Fluffster mi ha raccontato di Nero" dice Felix nell'alzarsi. "Sono certo che troverai un altro Mentore... e un lavoro."

Annuisco, ma appena Felix esce dalla stanza, dico: "Non sapevo che fossi così pettegolo, Fluffster."

"Ero solo in pensiero per le finanze" ribatte il cincillà, sconcertato. "Tu l'hai detto a me e ad Ariel, quindi ho pensato che potesse saperlo anche Felix."

"Ti sto solo prendendo in giro." Lo gratto dietro l'orecchio. "Ovvio che l'avrei detto a Felix."

Finisco il mio cibo e comincio a rassettare.

Sto per finire in cucina, quando provo uno strano senso di vuoto alla bocca dello stomaco, e un'ondata di paura mi scuote il corpo. Mi ricorda quello che ho provato, quando gli orchi di Nero hanno messo in scena quegli incidenti per me, l'altro giorno... La differenza è che, adesso, so che dovrei essere al sicuro qui in presenza di Fluffster.

Il telefono squilla nella mia stanza.

E se fosse quella, la causa del mio malessere?

Alzandomi con cautela, per non inciampare in qualcosa e creare una profezia che poi si avvera, mi precipito in camera mia e controllo l'identità di chi chiama.

È un numero privato.

Proprio come stamattina.

Per ordinare la tua copia, scopri di più su www. dimazales.com/book-series/italiano/!

IN ANTEPRIMA RISERVATA: I LETTORI DI PENSIERI

Descrizione

Tutti pensano che io sia un genio.

Si sbagliano.

Certo, mi sono laureato ad Harvard a diciotto anni e ora guadagno cifre folli con delle speculazioni finanziarie, ma questo non dipende dal fatto che io sia incredibilmente intelligente o un gran lavoratore.

È perché baro.

Vedete, ho un'abilità unica. Posso uscire dal tempo, entrare nella mia personale versione della realtà, il luogo che io chiamo "la Quiete", dove posso esplorare ciò che mi circonda mentre il resto del mondo rimane immobile.

Pensavo di essere l'unico a poterlo fare, almeno fino a quando non ho incontrato *lei*.

Il mio nome è Darren e questa è la storia di come ho capito di essere un Lettore.

Capitolo 1

A volte penso di essere pazzo. Sono seduto al tavolo di un casinò ad Atlantic City e attorno a me sono tutti immobili. La chiamo la Quiete, come se darle un nome la rendesse più reale – come se darle un nome cambiasse il fatto che i giocatori al mio tavolo siano congelati come delle statue, e che io stia camminando tra loro guardando quali carte hanno ricevuto nell'ultima mano.

Il problema con la teoria che io sia pazzo è che quando "sblocco" il mondo, come ho appena fatto, le carte che i giocatori rivelano sono le stesse che ho visto durante la Quiete. Se fossi pazzo non dovrebbero essere diverse? A meno che io non sia così andato da immaginarmi anche le carte sul tavolo.

Eppure vinco. Se questa fosse solo immaginazione, se la pila di fiche sul mio lato del tavolo non fosse reale, allora tanto varrebbe che io mettessi in discussione ogni cosa. Forse il mio nome non è nemmeno Darren.

No, non posso vederla in questo modo. Se sono

davvero prigioniero di un'allucinazione non voglio tornare alla realtà, perché, se lo faccio, probabilmente mi risveglierò in un ospedale psichiatrico.

E poi amo la mia vita, per quanto pazza sia.

La mia strizzacervelli pensa che la Quiete sia un modo originale con il quale descrivo il "lavoro interiore del mio genio". Ecco, questa cosa mi sembra davvero folle. Ho anche il sospetto che mi desideri, ma questo è un fattore del tutto irrilevante. Basta considerare come lei sia al di fuori della fascia d'età con cui mi interessa uscire, che attualmente è attorno ai ventiquattro. Ancora giovani, ancora sexy, ma che hanno finito la scuola e superato la fase delle uscite per locali. Odio andare per locali quasi quanto ho odiato studiare. In ogni caso, la spiegazione della mia strizzacervelli non funziona, perché non tiene conto di come io venga a conoscenza di particolari che nemmeno un genio dovrebbe sapere – come l'esatto valore e il seme delle carte che hanno gli altri giocatori.

Mi guardo attorno mentre il dealer comincia un nuovo giro. Oltre a me, ci sono altre tre persone al tavolo: Nonnina, il Cowboy e il Professionista, come li ho soprannominati. Sento quella paura quasi impercettibile che accompagna sempre la transizione. È così che chiamo questo fenomeno: la transizione nella Quiete. Preoccuparmi della mia sanità mentale ha sempre reso la transizione più facile, visto che la paura pare aiutare questo processo.

Effettuo la transizione e ogni cosa diventa silenziosa, da qui il nome per un simile stadio.

Mi risulta inquietante perfino adesso. Fuori dalla Quiete, il casinò è pieno di rumori: persone ubriache che parlano a voce alta, slot machine, i suoni squillanti delle vincite, la musica; l'unico luogo più rumoroso sarebbe una discoteca o un concerto. Eppure, in questo esatto momento, potrei probabilmente udire uno spillo che cadesse a terra. È come se io fossi diventato sordo a tutta la confusione che mi circonda.

Essere attorniato da persone congelate nel tempo rende tutto ancora più strano. Vicino a me c'è una cameriera bloccata a metà di un passo, che regge un vassoio con degli alcolici. Poco lontano, una donna sta per abbassare la leva di una slot machine. Al mio stesso tavolo, il dealer ha la mano alzata e l'ultima carta che stava distribuendo è rimasta sospesa innaturalmente a mezz'aria. Cammino verso di lui costeggiando il tavolo e la afferro. È un re, destinato al Professionista. Una volta che la lascio andare, invece di tornare a fluttuare come prima, la carta cade sul tavolo, ma so bene che quando uscirò dalla Quiete tornerà sospesa nell'aria, nell'esatta posizione in cui si trovava prima che la afferrassi.

Il Professionista ha l'aspetto di chi guadagna giocando a poker, o almeno è come ho sempre immaginato una persona del genere. Trasandato, con gli occhiali da sole, l'aria un po' losca. Sta facendo un ottimo lavoro nel mantenersi impassibile, praticamente non ha mosso un singolo muscolo da quando ha cominciato a giocare. Il suo viso è tanto inespressivo che mi chiedo se abbia usato del Botox per mantenere quella facciata scolpita nella pietra. La sua mano è sul tavolo, impegnata a coprire in modo protettivo le carte che gli sono state date.

Quando sposto le sue dita inerti, mi risultano normali. Beh, in un certo senso almeno, visto che la sua mano è sudata e pelosa, quindi toccarla per muoverla è spiacevole ed è effettivamente una cosa non tanto normale da fare, ma ciò che è normale è il fatto che sia calda, anziché fredda. Quando ero un ragazzino, mi aspettavo che le persone fossero fredde nella Quiete, come statue di pietra.

Ora che la mano del Professionista è stata spostata, prendo le sue carte. Con il re che stava fluttuando a mezz'aria, ha una coppia vestita. Buono a sapersi.

A questo punto raggiungo Nonnina. Sta già tenendo in mano tutte le sue carte e le ha aperte a ventaglio per me, così posso evitare di toccare la sua pelle grinzosa e piena di macchie. Questo è un sollievo, visto che di recente sono stato combattuto sul fatto di toccare le persone, o, più precisamente, le donne, nella Quiete. Se dovessi farlo, penserei razionalmente che toccare la mano di Nonnina sia una cosa innocua, o almeno non perversa, ma è meglio evitare questi contatti dove possibile.

In ogni caso, ha una coppia di basso valore. Mi dispiace per lei, perché ha perso parecchio questa sera. Le sue fiche stanno diminuendo rapidamente per le perdite, dovute almeno in parte al fatto che ha una pessima faccia da poker. Anche prima di guardare le sue carte sapevo che non sarebbero state belle: avevo già notato la sua delusione non appena le era arrivata la sua mano. Ho anche riconosciuto un barlume di trionfo nei suoi occhi qualche partita fa, quando ha vinto con un tris.

L'intero gioco del poker è in larga misura un esercizio per imparare a leggere le persone, qualcosa in cui voglio davvero migliorarmi. Dove lavoro mi dicono spesso che sono bravissimo a leggere le persone, ma in realtà non è vero, sono semplicemente bravo a usare la Quiete per farlo credere. Voglio imparare a leggere le persone per davvero, perché sarebbe bello sapere ciò che pensano tutti.

Quello di cui non mi importa molto del poker sono i soldi. Guadagno già abbastanza bene da non dover dipendere da una grossa vincita nel gioco d'azzardo. Non mi importa di vincere o perdere, anche se è stato divertente quintuplicare i miei soldi al tavolo del Black Jack. Ho fatto l'intero viaggio per provare il gioco d'azzardo, visto che adesso, avendo compiuto ventun anni, finalmente *posso*. Non avendo mai aspirato ad avere delle carte d'identità fasulle, questa è una vera e propria tappa fondamentale.

Allontanandomi da Nonnina, passo al giocatore successivo, il Cowboy. Non resisto all'impulso di togliergli il suo cappello di paglia per provarlo e mi chiedo se sia possibile prendermi i pidocchi, in questo modo. Siccome non sono mai stato capace di sbloccare qualcosa di inanimato nella Quiete o di influenzare il mondo reale in modo permanente, immagino che non mi sarà possibile nemmeno prendermi dei parassiti.

Dopo aver mollato il cappello, guardo le sue carte. Ha una coppia d'assi, cosa che rende la sua mano migliore di quella del Professionista. Forse è un professionista anche il Cowboy. Ha una buona faccia da poker, per quello che ho potuto notare, e sarà interessante vedere entrambi in questo round.

A quel punto arrivo al mazzo e guardo le carte che ci sono in cima, memorizzandole. Non lascio mai nulla al caso.

Quando ho terminato di servirmi della Quiete, ritorno dove c'è il me stesso immobile. Oh, già, ho accennato al fatto che vedo me stesso seduto al mio posto, congelato come tutto il resto della gente? Questa è la parte più strana, è come avere un'esperienza extracorporea.

Avvicinandomi al mio corpo immobile, lo guardo. Di solito evito di farlo, in quanto è troppo inquietante: nessun quantitativo di tempo trascorso a fissare se stessi allo specchio, o a guardare i propri video su YouTube, può preparare all'esperienza di vedere da vicino il proprio corpo tridimensionale. È qualcosa che non dovrebbe succedere, a parte, immagino, nel caso di gemelli identici.

È difficile da credere che questa persona sia me. Sembra più un ragazzo qualunque, o meglio, forse qualcosina di più di quello. È un ragazzo che troverei interessante, che sembra figo, intelligente. Penso che le donne probabilmente lo considererebbero attraente, anche se so che non è un pensiero modesto.

Non che io sia un esperto nel valutare quanto un

uomo sia attraente, ma in alcune situazioni si tratta semplicemente di buonsenso. Riconosco quando un tizio è brutto, e questo me congelato non lo è. So anche che, generalmente, la bellezza fisica richiede un viso simmetrico, e la me-statua ce l'ha. Una mascella volitiva non guasta, e ho anche quella. Avere spalle larghe è un punto a favore e aiuta anche essere alti. Fin qui ho tutto. Ho anche gli occhi azzurri, che sembrano un ulteriore bonus. Le ragazze mi hanno detto che amano i miei occhi, anche se, ora come ora, gli occhi del me congelato risultano inquietanti. Sono velati, come se fossero quelli senza vita di una statua di cera.

Rendendomi conto di essermi soffermato su quello studio fin troppo a lungo, scuoto la testa, mentre immagino la mia strizzacervelli che analizza un simile momento. Chi potrebbe immaginare di ammirare se stessi in quel modo come parte della propria malattia mentale? Posso figurarmela alla perfezione mentre annota *Narcisista* sul suo blocco e lo sottolinea più volte per enfatizzarne l'importanza.

Ma basta, per ora. Devo lasciare la Quiete. Sollevando la mano, tocco il me stesso congelato sulla fronte e sento di nuovo tutti i rumori nel momento in cui torno alla realtà.

Tutto è di nuovo normale.

La carta che ho guardato solo un istante prima, il re che ho lasciato sul tavolo da gioco, è di nuovo nell'aria e da lì segue la traiettoria che gli era stata destinata, atterrando vicino alle mani del Professionista. Nonnina sta ancora guardando le sue carte con grande disappunto e il Cowboy ha di nuovo il capello sulla testa, malgrado io gliel'abbia tolto durante la Quiete. Ogni cosa è esattamente com'era prima.

A un certo livello, il mio cervello non smette mai di sorprendersi per la mancanza di continuità tra l'esperienza nella Quiete e quella al di fuori di essa. Come umani, siamo programmati per mettere in discussione la realtà, quando succedono cose simili. Cercando di dimostrarmi più furbo della mia strizzacervelli, ai tempi dei primi incontri, una volta ho letto un intero libro di psicologia durante un appuntamento. Lei naturalmente non l'ha notato, visto che l'ho fatto mentre ero nella Quiete. Il libro parlava del fatto che perfino i bambini di due mesi si sorprendono, se vedono qualcosa al di fuori dell'ordinario, come ad esempio la gravità che funzionasse al contrario, quindi non c'è da stupirsi che il mio cervello abbia difficoltà ad adattarsi. Fino ai miei dieci anni, il mondo si comportava normalmente; da allora ogni cosa è diventata strana, per usare un eufemismo.

Abbassando lo sguardo sulle carte, mi rendo conto di avere un tris. La prossima volta guarderò le mie carte prima di effettuare la transizione, visto che se ho qualcosa di buono in mano potrei sfidare il fato e giocare in modo leale.

Poiché so già che carte hanno tutti, il gioco si svolge in modo prevedibile, fino a quando Nonnina si alza. Deve avere perso abbastanza soldi, ormai.

Ed è in quel momento che vedo la ragazza per la prima volta.

È sexy. Bert, l'amico che ho dove lavoro, afferma che io ho un "tipo", ma non sono d'accordo. Non mi piace pensare di essere così superficiale o prevedibile, eppure, in realtà, potrei essere un po' entrambi, perché questa ragazza rientra alla perfezione nell'analisi che ha fatto Bert su quale sia il mio tipo. E la mia reazione è di estremo interesse, giusto per non esagerare.

Grandi occhi azzurri, zigomi ben definiti in un viso ovale con una sfumatura esotica, lunghe gambe affusolate, come quelle di una ballerina. Ha i capelli ondulati legati in una coda, un tipo di pettinatura che mi piace molto, e non ha la frangia, cosa che rende il tutto ancora migliore. Odio le frange e non so per quale motivo le ragazze si facciano delle cose simili. Anche se la mancanza della frangia non è uno dei punti salienti della descrizione del mio tipo fatta da Bert, probabilmente dovrebbe esserlo.

Continuo a guardarla mentre si unisce al mio tavolo. Con i tacchi alti e la gonna attillata, è vestita fin troppo bene per questo posto, o forse sono io che sono vestito in modo troppo informale, con i miei jeans e maglietta. In ogni caso non mi importa, perché ho tutta l'intenzione di parlarle.

Considero l'idea di entrare nella Quiete e avvicinarmi a lei, così da fare qualcosa di estremamente inquietante come guardarla da vicino, o magari perfino frugare nelle sue tasche, cercando qualcosa che mi aiuti per quando le parlerò, ma alla fine, forse per la prima volta, decido di non farlo.

So che il ragionamento per cui ho infranto la mia abitudine è strano, ammesso che si possa considerare un ragionamento, ma la verità è che mi sono immaginato una simile sequenza di avvenimenti: lei accetta di uscire con me, ci frequentiamo per un po', la nostra relazione si fa seria e, grazie alla profonda connessione che instauriamo, le rivelo della Quiete. A quel punto lei si rende conto che ho fatto qualcosa di inquietante, si infuria e infine mi scarica. È ridicolo pensarlo, naturalmente, considerando che non abbiamo ancora nemmeno parlato. Bel modo di fasciarsi la testa prima di rompersela. Quella ragazza potrebbe avere un QI al di sotto dei settanta, o la personalità di un comodino. Ci potrebbero essere venti motivi diversi per i quali io decida di non voler uscire con lei e, tra l'altro, non dipende nemmeno tutto da me. Può anche succedere che lei mi dica di andare a fanculo la prima volta che provo a cominciare una conversazione.

Eppure, lavorare nelle speculazioni finanziarie mi ha insegnato a speculare. Per quanto quel ragionamento possa essere folle, seguo comunque la mia decisione di non effettuare la transizione perché so che è come si comporterebbe un uomo ben educato. Attenendomi a questo momento di insolita cavalleria, decido anche di non barare in questa mano.

Mentre le carte vengono di nuovo distribuite, penso a quanto mi faccia sentire bene aver scelto di comportarmi in modo onorevole, anche se questo non lo saprà nessuno. Forse dovrei cercare di rispettare la privacy altrui più spesso. *Sì, proprio.* Devo essere realista. Non sarei dove sono ora se avessi seguito una simile risoluzione. In effetti, se avessi stabilito di rispettare la privacy della gente con cui sono entrato in contatto, avrei perso il mio lavoro in pochi giorni e con esso molte delle comodità a cui mi sono abituato.

Copiando la mossa del Professionista, copro le mie carte con la mano non appena le ricevo. Sto giusto per dare un'occhiata a quello che mi è capitato, quando succede qualcosa di insolito.

Il mondo diventa silenzioso, esattamente come succede quando effettuo la transizione... ma questa volta non ho fatto nulla.

E in quel momento vedo *lei*, la ragazza che mi si è seduta di fronte, quella a cui stavo pensando. È in piedi accanto a me e sta allontanando la sua mano dalla mia o, per meglio dire, dalla mano del me congelato, visto che io sono in piedi accanto a lei, impegnato a guardarla.

E anche lei è seduta al tavolo, di fronte a me, una statua immobile come tutti gli altri.

La mia mente va in sovraccarico mentre mi ritrovo con il cuore in gola. Non ho considerato nemmeno per un istante la possibilità che la seconda ragazza sia una sua gemella, o una cosa del genere. So che è lei. Sta facendo ciò che ho fatto io solo pochi minuti prima. Sta camminando nella Quiete. Il mondo attorno a noi è congelato, ma noi non lo siamo.

Un'espressione d'orrore si allarga sul suo viso mentre si rende conto della stessa cosa. Prima che io possa reagire, balza sul tavolo, allungandosi a toccare la sua stessa fronte, e il mondo torna di nuovo normale.

Lei mi guarda dall'altro lato del tavolo, scioccata, con gli occhi sgranati e il viso pallido, poi si alza in piedi e, senza una parola, si gira e comincia a camminare per allontanarsi, prima di mettersi a correre nel giro di un paio di secondi.

Una volta superato lo shock, mi alzo per inseguirla. Non è la cosa più intelligente da fare, perché se si accorge di un ragazzo sconosciuto che la sta inseguendo, uscire con lui sarà l'ultima cosa che vorrà fare, ma adesso non mi importa più di quello. Quella ragazza è l'unica persona che ho incontrato che può fare ciò che faccio io, è la prova che non sono pazzo e potrebbe avere ciò che voglio di più al mondo.

Potrebbe avere delle risposte.

Per ordinare la tua copia, scopri di più su www. dimazales.com/book-series/italiano/!

Dima Zales è autore bestseller del *New York Times* e di *USA Today* con romanzi fantasy e di fantascienza. Prima di diventare scrittore, ha lavorato nel settore dello sviluppo software a New York, sia come programmatore che come dirigente. Dima ha fatto di tutto, dai software di trading ad alta frequenza per importanti banche alle mobile app per le riviste più famose. Nel 2013 ha lasciato l'industria del software per dedicarsi alla sua carriera di scrittore e si è trasferito a Palm Coast, in Florida, dove vive attualmente.

Per saperne di più visita www.dimazales.com/book-series/italiano/.

www.ingramcontent.com/pod-product-compliance
Lightning Source LLC
Chambersburg PA
CBHW060614100726

47907CB00006B/1621